Arthur Kahane

Der Schauspieler

Verone

Arthur Kahane

Der Schauspieler

1st Edition | ISBN: 978-9-92500-153-8

Place of Publication: Nikosia, Cyprus

Erscheinungsjahr: 2016

TP Verone Publishing House Ltd.

Der Schauspieler

Roman

Max Reinhardt
gewidmet

Man ist Schauspieler damit, dass man
Eine Einsicht vor dem Rest der Menschen
voraus hat: was als wahr wirken soll,
darf nicht wahr sein.
Nietzsche, der Fall Wagner.

1.

Das ganze Theater wartete auf ihn. Die Probe stockte.

Alle, die in der Vorstellung des Abends, an den Auftrit-
ten der Delila mitzuwirken hatten, waren eilig zusam-
mengerufen worden und hatten sich allmählich einge-
funden. Man hatte die Monologe der Delila, ihre Unterredungen mit den Philistern und mit den Mägden, kurz
alle Szenen, in denen Samson nicht auftrat, bereits
durchgesprochen und zwei- oder dreimal wiederholt,
die Stellungen und ihren Wechsel, die Auftritte und Abgänge angegeben. Nun hatte es keinen Zweck, ohne den

1

wichtigsten Partner, den Darsteller der Hauptrolle, weiter zu probieren. Die Mitglieder standen und liefen, ein aufgewühlter Schwarm, auf der Bühne und zwischen den Kulissen herum, räsonnierend, glossierend, kritisierend, ungeduldig und ungewiss, im Dunkel des Zuschauerraums beriet tuschelnd der Prinzipal mit seiner Frau und dem Spielleiter, von Zeit zu Zeit erschien jemand aus dem Bureau oder der Kassierer des Theaters und fragte an, ob es bei der Abendvorstellung bleibe, oder Schneiderin oder Garderobière, um von der Frau des Prinzipals Weisungen entgegenzunehmen. In einer Ecke der Bühne, das Buch in der Hand, die jugendliche Anfängerin, die sich angeboten hatte, für die plötzlich erkrankte Heroine die Rolle der Delila mit einer Probe zu übernehmen, ruhig, gefasst, beinahe gleichgültig, die Einzige, die an der allgemeinen Aufregung keinen Teil zu haben schien.

Plötzlich meldete jemand, *er* käme, und alles atmete auf.

Er aber näherte sich, durch die der Vorderfassade des Theaters vorgelagerte Gartenanlagen, mit langsamen und gemessenen Schritten, dem Hause, wie einer, der es darauf anlegte, es allen recht deutlich in die Augen fallen zu lassen, wie wenig es ihm auf Eile ankomme. An dem großen Rundbeet in der Mitte, das mit seinen zierlichen, wohl geordneten Farbenabteilungen das Bassin der Fontäne einfasste, blieb er stehen, beugte sich über die frühlingsbunte Pracht und sog ihre noch morgendliche Frische mit zu sichtlicher Schau getragenem Behagen ein.

Der Sekretär der Truppe, der ihn am Bühneneingang erwartet hatte, lief ihm entgegen, um ihn auf die Bühne zu führen. Er winkte ab: Er habe vor der Probe noch ein Wort mit dem Prinzipal zu sprechen.

Der junge Mann, der ihn besser kannte als irgendjemand und sich darauf verstand, in diesen undurchsichtigen Zügen zu lesen, erriet mit einem ersten Blicke, dass sich der Unberechenbare wieder einmal in einer Laune befand, in der ihm Beruf und Stätte des Berufs bis zur Unerträglichkeit verhasst wurden.

Und noch bevor sie den Prinzipal gefunden hatten, brach es aus: Er denke nicht daran, sich mit der ersten besten Delila abzufinden. Wenn man keine Delila habe, könne man eben den »Samson« nicht aufführen. Dann solle man lieber das Stück absetzen und ein anderes geben. Rigolo könne ja seinen »lachenden Hahnrei« spielen, dessen schmutzige Zoten diesem Publico ohnehin besser behagten als der edle Ernst seiner Tragödien, mit dem er es zu belästigen schon längst müde sei. Oder es wäre ja der Kapellmeister da, wie er sehe, und man könne die »Dörfliche Unschuld« geben, damit die Naive endlich wieder einmal ihre allgemein beliebten Beine zeigen könne. Oder irgendetwas anderes, was, ginge ihn nichts an. Möge sich der Prinzipal darüber den Kopf zerbrechen. Oder am besten die Bude ganz zusperren. Ihn aber möge man jedenfalls mit derartigen unkünstlerischen Zumutungen verschonen und er weigere sich, erst zu probieren, da er ja doch nicht mit einer Anfängerin spielen werde, die er kaum kenne. Wer sei denn die Dame überhaupt, dass sie sich eines derartigen Unterfangens vermesse? Es könne nur die ahnungsloseste Anfängerin sein, denn jede andere, die der Bühne Tücken kennte und sich des Ernstes der Verantwortung, der Schwierigkeit der Aufgabe bewusst wäre, hätte sich eher geweigert, als dass sie sich zu so verwegenem Husarenstück gedrängt hätte.

Hier hakte, listig, der Sekretär ein und meinte, während sie gerade die Bühne passierten, um in den Zuschauerraum zu gelangen, in dem sie den Prinzipal gewahrten, ob es nicht geraten wäre, wenn der Meister selbst mit der Kleinen sprechen wollte; er bat ihn nur, sie nicht gerade zu entmutigen. Und führte das Mädchen, es bei der Hand nehmend, aus der Kulisse, in der es stand, dem Meister vor, der, die schlanke und schmächtige Gestalt mit einem verwunderten Blicke flüchtig streifend, in einem geänderten, nicht unfreundlichen Ton die Frage stellte, ob sie, so jung noch, denn gar keine Angst empfinde: Er wenigstens hätte die Courage nicht, eine so große Rolle fast ohne Probe zum ersten Mal zu spielen.

Sie zuckte die Achseln und meinte, warum nicht; sie hätte ja, als Unbekannte, nichts zu verlieren, aber alles zu gewinnen. Übrigens sei sie des Textes vollkommen sicher, und wenn er sie nur ein wenig unterstützen wolle, hätte sie gar keine Furcht.

Daran würde es nicht fehlen, meinte er. Auf ihn könne sie sich verlassen. Er sei bereit, gründlich mit ihr alles durchzuprobieren. Warum gehe übrigens die Probe nicht weiter? Worauf warte man denn? Jede Minute sei kostbar. Aber so sei es an diesem Theater, dass man des Schauspielers wertvollstes Gut, die Zeit, mit nichts vertue.

Und begann, mit Feuereifer zu probieren. Dass er die Absicht gehabt hatte, um jeden Preis noch vor der Probe den Prinzipal zu sprechen, hatte er vergessen.

Erst als der Umbau der Dekoration zur Szene des nächsten Aktes eine Pause ergab, die von der Kleinen zu Kostümveränderungen und -beratungen ausgenützt werden musste, stieg er in den Zuschauerraum hinunter, in dem der Prinzipal, ängstlich um das Schicksal des Abends besorgt, mit seiner Frau, dem Spielleiter und dem Sekretär der Probe beiwohnte. Der brave Mann, der dem Urteil seines ersten Schauspielers mehr Gewicht beimaß als seinem eigenen, ja sogar als dem seiner Frau, befragte ihn um seinen Eindruck: Ob er glaube, dass es am Abend gehen werde oder ob eine empfindliche Störung der Vorstellung zu befürchten sei; ein Eklat wäre ihm verdammt peinlich, umso peinlicher, als mit der Anwesenheit der fürstlichen Persönlichkeiten im Theater zu rechnen sei, denn es komme ihm so vor, als hätte er während des Aktes in der dem Hofe gehörigen Loge die Figur des Intendanten bemerkt, der den Proben unbemerkt beizuwohnen liebte, schon um Ihrer Hoheit, der Fürstin, über die kleinen Vorkommnisse des ihr besonders am Herzen liegenden Instituts berichten zu können. Der Schauspieler erwiderte, eine wesentliche Beeinträchtigung der Wirkung oder gar einen four noir halte er für ausgeschlossen; dafür könne er bürgen. Die Kleine sei ohne Zweifel begabt und vor allem erstaunlich sicher. Eine Delila freilich sei sie nicht. Delila sei nun einmal ein volles, reifes, üppiges Weib und die Kleine mit ihrem schmalen Gesicht, den Kinderaugen und ihrem knabenhaft schlanken Körper, den eckigen Bewegungen, die an sich nicht ohne Reiz wären, das Gegenteil davon. Der Spielleiter, ein älterer Mann und erfahrener Komödiant, der sich während der Probe, wie immer, darauf beschränkt hatte, Auftritte, Abgänge und Stellungswechsel auf die Bühne hinaufzurufen, pflichtete ihm bei: Delila müsse ein verführerisches Weib sein und man könne sich verführerische Weiber nicht anders als dick vorstellen. Er sei überzeugt, auch der Fürst und der Intendant stellten sie sich nicht anders vor. Der Prinzipal meinte: gewiss, aber er habe nun einmal keine andere Delila zur Verfügung und da müsse man ausnahmsweise mit einer mageren vorlieb nehmen und froh sein, dass sich diese bereit gefunden habe.

Der Sekretär aber war, in seiner bescheidenen, vor Verlegenheit fast stotternden Art, anderer Meinung: Er sehe die Delila anders. Er könne sich eine ganz junge, ganz zarte Delila denken, fast ein Kind noch und schon alle Künste der Verführung in den Kinderaugen, in dem jungen Körper, denn das scheine ihm der Sinn und das tiefe Gleichnis dieser ewig gültigen biblischen Erfindung zu sein, dass Verführung des Weibes Gabe, Erbe und Wesen von Anbeginn, von Kind auf sei und nicht bloß Ergebnis besonderer buhlerischen Begabung und erfahrenen Handwerks und darum erscheine ihm zur Darstellung dieses Elementaren, unschuldig Schuldigen in der Delilanatur des Weibes Jugend und Unbewusstheit viel geeigneter als alle Täuschung einer allzu reifen, allzu wissenden Kunst.

Der Schauspieler bestritt dies. Aber selbst wenn dem so wäre, wenn Jugend zu Delila passte, so passte eine so junge Delila nicht zu seinem Samson. Für ihn sei sie jedenfalls zu jung und er jedenfalls zu alt für eine junge Delila. Er sei überhaupt bereits zu alt zum Liebhaber. Darüber gebe er sich keiner Täuschung hin. Und er habe es satt, Empfindungen zu spielen, für die er sich zu alt fühle. Den Leidenschaften der Jugend fühle er sich mit seinen fünfzig Jahren entwachsen. Er sei längst reif für Anderes, Größeres, Weiteres. Reife Männer möge man ihm jetzt zu spielen geben. Er müsse jetzt die Dinge spielen, die er in sich wachsen fühlte, Menschenhass, Menschenverachtung, Lebensüberdruss, Weltekel. Man möge ihn den Philoktet spielen lassen, damit er der Welt seine Verachtung in die Zähne schleudern könne. Ja, er fühle sich gar nicht zu jung, um nicht auch schon alte Männer darzustellen. Weisheit und Alter, die Weisheit des Alters, die enttäuschte, lebensmüde Weisheit des Alters sei die nächste Aufgabe, die er sich wünsche. Und er glaube heute bereits so weit zu sein, um einen Belisar zu spielen, wie er bis jetzt noch nicht gespielt worden sei.

Der Prinzipal schien vollkommen einverstanden. So wert er ihm als Liebhaber immer noch sei, bestehe er nicht darauf, ihn bloß als Liebhaber zu beschäftigen, und würde seine Wünsche, wie immer, gerne berücksichtigen. Er wolle gerne, um ihm den so heftig ersehnten Übergang in das Fach der älteren Rollen zu ermöglichen, eine Wiederaufnahme des Belisar in Erwägung ziehen und verspreche sich sogar einen großen Erfolg von seiner Darstellung dieser zur Zeit unbesetzten Rolle.

Der Theaterdiener meldete, dass Seine Exzellenz der Intendant den Herrn Prinzipal zu sprechen wünsche, und gleich hinter ihm trat die Exzellenz selbst heran, bat die Herren, sich ja nicht durch seine Anwesenheit in ihren Geschäften stören zu lassen, die er durch die Bitte um Beantwortung einer kurzen Frage nicht lange zu unterbrechen denke; er sei, da er von der Absage gehört, nur auf einen Augenblick ins Theater gekommen, um sich wegen der Abendvorstellung zu vergewissern, da der Hof gestern die Absicht geäußert habe, der heutigen Darbietung beizuwohnen, und zufällig in die Probe geraten, von der er so einen Teil unwillkürlich mitanzuhören Gelegenheit gefunden habe. Er kenne die Debütantin nicht und verlasse sich, im Übrigen, natürlich völlig auf das fachmännische Urteil der dazu Berufenen, dem er in keiner Weise vorzugreifen glaube, wenn er, in aller Bescheidenheit, seine Bedenken des erfahrenen Laien äußere, ob es nicht gewagt sei, die schwierige Partie der Delila einer Novize anzuvertrauen, die, in ihren äußeren Mitteln wenigstens, so gar nicht dem Bilde gliche, das man sich von dieser üppigen, und verführerischen Gestalt zu machen gewohnt sei. Aber wie gesagt, er frage nur, weil ihn die Meinung so hervorragender Kenner ihres Faches interessiere und nicht in der Absicht, sie zu beeinflussen, die ja auch die Verantwortung für die Folgen ihrer Entschließung zu tragen hätten, wobei allerdings auch die Berücksichtigung des Umstandes ins Gewicht fallen würde, dass es sich bei dieser Besetzung um eine Zwangslage handle, da sich wohl in der Schnelligkeit eine andere Vertreterin der Aufgabe kaum beschaffen ließe. Denn wenn etwa die verehrte Gemahlin des verehrten Herrn Prinzipals die Rolle schon früher gespielt hätte, wären die Herren ja wohl von selbst auf diesen naheliegenden, jedenfalls vorzuziehenden Ausweg verfallen, zu dem sie seines Rates wohl kaum bedurft hätten.

Der Prinzipal schwieg betreten, aber ehe seine Frau zu der vermutlich bejahenden Antwort ansetzen konnte, kam ihm der Schauspieler zu Hilfe: Die Exzellenz irre, es handle sich hier nicht um eine Besetzung aus der Not, sondern um eine wohlerwogene, neue künstlerische Absicht, für die sie gerade von dem feinfühligen Geschmack eines so einzigartigen Kenners Verständnis und Förderung, nicht Widerstand erwarteten. Es gäbe keine Aufgabe, die nicht mehrere Lösungen zuließe, keine dichterische Gestalt, ja überhaupt keine Erscheinung des Lebens, die sich nicht von mehreren Seiten ansehen ließe; und die Entdeckung neuer Seiten mache nicht den kleinsten Reiz des künstlerischen Schaffens aus. Nur so, nur durch kühnes Zugreifen neuer Auffassungen, könne man Althergebrachtem, in Traditionen Erstarrtem zu neuem Leben verhelfen, nur so könne sich das Werk des Dichters ewige Jugend, der Beruf des Schauspielers seine Frische bewahren, ohne die er unrettbar in ehrwürdige Langeweile, das Grab aller schöpferischen Freudigkeit, verfallen müsste. Darin liege bereits der Wert und das Recht einer neuen Anschauung, auch wenn die ältere und übliche die sachlich richtigere wäre. Aber wo sei denn gesagt, dass die ältere, bloß weil sie die übliche sei, darum auch die richtigere sein müsse? Gewiss, es gebe eine Verführung, die man sich nicht anders denken könne, als in den üppigen und schwellenden Formen, in denen sie die alten Meister des Pinsels und der Farbe, ein Paul Veronese und der andere, der große Peter Paul, gemalt haben. Aber es gebe auch eine andere Verführung, die nicht minder verführerisch sei, jung, schmal, schlank, mit den knospenden Formen der ersten Blüte, mit den erstaunten Rehaugen der Unschuld, und ihre Verführung sei allgemeiner, weil hier nicht, in einem Einzelfalle, ein Einzelner den Künsten der Buhlerin, sondern der Mann, typisch, dem Weibe, dem Weibe an sich, erliege. Und darum *sei sein*, des Samson Fall, umso tragischer und umso bedeutsamer, wenn ihm nicht die übliche Verführerin, sondern, in einem jungen, noch unverdorbenen Geschöpf, gewissermaßen das ganze Geschlecht, mit allen seinen Möglichkeiten und Gefährlichkeiten, gegenübergestellt würde. Die Absicht würde vielleicht nicht jedem, vielleicht nur den feinsten Ohren sofort klar werden. Es werde zunächst befremdend wirken, und Gewohnheit und Trägheit würden mit ihren Einwänden nicht zurückbleiben. Aber die Nachdenklichkeit würde gereizt, die Wirkung des Ganzen, sein tieferer Sinn könnten dabei nur gewinnen, und darauf komme es doch schließlich am meisten an.

Der Schauspieler trug diese Meinung mit so viel Überzeugung vor, als hätte er sie seit je gehabt, die anderen schienen darüber nicht weiter erstaunt, der Sekretär freute sich heimlich, der Prinzipal sah den Retter dankbar an, die Frau des Prinzipals musste schweigen und der Intendant, durch die Entschiedenheit des Vorgebrachten in Verlegenheit gesetzt, meinte nur, fast schüchtern, was der Fürst dazu sagen werde, wenn er eine magere Delila zu sehen bekäme. Dann ging die Probe weiter.

Als sie zu Ende war, nahm der Schauspieler vertraulich den Arm des jungen Sekretärs und bat ihn, ihm, trotz der ungewöhnlich vorgerückten Stunde (die Probe hatte um ein Beträchtliches länger als üblich gedauert) und der argen Zumutung an seinen Magen, das wohlverdiente Mittagbrot noch weiter hinauszuschieben, auch heute die so oft erwiesene Freundlichkeit nicht zu versagen, ihn auf seinem Heimwege zu begleiten; er sei diese angenehmen Unterhaltungen so gewohnt, dass er sie, zur Erholung von der Probenarbeit, nicht mehr missen könne, und habe gerade heute das Bedürfnis danach in einem höheren Grade als sonst.

Der Sekretär willigte, ohne viele Umstände, ein, sie verließen das Theater, passierten die Anlagen und bogen in die mittagstillen Straßen der Stadt, nur ab und zu wenigen verspäteten Bürgern begegnend, die den weithin bekannten und angesehenen Mann mit respektvollem Hutziehen grüßten.

Der Schauspieler setzte seinen Gedankengang fort und versicherte dem jungen Manne, er habe, nach der Aufregung dieser Probe, seine beruhigende Gegenwart nötiger als je. Allein gelassen, wäre er jetzt jeder Dummheit fähig. Am liebsten schmisse er in einer solchen Stunde den ganzen Krempel hin und liefe auf und davon. Diese unsinnigen, widernatürlichen, Gesundheit untergrabenden Erregungen seien es, die ihm den Beruf am meisten verleideten. Und dabei wisse er, dass sie unvermeidlich und unausbleiblich seien, und dass, mit den Jahren, man dagegen nicht nur nicht abstumpfte, sondern immer empfindlicher, die Erregung immer größer und quälender werde. Er bewundere, ja beneide dieses junge Geschöpf, das, in der Ahnungslosigkeit seiner Anfängerschaft, unbewegt und kühl wie ein Eiszapfen bleiben könne. Noch nach der Probe sei die Kleine zu ihm gekommen und habe ihn gebeten, ihr doch noch einige Winke und Ratschläge zu erteilen und ihr alles zu sagen, was er über ihre Leistung auf dem Herzen hätte, und als er ihr erwiderte, es hätte doch keinen Sinn, sie jetzt noch mit Einzeldingen, die sie sich doch nicht merken könne, zu verwirren und er könne ihr nur äußerste Ruhe, Spannung und Gefasstheit empfehlen und nichts Besseres raten, als bis zur Vorstellung zu schlafen, gemeint, sie bedürfe der Ruhe nicht, sie sei ohnehin ganz ruhig, und er möge ihr nur unbedenklich das Nötige sagen, sie würde sich alles genau merken, auch das Kleinste, und sei imstande, es noch zu verarbeiten. Und er glaube ihr das auch und sei überzeugt, dass sie bis zum Ende der Vorstellung ihre Ruhe behalten werde, während er Blut schwitzend dabei stehen und alle Folter der Hölle erdulden werde, sodass ein solcher Abend ihn ein halbes Jahr seines Lebens kostete. Wäre es denn nicht tausendmal besser, Bauer zu werden und sein Feld zu bebauen oder sonst was Anständiges anzufangen, als ein solches Hundeleben und solche Aufregungen auf sich zu nehmen, sich zum Schaden und niemandem zuliebe, nur dass ein paar Abendstunden ausgefüllt würden und ein paar Müßiggänger etwas zu gaffen hätten?

Der Sekretär kannte diese Stimmungen an ihm und wusste, dass es da kein Ankämpfen gab und man ihn gewähren lassen musste, bis er sich ausgetobt hatte.

Der Schauspieler tobte noch weiter: Gäbe es Unwürdigeres, einen unwürdigeren, unmännlicheren Beruf als diese Abhängigkeit: niemals das zu tun, wozu man Lust hatte, wozu es einen drängte, sondern immer das, wozu ein anderer Lust hatte? Niemals auszusprechen, was man fühlt und denkt, sondern was ein anderer gefühlt, ein anderer gedacht hat, ein anderer auszusprechen befiehlt? Sich immerfort innerlich mit Dingen beschäftigen zu müssen, die einem innerlich gleichgültig wären, in Situationen, in die man nie wieder hineinzugeraten gedächte? Was gehe ihn die Liebe an? Er sei ein alter Mann und längst über diese halbwüchsigen Empfindungen hinaus, mit denen er sich, vor fremden Augen zu Fremder Vergnügen, auf der Bühne immer noch herumschlagen müsste. Er sei ein Mann von fünfzig Jahren, aber seinen Erfahrungen nach ein Hundertjähriger und innerlich mit ganz anderen Dingen befasst, von ganz anderen Dingen erfüllt, von Sehnsucht nach Ruhe und Einsamkeit. Möge man ihn doch in Ruhe und Einsamkeit, unbehelligt, seine Tabatièren sammeln lassen. Seine Tabaksdöschen seien ihm viel wichtiger und viel lieber als die ewigen Liebesgeschichten, zu denen ihn sein Beruf verurteile. Er habe von der Liebe genug, von den Weibern genug, genug und übergenug von diesem schlechten Geruche von Geschlechtlichkeit, mit dem dies Haus bis an den Giebel hinauf gefüllt sei. Er verstehe Niemanden, der, ungezwungen und freiwillig, diese verdorbene Luft irgendeiner anderen vorziehe. Er könnte auch den Sekretär nicht verstehen. Ob er es denn nicht rieche, nicht schmecke, diesen üblen Geruch, in jedem Gespräch, in jeder Bewegung, in jedem Augenzwinkern, bei Jedem und Jeder? Keine Regung, kein Wunsch, kein Gedanke gehe auf anderes. Liebe sei hier so allgemein, so gewöhnlich, so gang und gäbe geworden, dass jede Liebkosung, jede Zärtlichkeit, jeder Kuss seine Einmaligkeit, sein Überraschendes und Erobertes, seine Bedeutung verloren habe. Ein jeder habe mit jeder etwas, der erste Liebhaber mit der Salondame, und der jugendliche mit der komischen Alten, und der Bonvivant mit der Heroine, und die Heroine mit dem Tenor, der Intrigant, der père noble und der Komiker teilten sich in die Naive, und der Kapellmeister halte es mit Sopran und Alt, und die Frau des Prinzipals, dieses gutmütigen Amphitryo, der von nichts eine Ahnung habe, mit Allen, und der alte Esel, der Spielleiter, mit sämtlichen Damen vom Chor und Alle mit dem Publico. Und das alles sei selbstverständlich, niemand wundere sich, nehme Anstoß, entrüste sich; im Gegenteil. Ihn ekle vor dieser unsauberen, ungesunden Luft. Das gute, alte Pastorenblut in seinen Adern empöre sich dagegen und schütze ihn vor der Gefahr der Ansteckung, die in dieser Umgebung wahrhaftig nicht gering sei und der Schwächere längst unterlegen wären. Jedes Gespräch mit seinem alten Freunde Rigolo, dem Komiker, eröffne ihm Einblick in ein ganzes Pandämonium aller Laster und Abgründe der menschlichen Verworfenheit; und dabei nehme sich der alte Sünder ihm gegenüber noch zusammen und hebe sich die unartigsten seiner Zoten, Zynismen und Schlüpfrigkeiten für die Naive auf. Und dies sei, bei allen seinen Wunderlichkeiten, noch der Klügste, Merkwürdigste und Wertvollste von der ganzen Truppe, ja beim Theater überhaupt, den er bis jetzt entdeckt habe. Vollends die Weiber! Der Sekretär möge ihm und seiner Erfahrung glauben. Er stehe wohl hoch genug über dem Verdachte der Ruhmredigkeit in diesen Dingen, an denen er wenig Rühmenswertes fände, um von sich sagen zu dürfen, er kenne sie und wisse Lieder von ihnen zu singen. Er misstraue allen. Ihn täusche kein Schein mehr, keine angenommene Miene, keine gespielte Unschuld. Er vermöge zu unterscheiden, was hinter Unschuld und Leidenschaft zu stecken pflege. Gleich das junge Mädchen von vorhin, mit den Unschuldaugen, die es der armen Seele des Sekretärs angetan zu haben schienen. Ihm hätten diese Augen eine andere Sprache gesprochen. Nicht einen Moment hätten sie ihn darüber im Zweifel gelassen, dass ihre anmutige Besitzerin bereit sei, ihm jede Gunst einzuräumen, jede, sofort, ohne langes Zögern und Werben, allerdings auch ohne die Meinung erwecken zu wollen, als ob das Gewähren der Gunst ein allzugroßes Opfer bedeute, ihm eine allzu große Bedeutung beizumessen sei. Mancher andere hätte sich die Gelegenheit zunutze gemacht. Er sei zu alt dazu oder vielleicht auch nicht alt genug, um sich einer derartig raschen Eroberung zu freuen, die er zu wenig Geck sei, seinen menschlichen oder männlichen Vorzügen zuzuschreiben, weil er wohl wisse, dass sie entweder der Berühmtheit seines Namens zu danken sei oder weil man sich von ihm Unterweisung und Förderung in der Kunst verspreche, oder weil seine Stimme bei der Leitung der Bühne Gewicht habe und eine gute Rolle erwirken könne oder sonst welchen noch nicht zu errechnenden Vorteil. Er seinerseits danke für solches Glück in der Liebe und bitte Gott, ihn davor zu schützen.

Sie hatten die Straßen hinter sich gelassen und gingen, am fürstlichen Garten vorbei, durch die große Allee. Unsäglicher Nachmittagfrieden wob seine lautlose Stille um sie. Der aber die innere Unruhe des Schauspielers nur noch zu steigern schien: Jetzt sei die Stunde, da jeder anständige Bürger sein Mittagbrot verzehre, um sich seine Pfeife anzustecken, sich an seinen Sammlungen zu ergötzen und auf den wohlverdienten Feierabend zu warten. Feierabend! Die Seligkeit dieses Begriffes, dessen schlichtes Glück auch dem Ärmsten, auch dem einfachen Mann aus dem Volke geschenkt sei, kenne der Beruf des Schauspielers nicht. Ihm vergehe der Nachmittag in dem Gefühle, dass er abends wieder ins Theater, in die verhasste Tretmühle müsse, einen Abend wie den andern, wieder in die kleine, dumpfe Garderobe, eine halbe Stunde vor Beginn der Vorstellung, um mit seiner Maske rechtzeitig fertig zu werden. Und dann komme das Hässlichste und Unerträglichste von Allem, das, was ihm jeden Abend die Schamröte von Neuem ins Gesicht treibe: Könne man sich einen ernsthaften, erwachsenen Mann denken, der, um seine Lebensaufgabe zu erfüllen, sich jeden Abend Fett ins Gesicht schmieren und Fäden ans Kinn kleben müsse? Gäbe es etwas Unsaubereres, Lächerlicheres, Würdeloseres? Als ob das Wort, die Stimme, das Gesicht, das Auge, die Gebärde, die Haltung nicht genügten, ihn zu verwandeln? Als ob er so, in seinen Straßenkleidern, nicht ebenso Aeneas und Philoktet, Samson und Cortez und Belisar wäre, ohne Sandalen und Ritterstiefel, Toga und Harnisch, Helm und Barett, ohne Maske, Schminke und Umhängebart? Bloß weil die armselige Fantasie der Gaffer nicht ausreichte, um seine wirkliche, innere Verwandlung wahrzunehmen und der äußerlichen Unterstützung durch kleine, kleinliche Behelfe bedurfte. Und für wen

16

machten sie das Alles! Zu denken, für wen er sich, er, Schminke ins Gesicht schmieren und einen Bart kleben müsse! Für ein Publikum satter Müßiggänger, verständnisloser und ungebildeter Banausen, kunstfremder Barbaren, die zwischen der erhabenen Sprache eines Roscius und den Späßen des Momus nicht zu unterscheiden wissen, denen die Kunst gerade gut genug sei, ihnen die Verdauung einer reichlichen Mahlzeit zu fördern, deren Anteil an der Kunst sich zusammensetze aus Schaulust, Neugierde, Klatschsucht und Lüsternheit. Er könne es nicht beschreiben, welcher Zorn ihn manchmal ergreife, wenn er sie so dasitzen sehe, faul, stumpf und unbeteiligt, hämisch und tadelsüchtig: Nun mache uns etwas vor! Und wehe dir, wenn du uns heute nicht verblüffest, überraschest, überrumpelst! Von dir erwarten wir, dass es uns über den Rücken grusele, oder dass du uns lachen machst, bis wir platzen. Diesen Ruf haben wir dir gemacht und dafür zahlen wir dich. Und es sei nicht Einer unter ihnen, der ahne, wie ernst und schwer er mit seiner Kunst ringe, und wie lange es währe, bis er sich so weit habe, seinen inneren Menschen von sich abzustoßen, bis er wie ein Fremder wirke, sodass er sicher sei, sich selber zu spielen und doch ein Anderer scheine, und wie furchtbar ihm, jedes Mal, dieser Prozess der Verwandlung werde, aus seinem Erfahren und Erlebnis und dem Erlebnis des Dichters ein Ganzes erwachsen zu lassen, das sein eigenes Leben führe. Das sei Schauspielkunst. Aber wer wisse das! Die Anderen wollten gekitzelt sein, weiter nichts. O, wie er diese Menschen hasse! Wie er überhaupt alle Menschen hasse, Theater, Hof und Stadt und Alle! Diese ganze Welt voll Lüge, Verleumdung, Berechnung, Eigennutz und innerer Leere. Er brenne nur darauf, sich so viel zu erwerben, um sich ein Gütchen kaufen zu können und sich in die Einsamkeit zu flüchten.

Der Sekretär ließ ihn zu Ende toben und meinte dann nachdenklich: Es sei seltsam und gebe ein merkwürdiges Bild vom Zustande der Welt und der Gesellschaft, dass sich ähnliche Stimmungen in den Lebensbeschreibungen vieler bedeutender Männer, zumal großer Dichter und Künstler, wiederfinden; es scheine, als ob auf einer gewissen Höhe der Entwicklung, zu Zeiten der vollendeten Reife, fast alle schöpferischen Gemüter, vielleicht aus einer Ermüdung, wahrscheinlicher aber aus Anschauung der Welt, von einer großen Traurigkeit befallen werden müssten, die ihnen das Zusammenleben mit den Menschen verleidete und sie zur Flucht in die Einsamkeit, an den Busen der allein immer gleichmütigen, immer verlässlichen Natur verlockte. Er erinnere sich, in den Attischen Nächten des Aulus Gellius Anmerkungen über ähnliche Vorgänge im Leben des alternden Vergil, ja selbst über den sonst so heiteren Horatius Flaccus gelesen zu haben. Und weniges habe ihn so traurig gemacht, wie diese Nachricht über die, wie es scheine, unausbleiblichen melancholischen Krisen des schaffenden Genies.

Das freue ihn, erwiderte der Schauspieler schnell, und verbesserte dann gleich: das heißt, es betrübe ihn, dass auch Andere dieselbe schmerzliche Pein erlitten wie er, und es würde ihn freuen, diesen Seelenzustand einmal auf der Bühne darstellen zu können. Aber er finde, soviel er gesucht habe, die hiefür geeignete Rolle nicht.

Auch der Philoktet drücke eine andere Art von Menschenhass und Weltekel aus, als die ihm vorschwebte. Ob der Sekretär, der so Vieles gelesen habe, ihm da nicht Rat, nicht das richtige Stück wisse? Seinen Menschenhass müsse er unbedingt noch auf der Bühne austoben, früher lasse es ihm keine Ruhe. Am besten wäre es, einer der zeitgenössischen Literaten übernehme es, diesen würdigen Gegenstand für die Bühne zur Ausführung zu bringen, der, durch die Tragik des Motivs, einer ausdrucksvollen Darstellung und starken Wirkung sicher wäre. Und ihm am liebsten, wenn sich niemand anders als der Sekretär selbst dazu entschlossener mit seiner Fähigkeit, der Kunst und dem Leben nachzufühlen und nachzuempfinden und seiner Kenntnis aller Literaturen, vor allem aber durch seine Vertrautheit mit des Schauspielers künstlerischer Eigenart, sicher der Geeignetste zu diesem Amte wäre.

Und schnitt das Lächeln des Sekretärs mit der Bemerkung ab, dass Jener ein Dichter sei, das wisse er. So etwas fühle er und darin täusche er sich nicht. Und des jungen Mannes Liebe zum Theater und die Gefühlsstärke, mit der er es und alles was dazu gehöre, erlebe, beweise, dass er dafür geboren sei. Wie er ja auch nie wieder davon loskommen würde, denn wen das Theater einmal gepackt und in seinen Klauen habe, den lasse es nicht mehr.

Der Sekretär lächelte. Er leugne nicht, dass ihm das Theater wert sei. Aber lediglich als Erlebnis. Um dafür zu dichten, dazu fehlten ihm Leidenschaft und heißer Wille. Energie, gewissermaßen der gereckte Wille zur Tat sei es, was den Bühnendichter mache. Bei ihm reiche es gerade noch, die guten Theaterstücke der Anderen zu übersetzen oder für Zeit und Bedürfnis dieser Bühne zu bearbeiten. Wenn er Dichter wäre, was er nicht glaube, dann wären es ganz andere Stoffe, lyrischere, idyllischere, die ihn viel mehr anlockten und auf andere Wege drängten als die der Bühne. An die ihn lediglich die Anschauung des Menschlichen fessele, das sich hier stärker und unverhüllter gebe als irgendwo sonst, und das ihn überall, wo er es fände, auch außerhalb des Theaters, am meisten anrühre. Warum er auch glaube, von der Bühne wieder los kommen zu können, was er, um aufrichtig zu sein, von dem Schauspieler nicht in demselben Grade annehme, den er sich ohne das Theater lebend ebenso wenig denken könne, wie das Theater ohne ihn.

Der Schauspieler lachte laut auf. Er von der Bühne nicht loskommen? Lieber heute als morgen. Und nie wieder zurück. Das könne er ihm schwören. Er solle ohne das Theater nicht leben können? Und wie er ohne das Theater leben könne! Er könne es gar nicht mehr erwarten, ohne das Theater zu leben. Als Bauer würde er sich glücklicher fühlen, als jemals am Theater. Er wisse nicht, was ihn daran festhalte. Außer, dass er das wundervolle Glück und die hohe Ehre gehabt habe, die Freundschaft der Fürstin zu finden, dieser herrlichen Frau mit der großen und weiten, alles Menschliche und Schöne umfassenden Seele, von feinster Bildung des Herzens und des Geistes, dieser einzigen Frau, die einer reinen und geistigen, von keinem Verlangen getrübten Freundschaft mit einem Mann fähig sei, einer Freundschaft, die erlebt zu haben er immer für die Krönung und das Glück seines Lebens ansehen werde.

Sie hatten den Ausgang der Allee erreicht und betraten die Landstraße, die zu einer kleinen, am äußersten Rande der Stadt gelegenen und diese überschauenden Gruppe von gartenumgrünten Landhäusern führte, deren eines der Schauspieler bewohnte.

Die Freundschaft mit der Fürstin, sagte der Schauspieler, sei eine Beziehung, die zu edel und wunschlos sei, zu hoch stehe, als dass Neid und Verleumdung sich an sie heranwagten und sie zu beflecken vermöchten, und durch sie habe er sich auf den Weg der selbstlosen, uninteressierten Anschauung alles Schönen zurückgefunden und zu dem gemeinsamen Quell aller Tugend und aller Kunst, unbeirrt nur auf die Stimme der Natur zu hören, zum ersten Mal wieder, seit jene heilige Verstorbene, die wie ein Engel aus höheren Welten zu ihm herniedergestiegen sei, um sein Leben zu verklären und seiner Kunst den Stempel der Weihe aufzudrücken, von ihm gegangen sei und ihn im Leben allein gelassen habe.

Der Schauspieler war vor Jahren, lange vor der wilden Zeit mit der Faustina – die Geschichte dieses tollen Zusammenlebens mit der damals schon Berühmten und Berüchtigten schwirrte, legendarisch ausgeschmückt, heute noch im Gedächtnis der Stadt, ebenso wie die Anekdote ihrer Flucht und der Ruf ihrer späteren Abenteuer – mit einer Sängerin verheiratet gewesen, die nach kurzer Ehe gestorben war. Er sprach von jenem Abschnitt seines Lebens nie anders als mit Worten und Tönen der tiefsten Rührung.

Seit jener Heiligen, sagte er, habe er bei der Fürstin zum ersten Mal wieder geistige Kameradschaft und Anrufen des Guten in ihm gefunden. Die hohe Frau, deren stille, fast undurchsichtige und bis zur Unnahbarkeit vornehme Schönheit, vielen unfassbar, die meisten in einem ehrfurchtsvollen Abstand zu halten wisse, trete ihm, dem Schauspieler, ohne jedes Vorurteil, in vollkommener Unbefangenheit gegenüber. Sie allein begreife ihn. Für sie allein spiele er. Das heißt, er wolle nicht undankbar sein: auch für ihn, den Sekretär, den er gerne seinen jungen Freund nenne. Und wenn er sie beide nicht hätte, die Fürstin und den Sekretär, wäre seine Kunst zwecklos, denn sie seien die Einzigen, die ebenso für die kleinen Züge wie für den großen Zug seiner Kunst Verständnis hätten. Er habe der Fürstin auch schon wiederholt von seinem jungen Freunde erzählt und die neugierig Gemachte, an wertvollem Umgang nicht allzu reich und darauf erpicht, würde sich gewisslich freuen, ihn kennenzulernen. Ob er denn gar keine Lust und Kurasche dazu verspüre? Er übernehme es gerne, ihn vorzustellen. Allerdings würde sein lyrisches Gemüt sich, das verbürge er ihm, unweigerlich in die Einzige verlieben.

Der Sekretär lehnte lebhaft ab. Nein, dazu tauge er nicht. Er passe nicht in die Gesellschaft, in die große Welt. Da fühlte er sich sicherlich wie auf den Kopf geschlagen. Er finde es viel schöner, die wunderbare Frau so, in seiner Schilderung, durch die Begeisterung eines so beredten Mediums geschmückt, kennenzulernen, wie er ja durch ihn so viele Schönheit der Welt erleben dürfe. Mit dem Vorteil, der Gefahr zu entgehen, sich zu verlieben und zu verlieren.

Der Schauspieler nannte ihn einen ewigen, unverbesserlichen und unrettbaren Lyriker.

Unter solchen und ähnlichen Gesprächen erreichten sie das Haus, in dem der Schauspieler wohnte, und verabschiedeten sich an der Türe des Vorgärtchens voneinander, wobei der Schauspieler dem Sekretär herzlich für seine Begleitung und Ermutigung dankte: Er sei der Einzige, der dieses Wunder über ihn vermöge; der junge Mann schüttelte die ihm dargebotene Hand und schlug seinen Rückweg, zur Stadt, ein.

Der Schauspieler betrat das Esszimmer, in dem ihn seine Hausfrau, ungeduldig und vorwurfsvoll, erwartete: Die Suppe sei angebrannt, der Braten bereits kalt geworden. Wo er denn so lange geblieben sei? Er habe also doch probiert, trotzdem er sich des Morgens hoch und heilig verschworen habe, um keinen Preis sich eine neue Delila gefallen zu lassen.

Natürlich habe er geprobt. Was glaube sie denn von ihm? Kenne sie ihn so schlecht? Hätte sie im Ernst von ihm angenommen, er könne vergessen, was seine Pflicht sei und wofür er bezahlt werde? Er wisse genau, was er dem Theater und seiner Stellung an diesem schuldig sei.

Wie denn die Neue sei?

Recht anständig. Sehr begabt. Im Übrigen möge man ihn mit das Theater betreffenden Fragen gefälligst verschonen. Müsse er denn immer wieder daran erinnern, dass in seinem Hause dieses Wort nicht ausgesprochen werden dürfe? Das Haus müsse rein bleiben. In seinen vier Wänden wenigstens wolle er Ruhe haben.

Und setzte sich an den Esstisch. Die Frau trug, eine Weile noch fortbrummend, die Suppe auf.

2.

Das Theater wusste nichts. Die Stadt noch weniger. Der Einzige, der es merkte, aber auch mehr erratend und ahnend, als dass er Wirkliches entdeckt oder beobachtet hätte, war der Sekretär. Aber der schwieg und ließ sich nichts anmerken. Weder den Andern, noch den Beiden selbst gegenüber. Ja, er bemühte sich, Spuren, die zu Entdeckungen hätten führen können, hinter ihnen her, zu verwirren und zu verwischen.

So gedieh das Glück dieser ersten Tage in der Heimlichkeit, wie in einem lauschigen Neste, das es von allen Seiten umschloss, wohlbewahrt, gehütet und geborgen.

Es war dieses das erste Mal, dass ihm die oft versuchte, aber zum ersten Mal wirklich gewünschte Heimlichkeit wirklich gelang, weil er sich nie noch vorher so ängstliche Mühe um sie gegeben hatte, wie er es diesmal tat, sei es, dass ihn Erinnerung an die Faustina vorsichtig machte, sei es aus Scheu, durch den Unterschied der Jahre lächerlich zu werden, sei es aus Scham, so schnell seinem aller Welt bekannten Vorsatze, sich nie wieder von Liebesgeschichten überrumpeln zu lassen, abtrünnig geworden zu sein. Und die Kleine machte die Heimlichkeit gerne mit, wie wenn es sich um einen guten Spaß, um die gelungene Verwirklichung einer lustigen Komödie handelte, und es ihr den Reiz des Erlebnisses erhöhte, in einer Sphäre, in der Verschwiegenheit so selten gedieh und alle Liebe sofort zu einer Sache der Öffentlichkeit wurde, gewissermaßen das ganze Theater und alle Kolleginnen zum Besten zu halten.

Aber bald war die Heimlichkeit ihres Glückes den beiden Menschen, die ihrer Liebe Gebärden allabendlich den Blicken Aller preisgeben mussten, selbst ein Glück, dessen Zauber sie täglich stärker empfanden und zu dessen Schutze ihre Erfindungsgabe täglich neue Listen spann.

Sie waren hineingeraten, ohne zu wissen, wie. Auf einmal war es da gewesen.

Als jene Vorstellung, in der sie zum ersten Mal die Delila, fast ohne Probe, spielte, so über alle ihre Erwartung gut ging und alles klappte und sie fühlte, dass ihr nun nichts mehr geschehen könne, und die Leute unten, wie toll klatschten, und sie, zum ersten Mal, dieses Geräusch zu hören bekam, da war sie, nach der großen Szene mit Simson, nachdem er sie das erste Mal vor den Vorhang gezogen hatte, hinten, in der Kulisse dem berühmten Kollegen um den Hals gefallen und hatte ihn geküsst. Einfach vor Glück. Sie hatte nicht anders können. Gedacht hatte sie nichts dabei. Sie hatte den ganzen Abend nichts gedacht. Und als dann, nach Schluss, der Erfolg nicht nachließ, sondern wuchs und sich steigerte und noch größer wurde, und, nach dem befriedigt schmunzelnden Prinzipal, auch der Intendant auf der Bühne erschien, um die Anerkennung der hohen Herrschaften zu überbringen, hatte sich das wiederholt. Und dann hatte sie ihn gefragt, wie er mit ihr zufrieden gewesen wäre. Und er hatte, ganz gut, geantwortet und morgen würde er ihr mehr sagen. Und dann hatte sie ihn gebeten, morgen zu ihr zu kommen, und ihr alles zu sagen, ganz aufrichtig, und je strenger, umso dankbarer würde sie ihm sein. Und er hatte ihr das versprochen und war auch am nächsten Tage gekommen und hatte ihr eine Menge gesagt. Eigentlich hatte er ihr die Leviten gelesen und war recht streng zu ihr gewesen und hatte ihr gesagt, sie dürfe sich durch den Erfolg nicht betrügen und nicht verführen lassen und auf den Beifall der Unverständigen sei nichts zu geben und ihre Leistung sei nur insoweit zu loben, als man die ungünstigen Umstände und ihre Jugend in Betracht zöge, aber sie dürfe sich jetzt nicht etwa einbilden, dass sie an sich etwas tauge, es fehle an allen Ecken und Enden, vor allem in der Sprache, sie hätte nichts Rechtes gelernt und, was vor allem das Betrüblichste sei, es sei schon eine erstaunliche Sicherheit da, Sicherheit ohne wirkliches Können, und sie vergesse ganz, dass das Erlebnis auf der Bühne entstehen und wachsen müsse, und bringe alles fertig dem Publico dar. Und dann hatte sie zuerst geweint und dann hatte sie ihn gebeten, ihr zu helfen und er werde sehen, wie sie alles beherzigen werde, was er ihr sage, und dann hatte er ihr versprochen, sie zu seiner Schülerin zu machen, und dann war es auf einmal geschehen. Sie war an seinem Hals gelegen, er hatte sie geküsst und sie ihn wieder und ohne dass er bettelte, war sie sein gewesen, beide in dem Gefühl, dass es sehr schön und selbstverständlich sei. Aber da es gegen Abend ging und sie hatten eilen müssen, um rechtzeitig in das Theater zu kommen, – die Wiederholung der gestrigen Vorstellung war schon für den nächsten Abend, diesen, angesetzt worden – hatten sie keine Zeit gehabt, auch von Liebe zu sprechen, sondern die wenigen, ihnen verbleibenden Minuten ausnützen müssen, um noch einmal alles durchzugehen, was er an ihrer Leistung zu tadeln fand, denn die Kleine hatte darauf gebrannt, ihm ohne Verzug durch eine von Grund auf geänderte Spielart zu beweisen, wie rasch seine Ermahnungen bei ihr gefruchtet hatten. Und den Rest des Abends hatte sie vollauf zu tun, um sich in jenem unterbrochenen Zustande fieberhafter Spannung und Erregung zu halten, von dem er ihr gesagt hatte, dass er in ihrem Stadium der Anfängerschaft die einzige Hilfe und Voraussetzung zu dem Wunder der Verwandlung sei, das allein verdiente, Schauspielkunst genannt zu werden. Es war ihr Anfangs nicht leicht geworden, jede Zerstreuung zu übersehen, zu überhören, fern zu halten, und nur mit zusammengebissenen Lippen, zur Faust geballten Händen, gespannten Nerven, unter körperlichen Schmerzen fast war es ihr gelungen, diesen Zustand gefüllter Sammlung zu erreichen, und auf einmal war es ihr gewesen, als gehe ihr jetzt eben, in diesem Moment, das Geheimnis auf und sie war in einen Rausch und Taumel hinübergeglitten und hatte sich, zum ersten Mal auf der Bühne, eine andere werden und doch zugleich, so stark wie noch nie vorher, sich selbst gefühlt. Es war eine körperliche Seligkeit damit verbunden gewesen, nicht viel anders als jene am Nachmittag, als er sie nahm, an die sie dunkel sich erinnerte, wie an etwas weit zurückliegendes. Und erst als die andern gekommen waren, der Spielleiter und dann der Prinzipal und dann die Kollegen und sie alle gefragt hatten, was denn das sei? Sie sei heute nicht wieder zu erkennen, sie sei wie umgetauscht gegen gestern, und dann der alte Rigolo ihr gesagt hatte, heute erst merke er, wie jung sie sei, gestern sei das gar nicht zu spüren gewesen, da war ihr das Bewusstsein wiedergekommen und sie war so vergnügt geworden, dass sie hätte schreien mögen, und am vergnügtesten, als *er* ihr, über alle weg, zunickte: Heute sei er wirklich zufrieden.

Und da war ihr, mit einem Male, alles wieder, die ganze Geschichte dieser beiden Tage, erinnerlich geworden und hatte sie mit einem unbändigen Glücke erfüllt.

Von Liebe aber sprach man, fürs erste, nicht. Letzten Grundes war der Schauspieler unpathetisch. Vor gewissen Worten hatte er Scheu. Was er, an den höchsten Momenten aller Abende, auf der Bühne sprach, taugte ihm für sein Leben nicht. Es war ihm zu viel und zu wenig dafür. Es war ihm zu geläufig, als dass es ausreichte, und zu wert, als dass er es noch geläufiger machen wollte. Und dann wollte er sich nichts vormachen. Sich nichts und ihr noch weniger. Was ihn zunächst anzog, war der junge Körper. Er hatte ja viele Erfahrungen, aber er erinnerte sich nicht, jemals einen so jungen Körper genossen zu haben. Zum Mindesten hatte er noch nie die Jugend eines Körpers so gespürt wie diesmal. Junge Leute merken so etwas nicht. Die lieben drauf los und achten mehr auf sich als auf die andern. Darin war er früher auch nicht anders gewesen. Diesmal öffneten sich seine Augen und entdeckten, gewissermaßen, die Jugend und in ihr einen Quell immer frischer sprudelnder Bezauberungen, aus dem in sie selbst eine neue köstliche Frische überdrang. Er wurde nicht müde, den Reiz dieser jungen Bewegung zu beobachten. Wenn sie in der Türe stand; wenn sie den Arm hob; wenn sie kniete; das alles war so leicht, so schwebend, so wunderbar ahnungs- und gedankenlos. So jung. Seltsam, wie sich das alles auf der Bühne verwischte! Oder Absicht, Zweck, Bedeutung bekam und schwer wurde! Während es hier, ohne Ahnung beobachtender Augen, den engen Raum mit einer schwebenden, ratternden, zwitschernden Anmut ohne Gleichen erfüllte. Er gab der Kleinen Aufträge, erbat manche Hilfeleistungen, deren er gar nicht von Nöten hatte, ließ sie hundertmal um eine Stange Frühkirschen oder ein Glas Wein springen, nur um diesen Körper immer in munterer Tätigkeit zu sehen und sich an der Mannigfaltigkeit und dem wechselnden Schwung seiner Bewegungen zu erfreuen. Es fehlte nicht viel, und er hätte sich versucht gefühlt, ihr die Ahnungslosigkeit ihrer Gebärden abzugucken.

Und dann besaß dieser junge Körper in einem ungewöhnlichen und wunderbaren Maße die angeborene Fähigkeit zum Werke der Liebe. Gleich beim ersten Male hatte er es gemerkt; ob sie die Begabung zur Schauspielkunst hatte, wusste er damals noch nicht, aber ihre Begabung zur Liebe erwies sich ihm über jeden Zweifel. Er sagte ihr das freimütig; und die heitere und fast stolze Ehrlichkeit, mit der sie sein Geständnis als sie ehrende Anerkennung und erfreuliches Lob hinnahm, sich ohne sprödes Getue zur Liebe bekennend, erfüllte ihn mit neuem Entzücken, während sie tief befriedigt schien, auch ihrerseits etwas zu besitzen, womit sie ihn beschenken und beglücken konnte.

Denn sie verbarg ihm nicht, wie viel ihr an seiner Unterweisung und seinem Unterricht gelegen war, und bei jedem seiner Besuche drang sie darauf, die erste Stunde der ernsten Arbeit in der gemeinsamen Kunst zu widmen.

Er kam alltäglich in den späteren Stunden des Nachmittags, die er sonst, vor dem Theaterbeginn, mit einsamen Spaziergängen, an seinen Rollen arbeitend, auszufüllen pflegte, sodass seine gewohnte Abwesenheit niemanden, auch seiner Hausfrau nicht, auffallen konnte, der er übrigens schon seit Langem über den Gebrauch seiner Zeit jede Rechenschaft verweigerte, in einen Mantel gehüllt, durch ein Hinterpförtchen in das von der jungen Schauspielerin bewohnte Häuschen, das in einer Nebengasse des dem Theater angrenzenden Stadtviertels gelegen war, wurde von ihr empfangen und die dunkle Treppe hinaufgeführt, wobei es ihrer luchsaugigen Vorsicht jedes Mal noch gelungen war, den liebevoll nachspähenden Blicken neugieriger Nachbarinnen zu entschlüpfen.

Er unterließ es bei keinem seiner Besuche, ihr eine Kleinigkeit mitzubringen, Blumen oder von den berühmten Zuckerwaren der Stadt, ein Buch oder einen Stich oder eine liebe Kleinigkeit zum Schmucke des hellen, freundlichen Zimmerchens, in dem sie dann saßen und ein Tässchen Kaffee oder Schokolade gemeinsam schlürften, bevor sie an die Arbeit gingen. Kostspielige Präsente, etwa Schmuck, von ihm anzunehmen, hatte sie sich bei seinem ersten Versuche so heftig, fast beleidigt geweigert, dass er ihn nicht mehr zu wiederholen wagte.

Manchmal fragte er sie, ob er nicht zu alt für sie sei. Worauf sie ihn auslachte, sich rühmte, es immer verschmäht zu haben, sich mit grünen Laffen abzugeben, altklug auseinandersetzte, dass und warum nur das reifere Alter zu lieben verstehe, und dass Zartheit, Rücksicht, feinfühlendes Verständnis für die Wünsche und Bedürfnisse einer Frau nur beim reifen Mann zu finden seien, ganz abgesehen davon, dass es mit ihnen, die etwas von der Welt wüssten und immer etwas zu sagen hätten, auch amüsanter und lustiger wäre als mit den jungen Leuten, die immer nur an das Eine dächten und sonst nichts, was doch auf die Dauer langweilig sei, und schließlich bestritt, dass er alt sei. Er sei viel jünger als die Jüngeren, in jeder Beziehung, viel jünger als sie selbst sei, viel jünger als er selber dächte: überhaupt ganz jung. In diesem Punkte ließ er mit sich reden und gab nach und nur das nicht zu, dass jenes Eine auf die Dauer langweilig sei. Und in diesem Punkte wieder gab sie nach.

Mitunter hatten sie freie Tage, etwa wenn Komödie war, oder Opera buffa, oder sonst keines von ihnen in der Vorstellung beschäftigt war. Dann blieb er länger in den Abend hinein und sie saßen nach der Arbeit, wenn er ihr ihre Sprechübungen abgehört und eine oder die andere Szene aus den wichtigsten Rollen des Repertoires einer Liebhaberin mit ihr durchgenommen hatte, wobei er zuerst ihren Partner machte, ihr dann aber entweder den Text ihrer Rolle selber vorsprach oder aber, was er lieber tat, den Aufbau der Rede und die Mittel der Steigerung angab und den Sinn und die seelische Situation in der Weise verdeutlichte, dass er im Tonfall der Angabe und Erklärung ihr den Tonfall der Rede gab, sodass sie nur seinen Ton aufzunehmen brauchte, um den Ausdruck zu halten, und doch das Gefühl der eigenen Stimme und selbstständiger Arbeit behielt, saßen nach der Arbeit auf dem kleinen Sofa und plauderten in das Dämmern der Abendstunde. Meistens redeten sie, trotzdem er es anfangs versuchte, auch hier das Ausschalten des Theatergesprächs zum Hausgesetz zu machen, vom Theater. So wie nur Menschen des Theaters vom Theater zu reden vermögen, mit der unermüdlichen Eindringlichkeit und Besessenheit, mit der gleichen Freude an Klatsch und tiefsten Fragen der Kunst, mit dem, gleich aus Hass und Liebe gemischten, leidenschaftlichen Anteil an Kollegenschaft, Theater und allem Kleinen und Großen, was daran hängt.

Oder sie sprachen von kleinen Vorfällen des täglichen Lebens und der Stadt, aber so, dass die Vorkommnisse Szenen wurden und die Leute der Stadt Figuren einer lustigen Komödie.

Dann erzählte sie aus ihrem Leben, dem Leben des jungen Mädchens, das unbestimmte Sehnsucht und der Drang nach dem Abenteuer des Theaters aus der guten Familie gerissen hatte. Sie erzählte Vieles, nicht alles.

Manchmal log sie. Aber sie log nie, dass ihre Lüge Wahrheit war. Wenn sein Gesicht ungläubig wurde, lachte sie spitzbübisch.

Er blieb dabei, nicht von Liebe zu sprechen. Und sie verlangte es nicht von ihm. Wenn, zuweilen, seine Augen von Glück strahlten, sprach sein Mund davon, als ob es ein hereingezogenes, ihnen im Traum geschenktes, wie gestohlenes Glück wäre, das ebenso schnell wieder verfliegen würde. Es werde nicht von Dauer sein. Darauf müssten sie sich beide einrichten. Dann schwieg sie, als ob das selbstverständlich wäre und so sein müsste. Ihre Schultern senkten sich und die Mundwinkel fielen herab. Er sah sie an und dachte, dass sie mit diesem Ausdruck die Dido spielen könnte.

An diesem Abend erneuerten sie das Spiel ihrer Liebe, er nahm sie ein zweites Mal und sie gab sich ihm mit einer Seligkeit, die ihr schmales Jungmädchengesicht mit einer fast mütterlich runden Weichheit verklärte. Und dann fühlte er sich so jung, wie nie vorher.

Dann geleitete sie ihn an das Hinterpförtchen des Hauses und er verließ es, den Mantel um die Schulter geschlagen, den großen, weichen Hut tief ins Gesicht gedrückt, dass ihn keiner erkennen konnte, und trat, durch die abenddunklen Straßen, den Heimweg an.

Wie freute er sich an diesen Heimwegen! Wie genoss er sein Glück nach, diesen kostbaren Nachgeschmack auf der Zunge, Frische in allen Gliedern! Fast hätte er gewünscht, dass einer der Passanten ihn erkannte, so leicht, so beschwingt, so beflügelt, so verjüngt fühlte er sich. So hätte er den Pyramus spielen müssen. Und er nahm sich vor, demnächst mit dem Prinzipal des alten Stückes wegen zu sprechen.

Er nahm sich überhaupt wieder eine Menge vor. Das hatte er ein wenig verlernt gehabt, in dieser letzten, trübseligen Zeit. Woran das wohl gelegen sein mochte? Zweifellos, er war mit seinem Körper nicht ganz in Ordnung gewesen. Woran denn sonst! Er musste seine alten Übungen wieder aufnehmen. Sein Rapier wieder vornehmen, seine Keule schwingen und viel spazieren laufen, ins Freie, oder auf die Jagd; wenn erst die Glieder die alte Elastizität wieder kriegten, würden auch Geist und Wille wieder geschmeidig. Er hatte ja das Wünschen schon völlig vergessen gehabt. Das ging so nicht weiter. Gar so bequem brauchte er es seinem Prinzipal nicht zu machen. Das kam jetzt langsam wieder, auf diesen Wegen. Die Energie, sich etwas zu wünschen. Die Energie, Vorsätze zu haben. Die Energie, die Vorsätze auszuführen und durchzusetzen. Im Beruf und außerhalb des Berufes. Er nahm sich Gespräche vor: nicht bloß mit dem Prinzipal. Mit dem Sekretär, der ihm helfen musste, neue Rollen zu suchen. Die alten, zum Überdruss gespielten, genügten ihm nicht mehr; mit der Fürstin, mit der er, über sich zu reden, ganz menschlich, ganz nahe, auf einmal ein unbändiges Bedürfnis empfand; mit dem alten Rigolo, dessen lasterhafte Weisheit über manche Dinge Bescheid wusste, von denen kein anderer eine Ahnung hatte. Und bereitete sich für diese Gespräche, Frage für Frage, in wissbegieriger Erwartung, vor. Er nahm sich Tätigkeiten vor. Es gab Lieblingsbeschäftigungen, alte Liebhabereien, die er in dieser letzten Zeit vernachlässigt hatte. Die gedachte er jetzt wieder hervorzuholen, Versäumtes nachzuholen, wie er es seiner Bildung schuldig war. Denn in dieser, auf der Höhe seiner Zeit stehend, es mit deren Besten aufnehmen zu können, fühlte er sich seinem; auch in dieser Hinsicht übel verleumdeten Stande, als dessen verantwortlichen Vertreter er sich ansah, schuldig. Vor allem aber nahm er sich erneute Berufsarbeit, neue Rollen sowohl wie unablässig strenge Übung in seiner guten alten Kenntnis des Handwerks, vor.

Er fühlte, wie die Hypochondrie langsam von ihm abtropfte, abfiel, auf diesen Wegen. Es gab keine bessere Arznei als Wünschen und vom nächsten Tage etwas Erwarten. Er beschäftigte sich mit der Zukunft und spürte, gleichzeitig, eine schöne Gegenwart, und durch beides durch, sich. Er spürte wieder die sinkende Nacht und das Steigen der Nebel über den atmenden Wiesen, und das Rauschen des Windes in den Bäumen und den Duft des Frühlings aus der Erde und sah, wenn er sich umwandte, die Lichter der Stadt. Und alle diese Gegenwart, dieser strotzende Augenblick gehörte ihm, stand in irgendeiner Beziehung zu ihm, sprach zu ihm oder, was auch ganz schön war, von ihm.

An die Kleine dachte er eigentlich gar nicht viel, auf diesen Wegen. Das war ihm das erfreuliche und wohltuende an dieser Beziehung, dass sie ganz anspruchslos war, ihn gar nicht belastete, weder ihn noch sein Gewissen, Niemandem etwas nahm, eine kleine harmlose Liebschaft, einem Mann seines Alters und seines Berufes doch wohl zu gestatten, nebenbei, zwischendurch, nicht zu vergleichen mit den großen Leidenschaften, die früher schicksalhaft über sein Leben gebraust waren. Eine Erfrischung und Erholung, ausgefüllte Wartestunden seines Berufes sah er darin, sonst nichts. Er fühlte sich wohl bei der Kleinen, unterhielt sich gut mit ihr, besser als eigentlich sonst mit Jemanden, sie langweilte ihn nie, was wohl bei jeder der anderen vorgekommen sein mochte, und er freute sich jedes Mal auf das nächste Mal, während es sonst nie ohne eine gewisse Angst abgegangen war, was wohl diesmal wieder bevorstünde. Bei ihr war er sicher: Es konnte nichts geschehen, dazu war es nicht wichtig genug.

Die Kleine sah es ebenso. Das hatte er ihr gleich beigebracht. Dass sie ihm treu blieb, war sehr hübsch von ihr. Aber verlangt hatte er es nicht.

Das alles zusammen fügte sich aufs Glücklichste und schuf ein klares und, in aller seiner Körperlichkeit, reines Verhältnis, das der Kleinen völlig zu genügen schien, dem Schauspieler das Gleichgewicht seiner leiblichen und seelischen Kräfte wieder herstellte, eine neue

Jugend gab und beiden den Genuss einer wahrscheinlich kurzen, aber heiteren und ausgefüllten Gegenwart schenkte. Sodass er, wenn er Nachts, in die Hut seiner Häuslichkeit heimgekehrt, an der Seite seiner manchmal noch ein Weniges brummenden Hausfrau einschlief, das verschwimmende Gefühl in seine Träume herübernehmen konnte, es gebe etwas, worauf er sich, für den kommenden Tag, zu freuen hätte.

3.

Wenn ein Mann, der durch die Art seiner Tätigkeit die Aufmerksamkeit Vieler auf sich zu lenken pflegt und manche Neugierde beschäftigen muss, sich aus dem gewohnten Verkehre zieht, sei es aus Scheu, Überdruss und Übersättigung, sei es, dass eine Verhinderung eigenpersönlicher Natur ihn andere Wege führt, so wird dies nicht unbemerkt bleiben und kann es nicht fehlen, dass sich die nun gereizte Vermutung und Klatschsucht an sein Verschwinden hänge, denn Öffentlichkeit ist unnachsichtig und scharfäugig und leidet nicht, dass Einer aus der ihr gehörigen Gemeinde ihr entschlüpfe, und ihre Rache ruht nicht, bis sie den Flüchtigen wieder eingefangen hat.

Es war weder der Stadt noch dem Hofe entgangen, dass der Schauspieler, früher jeder Geselligkeit ein beliebter Mittelpunkt, sich seit einiger Zeit zurückzuziehen begann und, die Nähe der Bekannten vermeidend, sich nur im Theater oder eiligen Schrittes allein die Straße passierend zeigte. Und weder die Stadt noch der Hof fanden sich geneigt, ohne Kampf auf den amüsanten

Gesellschafter, den brillanten Erzähler, den angenehmen Kameraden zu verzichten.

Man schob die Flucht zunächst auf Ursachen des körperlichen Befindens. Der Apotheker hatte den Schauspieler auf der Straße gesehen und fand ihn schlecht und übellaunig aussehend. Er werde krank sein, fürchtete der kleine, ängstliche Herr, und der Kaufmann, der übermäßig beleibt war und zu Schlaganfällen neigte, meinte, jener sei auch nicht mehr der jüngste und in diesen Jahren müsse man sich schonen und mit seinen Kräften haushalten, er kenne das aus eigener Erfahrung. Aber der Notar, der Kunstfreund und eifriger Besucher des Theaters war, wusste, dass der Schauspieler fast alle Abende die schwersten Rollen zu spielen habe, was sich mit körperlichen Beschwerden wohl kaum durchführen ließe.

So wiederholte sich jeden Abend im »Einhorn« die Frage, ob denn der Meister heute kommen würde. Und als er wieder nicht kam, schlug der Kaufmann, der selbst schwer verheiratet war, vor, doch einmal in der Wohnung, bei der Hausfrau des Freundes, anzufragen; aber der Notar, Junggeselle und nicht ohne Neigung, den Schwerenöter zu spielen, warnte: Wer wüsste, ob das dem Schauspieler auch recht wäre und ihn nicht in arge Verlegenheiten seiner Frau gegenüber bringen könnte, und der Apotheker riet, es dann doch lieber zu lassen, wenn sich Unannehmlichkeiten daraus ergeben könnten, und man beschloss wieder, das Eintreffen Rigolos abzuwarten, der, als der nächste Freund des Treulosen, doch der Einzige sei, der Bescheid wissen müsste.

Aber Rigolo kam und sagte, er wisse nichts und hätte wohl auch nichts anderes gesagt, wenn er etwas gewusst hätte, und begnügte sich nur mit diesem verdammten Augenzwinkern, unter dem sich alles Mögliche denken ließ.

Bei Hofe war es die Fürstin, die zuerst sagte, dass sie seit langer Zeit »unseren lieben Meister« vermisse. Der Intendant, der keine seiner vielen Pflichten ernster nahm, als die, in den Dingen des Theaters die informierteste Persönlichkeit zu sein, lächelte verlegen: Es sei ihm natürlich auch schon aufgefallen, dass der sonst so Gesellige sich in den letzten Wochen suchen lasse. Er nehme an, dass der unruhige und leider ein wenig launenhafte Mann wieder einmal von seinen Grillen befallen sei und habe umsomehr Anlass, diesen Zustand, den man sich von dem allzu Verwöhnten seiner großen Kunst und seinen anderen angenehmen Eigenschaften zuliebe von Zeit zu Zeit gefallen lassen müsse, anzunehmen, als, in einem Gespräche, das er vor einigen Tagen in künstlerischen Angelegenheiten mit ihm geführt hatte, nicht ohne eine große aggressive Schärfe geäußert, neue, kühne, ja fast ein wenig seditiöse Anschauungen zutage getreten seien, die man sich nicht anders als durch Vapeurs erklären könnte.

Die Fürstin äußerte, sie wäre sehr begierig, diese neuen Anschauungen kennenzulernen. Die Hofdame meinte, ob sich nicht diese Vapeurs ganz natürlich als «vapeurs d'alcôves» erklären ließen; die Mariage mit jener ein wenig bürgerlichen, ein wenig spinösen Dame scheine auf die Laune des Freundes zu drücken: Zur Zeit seiner Verbindung mit der Faustina, heiteren Angedenkens, habe es wohl Katastrophen, aber keine Vapeurs gegeben. Am Ende kündigte sich, in solchen Vorzeichen, eine neue Faustina an.

Die muntere, nicht mehr junge Frau teilte das Faible ihrer Herrin für den Schauspieler, und es äußerte sich auch bei ihr in derselben herzlichen Form einer kameradschaftlichen Freundschaft.

Wenn dem so wäre und die Hofdame Recht hätte, sagte der Adjutant mit seiner jungen, fröhlichen Stimme, die immer etwas von einer schmetternden Trompete hatte, müsse Pardon und Schonung für die ersten Flitterwochen des neuen Glücks gewährt werden, und der Abbé pflichtete, schalkhaft lächelnd, bei, wie er diese Art Mann und diese Art Alter, leider, kenne, das nie ganz Ruhe geben wolle, wäre wohl anzunehmen, dass der kluge Fraueninstinkt der Hofdame die richtige Fährte erwittert habe.

Aber der Intendant, Mischung von Geschmeidigkeit und Eigensinn, insistierte diesmal auf seiner Meinung.

Er stand dem Theater mit Leidenschaft, dem Schauspieler nicht ohne ein freundliches Wohlwollen gegenüber. Der ältere Mann war der letzte Spross einer altadeligen, sehr begüterten Familie, unvermählt geblieben, ohne verwandtschaftlichen Anhang, lebte in den angenehmsten Verhältnissen und hatte für nichts zu sorgen als für seinen Dienst bei Hofe und für das ihm unterstellte Theater. Diese beiden Interessen zu vereinigen, in diesem jenem seine ureigenste Domäne zu erhalten, das Theater, in dem er das Bollwerk und Reservat des höfischen Geistes in seiner letzten Verfeinerung erblickte, von allen andern als den höfischen Einflüssen frei zu bewahren, darin sah er seine eigentliche Mission, in deren Dienst er seine ganze Energie und nicht geringe diplomatische Geschicklichkeit stellte. Auch ihm war das Theater ein Spiegel und Gleichnis des Lebens, aber des Lebens, wie *er* es verstand, des Lebens am Hofe. Und es konnte diese seine Aufgabe nicht besser erfüllen, als indem es das Leben am Hofe und was dessen eigentliche Natur und wirksamstes Element war, wiederholte: Kabale und Intrige, Spiel und Gegenspiel von Einflüssen, Bildung von Parteien und Gegenparteien, Cliquen und Anticliquen, Strömungen und Unterströmungen. Darin schien ihm der Sinn und das Wesen des Theaters erfüllt und das war die Atmosphäre am Theater, die er förderte. Er hatte dafür zu sorgen, dass die Bewegung des Einen gegen den Anderen, Einiger gegen Andere nicht aufhöre. Und dass das alles mit dem Wissen, unter der Patronanz des Hofes, in nie unterbrochener Wechselbeziehung zum Hofe sich vollziehe. Und vor allem, dass alle Fäden hübsch in seiner Hand zusammenliefen. Dass es daneben auch Schauspieler, Schauspielerinnen, eine Direktion, Regie, dramatische Werke, Dichter, abends Aufführungen und Publikum gab, vergaß er nicht gerade, aber es war ihm das Unwichtige, die unvermeidliche Draufgabe, das unwesentliche Accessorium. Dabei war er weder eine intrigante und böse Natur, noch auch von Hause ohne Begabung, Gefühl und Geschmack für die Künste. Er urteilte sogar mit einer gewissen, allerdings ein wenig konservativen Feinheit in Fragen des künstlerischen Geschmackes. Nur war ihm jenes andere, das unsichtbare, unterirdische, das Theater hinter den Kulissen so sehr an das höfisch empfindende Herz gewachsen, dass ihm darüber das wirkliche Theater, das Theater der Kunst verloren ging. Sein tiefster Schmerz war es, dass der Fürst, in seiner kühlen, undurchsichtigen Art, für das Theater nicht mehr Anteil zu beweisen schien als eben für alle anderen Dinge auch. Den Trost hierfür fand er in der leidenschaftlichen Vorliebe der Fürstin für alle Dinge des Theaters, wenn ihm auch deren Inhalt und Richtung manchmal wunderlich und unbegreiflich schien, und umso wichtiger war es ihm, diese in einer ständigen und unaufhörlichen Fühlung mit dem Theater, und auch mit dem Schauspieler, als dem geeigneten Werkzeug dieser Fühlung zu erhalten. Und darum legte er Wert darauf, die Ursache für das seltsame Zurückziehen des Schauspielers als in einer geistigen Sphäre liegend darzustellen, die den Neigungen der Fürstin am meisten entsprach und ihr dem Intendanten so wünschenswert erscheinendes Eingreifen am ehesten veranlassen konnte.

Diesmal zweifle er, sagte der Intendant, und glaube, wie gesagt, aus seiner genauen Kenntnis der Vorgänge und der Persönlichkeit, bei aller Wertschätzung der frauenhaften Divinationsgabe, die er gerade an der Hofdame so sehr bewundere, dazu alles Recht zu haben, an der Richtigkeit ihrer Hypothese. Er glaube bestimmt behaupten zu dürfen, dass es sich beim Schauspieler nicht um ein neues Abenteuer, sondern um Wandlungen viel tieferer Art handle, die auf einem anderen Gebiete lägen und Anlass zu ganz anderen Befürchtungen gäben, wenn sich nicht Ihre Hoheit persönlich entschlösse, einzugreifen, bevor es zu spät wäre.

Man lächelte ungläubig. Man schalt den Intendanten einen Schwarzseher. Man kannte doch den Freund. Man hatte noch nie rebellische Neigungen an dem ruhigen, gemessenen Manne wahr genommen. Man fand ihn eher zu bürgerlich, in allen seinen Anschauungen. Und der Erbprinz, der zu der um den kleinen Frühstückstisch versammelten Gruppe hinzugetreten war, schloss sich, nachdem er seiner Mutter die schlanke, feine Hand geküsst, die Anwesenden begrüßt und den Gegenstand ihres Gespräches vernommen hatte, in seiner liebenswürdig über alles scherzend gleitenden Art dem Chor der Skeptischen an: Er wolle lieber an eine neue Leidenschaft des Schauspielers glauben als an Revolutionen, die auf dem Theater entstünden.

Aber der Intendant gab nicht nach. Er wisse, was er wisse. Ja, wenn ihm die paradoxe Wendung gestattet wäre, mehr als er wisse. Man solle die Kunst nicht unterschätzen und ihre Bedeutung. Ihre Traditionen seien nicht minder heilig als andere. Und wer an ihnen zu rütteln beginne, der sei auch fähig, weiter zu gehen. So finge es immer an. Und er warne lieber rechtzeitig.

Worauf die Fürstin, um dem Gespräch die Spitze zu nehmen, wiederholte, sie sei bereit, persönlich einzugreifen und mit dem Schauspieler Rücksprache zu nehmen. Damit sei der Wunsch des Intendanten erfüllt, seine Besorgnis, hoffe sie, zerstreut. Sie wisse, womit die bösen Geister, von denen der Meister besessen scheine, zu bannen seien. Und als Alle Freude äußerten, den Freund bald wieder zu sehen, und die Bitte, bei der Unterredung in der Nähe zu sein, schlug die Fürstin vor, den Schauspieler für einen der nächsten Tage zum Tee einzuladen. Der Intendant erbat sich die Erlaubnis, die Einladung überbringen zu dürfen, und erhielt sie.

Das Theater, sonst im Erwittern entstehender Herzensbeziehungen flinker als die Wirklichkeit, merkte diesmal lange nichts. Selbst die Heroine, der das Liebesleben des Schauspielers fast ebenso am Herzen lag wie ihr eigenes, weil sie in einer ständigen Aufregung lebte, es könnte eines Tages die Faustina, die sie mehr als irgendetwas auf der Welt fürchtete, zurückkehren und von dem alten Geliebten und der alten Stellung am Theater wieder Besitz ergreifen wollen, und deshalb jede neue Neigung des Vielumworbenen mit Anteilnahme, ja mit Wohlwollen beobachtete, ließ sich diesmal durch die vollendet gespielte Sachlichkeit des Benehmens im Verkehre des Schauspielers mit der Kleinen täuschen und meinte, man merke es ihm an, wie schwer es ihm werde, mit einer Delila zu spielen, die ihm nicht bloß menschlich, sondern auch künstlerisch gleichgültig sei. Was allerdings von anderen bestritten wurde: Es sei vielmehr auffallend, wie viel er sich in neuerer Zeit mit dieser alten, von ihm oft gespielten Rolle beschäftige; er bringe fast täglich neue Einzelheiten an, ja erfinde geradezu, was er sonst nie getan habe, aus dem Stegreif und der Laune des Abends kleine Züge der Zärtlichkeit in den Liebesszenen. Aber da die Heroine, außer bei dem gerade in ihrer Gunst befindlichen männlichen Kollegen, sich allgemeiner Unbeliebtheit erfreute, war die Äußerung dieser Beobachtungen wohl mehr eine von den am Theater üblichen kollegialen Freundlichkeiten, an die selbstgefällige Empfindlichkeit der früheren Darstellerin dieser Rolle gerichtet, als das Zeichen eines aufsteigenden Verdachtes. Die Frauen des Theaters nahmen die Novize nicht ernst, die Männer noch weniger. Die Kleine sei gar zu dürftig, meinte der erste Held, gar zu mager, der stattliche Bonvivant, zu jung und zu grün, der jugendliche Liebhaber. Die Gattin des Prinzipals sagte, abschließend, diesmal sei, Gott sei Dank, jede Gefahr ausgeschlossen, den Geschmack des Schauspielers habe sie nun, seit so viel Jahren und bei so viel Gelegenheiten, genügend kennengelernt, um ihrer Sache sicher zu sein. Im Übrigen mache die Kleine ihre Sache recht brav und bessere sich von Tag zu Tag; der Erfolg sei ihrer Strebsamkeit wohl zu gönnen: Schade nur, dass sie durch ihre äußeren Mittel so wenig unterstützt werde. Der Prinzipal war mit allem zufrieden, da der Besuch des Theaters, auch bei den Aufführungen des alten Stückes, seit der neuen Besetzung täglich wuchs, wunderte sich nur im Stillen, dass von der Wiederaufnahme des Philoktet und des Belisar nicht mehr die Rede war. Rigolo schüttelte den großen, von tausend kleinen Fältchen durchfurchten Kopf, den er auf seinem kurzen, dicken Komikerkörper trug, und sagte nichts von dem, was er sich dachte.

Es war um diese Zeit, dass der Schauspieler eines Tages einem ihm wohlbekannten Manne, einem Gutsherrn aus der Umgebung der Stadt, der ihn früher mitunter auf seine Jagd einzuladen liebte, auf der Straße begegnete. Der große, dicke, etwas laute Mann, mit den munteren Augen im gesunden, roten Gesicht, tat, als traue er seinen Blicken nicht, und begrüßte ihn, wie man einen Verschollenen oder von einer Weltreise Zurückgekehrten oder von langem Krankenlager Auferstandenen begrüßt: Was denn mit ihm losgewesen sei, dass er so lange nichts habe von sich hören lassen? Ob ihn nicht, wie man hätte fürchten können, um ihrer gemeinsamen Sünden willen, am Ende der Teufel geholt habe? Und als der andere lachend abwehrte, und wenn ihn ein Teufelchen geholt habe, sei es vielleicht so übel nicht, fuhr der Muntere fort, jedenfalls habe es ihn ziemlich heil zurückgebracht, denn nach den Gerüchten, die selbst bis zu ihm hinaus, auf seine Klitsche gedrungen seien, habe er erwartet, ihn im traurigsten Zustand und in einen schwarzlebrigen, miesepetrigen Gesellen verwandelt zu finden, und freue sich, ihn bei vortrefflichem, fast verjüngtem Aussehen und in so guter Laune anzutreffen wie in der schönen, lustigen, alten Zeit.

Der Gutsherr war seit einigen Jahren verwitwet und führte auf seinem wohlabgerundeten Besitze das behagliche Leben eines Hagestolzen, dem er durch eine in großzügiger Gastfreundlichkeit betriebene Geselligkeit, durch Jagden, kleine Feste, muntere Gelage mit den Freunden aus der Stadt, manche heitere Stunde abzugewinnen verstand. Dabei war ihm kein Gast willkommener als der Schauspieler, der ihm nicht bloß durch das Ansehen seines Namens als Zierde des Kreises, sondern, vor allem, als durch immer gute Laune und unerschöpfliche Einfälle die Geselligkeit belebendes Element lieb war und seine besondere Zuneigung besaß.

Er erinnerte ihn an manches Lustige, das sie auf Jagden und auch sonst gemeinsam erlebt hatten, und fragte ihn, ob er nicht Lust hätte, wieder einmal einen freien Abend bei ihm zu verbringen; er hätte einiges auf der Pfanne, wovon er sich wohl denken könne, dass es dem Geschmacke des Schauspielers entspreche.

Die Vergnügungen des Gutsherrn hatten nicht den Ruf auffallender Ähnlichkeit mit Betstunden und man sagte dem alten Sünder ein über das Patrimonialverhältnis weit hinausgehendes Wohlgefallen an den Dirnen seines Gutsbezirkes nach.

Der Schauspieler hatte an dem vollblütigen Wesen dieses Mannes seine Freude und auch sonst nicht übel Lust, seiner neuen Jugend, die er in allen Nerven spürte, einmal in freier Luft die Leine locker zu lassen. Und als jener der Einladung, in seiner derben und gutmütigen Art scherzend, die Einschränkung hinzufügte, wenn anders seine eheliche und andere Treue es gestatte, nahm er an, schon um keinen Verdacht aufkommen zu lassen, dass es für ihn irgendeine Verpflichtung zur Treue geben könne.

So besorgte und bemühte sich die Welt, von allen Seiten, in Hof und Stadt und Land, um den entsprungenen Liebling. Indessen er, seiner vermeintlichen Freiheit froh, den Mantel um die Schulter geschlagen, durchs Hinterpförtchen zu seiner wartenden Kleinen schlich, die ruhig dasaß und die Hände nicht zu strecken brauchte, um seines Besitzes zu genießen.

4.

Die Kleine war eingeschlafen.

Sie lag, die Hände unter den zum losen Knoten aufgesteckten Haaren verschränkt, ein glückliches Lächeln auf den leicht geröteten, ganz weiblich gewordenen Zügen, ausgestreckt auf dem Rücken, mit einem ruhigen, kaum hörbaren Atmen.

Der Schauspieler erhob sich, glitt vorsichtig über sie weg, ihres Schlummers schonend, ertastete den Teppich mit den Füßen und stand auf.

Die Lampe sandte, unter dem zierlich in schwarz auf grauer Seide gemaltem Schirm, ein sanft verdunkeltes, freundliches Licht.

Der Schauspieler warf ein Tuch über und ging auf leisen Sohlen, in Gedanken die Quere des nicht allzu geräumigen Gemaches auf und ab.

Es war die erste Nacht, die er bei der Kleinen verbrachte.

Im Theater, abends, war es, während der Vorstellung, plötzlich über ihn gekommen. Sie hatten den »Samson« aufgeführt, und er, der nun schon zum Überdruss oft gespielten Rolle bereits müde, den Anfang mit Überwindung und Unlust, lässig, in einer Verdrießlichkeit gespielt, deren er nur dadurch Herr werden konnte, dass er mitunter ganze Stellen des Textes übersprang, mitunter seine Mitspielerin durch ihr allein bestimmte, vom Publikum unbemerkte Späße und Gesichtsverzerrungen in Verlegenheit und Verwirrung zu versetzen suchte. Als die Kleine, die einen besonderen Stolz darin setzte, ihre Sicherheit auf der Bühne zu erweisen, seine Absicht bemerkt hatte, konnte sie sich ihrer nicht anders erwehren, als indem sie ihm zuvorzukommen suchte, und hatte es nun ihrerseits darauf angelegt, ihn zu reizen, indem sie ihm näher, als es der Anlass forderte, auf den Leib rückte, ihr die Brust verdeckendes Schultertuch weiter als sonst herabgleiten ließ und ihm dabei einen ganz sonderbaren Blick tief in die Augen bohrte. Die

Wirkung, die sie damit erzielt hatte, war weit über ihre Absicht hinausgegangen. Denn in diesem Moment hatte ihn ein aus Gier, Wut und Furcht, die Fassung zu verlieren, gemischtes Gefühl erfasst und bis zum Ende des Abends in einer Spannung aller seiner Nerven gehalten, die seinem Spiel eine solche Erregung verlieh, dass die Zuschauer glaubten, ihn noch nie auf einer solchen Höhe seiner Kunst gesehen zu haben, während er in jedem Augenblick die Herrschaft über sich selbst zu verlieren glaubte und verzweifelte, es bis zum Schluss der Vorstellung durchhalten zu können. Und als dieser endlich herangekommen war, war, nach einem Moment fast bewusstloser Ermattung, sein Gefühl in ein so brennendes Verlangen nach ihr und dem Besitze ihres Körpers umgeschlagen, dass er sich in dieser Nacht nicht mehr von ihr zu trennen vermocht hatte und ihr, ohne zu überlegen, wie er morgen zu Hause das ungewohnte Fernbleiben begründen werde können, in ihre Wohnung gefolgt war.

Die Kleine, innerlich recht froh über die überraschende Wendung und das unerwartete Geschenk des von seiner einsamen Langeweile befreiten Abends, hatte den scheinbaren Widerstand, den sie seinem Drängen mit Hinweisen auf die feindselig lauernde Nachbarschaft entgegensetzte, bald aufgegeben und, sobald sie, unter vielen, zu Teil ein wenig übertriebenen Vorsichtsgebärden, das Zimmer gewonnen hatten, sich, mit der ihr eigenen Geschicklichkeit zu allen Dingen, daran gemacht, das erste Abendbrot, das ihnen gemeinsam einzunehmen gegönnt war, vorzubereiten, um, nicht ohne eine gewisse Feierlichkeit, in drolliger Würde des neuen Am-

tes als Hausfrau zu walten, dessen unbewusst, scheinbar, dass jede neue Anmut, die sie entfaltete, geeignet
war, seine Lust an ihr neu zu entflammen, und mit lustig
gemimter Entrüstung über seine Ungeduld, ihr das ungewohnte Vergnügen der Tafelhonneurs zu kürzen und
sie zu dem anderen Teile der hausfraulichen Verpflich-
tungen zu drängen. Was ihm, mit manchem Betteln,
schließlich doch gelungen war, bis die arme, pflichteifri-
ge Kleine, ermüdet, einschlief.

Er aber konnte nicht einschlafen, so brannte es in ihm,
sie mit neuen, glühenderen Küssen wieder zu wecken,
und er hatte sich schließlich nicht anders zu helfen gewusst, als indem er das Lager verließ, um das Fieber
seiner Sinne durch einen Gang im Zimmer zu be-
schwichtigen.

Die Sinne des Menschen rasen und schreien wie der
Sturm über den Wäldern der Berge, und die Sprache der
Seele ist zart und schwach wie das Flüstern einer Blume
im Abend oder das Gebet eines kranken Kindes und
doch vermag aller Sturm der Sinne die Seele nicht zu
überschreien und, mitten in dem Lärm, hebt sich ihre
leise Stimme und spricht.

In der Seele des Schauspielers tobte ein Kampf; Besinnung und Raserei, Tugend und Verlangen, Vernunft
und Leidenschaft stritten miteinander um die Herrschaft
und, umtost von der Brunst seiner Sinne, konnte er nicht
vergessen, dass er, vor wenigen Tagen noch, der Liebe
für immer abgeschworen hatte und in Einsamkeit und
Weltflucht, in selbstloser, leidenschaftloser Anschauung
der Dinge den Weg gefunden zu haben glaubte, der zu
Seelenruhe und weiser Erkenntnis, wie sie seinen Jahren

ziemte, führte. Aber seine Leidenschaft, die auch nicht auf den Kopf gefallen war, machte sich, höhnisch, über gute Vorsätze lustig, mit denen die angenehmsten Wege zu den angenehmsten Höllen gepflastert seien, meinte, dass Leibesruhe nicht weniger Not tue als Seelenruhe, und fand, dass das liebliche Stück Wirklichkeit, das da, die Hände unter den zum losen Knoten aufgesteckten Haaren verschränkt, auf dem Rücken ausgebreitet lag, so glücklich und unschuldsvoll lächelnd wie irgendein betendes Kind, mindestens so schön, wenn auch eben nicht so selbstlos und leidenschaftslos anzuschauen sei, wie die Dinge der Weltflucht und Einsamkeit, und auch ein ganz Teil weiser Erkenntnis, nur anderer Art, in sich schließe. Der Schauspieler blieb vor der Schlafenden stehen, sah sie an, und hatte nicht übel Lust, in diesem Punkte seiner Leidenschaft Recht zu geben.

Die Vernunft warnte: dieses Mädchen sei viel zu jung für ihn; dieses Erlebnis entspreche nicht der Ehrfurcht, die er den Haaren seines Alters schuldig sei; er möge doch in den Spiegel sehen und sich von ihm die Wahrheit sagen lassen. Der Schauspieler trat vor den Spiegel und sah hinein: Und wenn auch die Haare des Alters nicht mehr ganz so dicht und vollzählig waren, wie früher, so waren sie immer noch ziemlich rabenschwarz und gar so alt fand er sich gerade nicht, nicht ganz jung mehr freilich, aber immerhin – und das war die Wahrheit, die ihm der Spiegel sagte, und nicht der Spiegel allein –: jünger als vor wenigen Tagen, jünger als in den Tagen der menschenfliehenden Vorsätze, jünger als bevor er die Kleine kannte, jünger als überhaupt je vorher; und wenn das Erlebnis nicht zu seinem Alter passte, so hatte er das Erlebnis nicht gerufen, das, ganz von selbst, zu ihm gekommen war, und da war und darum wohl auch eine Notwendigkeit war, ihm bestimmt und der er zu entrinnen sich nicht befugt fühlte.

Dann aber kam, rau wie ein alter Römer, die Tugend und nahm ihn in strenges Verhör, ob er sich denn nicht schäme, sich dem ungebändigten Verlangen seines Körpers so hinzugeben und sein edler Teil, die Seele, darüber so zu vernachlässigen. Und das gescholtene Verlangen musste kleinlaut zugeben, dass es allerdings der Körper sei, dem es sich verschrieben habe und der es mit Lust über alles Maß erfülle. Da kam ihm aber der *Schauspieler* zu Hilfe und erklärte, er gestatte nicht, dass hier der Körper, sein bestes Handwerkzeug, geschmäht werde: Niemand wisse besser als er, was der Körper bedeute, wie viel er ausdrücken könne, wie beredt er sei und wie redlich er sein bisschen Lust verdiene und gerade ihm als Schauspieler sei es nicht minder als dem Philosophen noch sehr fraglich, ob die Seele denn wirklich ein so ganz anderes sei als der Körper und so völlig getrennt und losgelöst von ihm und ob sie nicht vielmehr beide eines seien, Körper und Seele, und er schwöre darauf, dass in der frommen und innigen Art, mit der dieses Mädchen die Körperliebe verstehe, mehr Seele liege als in hundert Litaneien und Askesen eines Nonnenklosters. Tugend sei Tüchtigkeit: Worin einer tüchtig sei, wozu er tauge, sei seine Sache; und wenn es die Liebe wäre! Vorausgesetzt, dass er den Zweck der Natur damit erfülle, sich selbst treu bleibe, wahr und natürlich sei! Wie dieses Mädchen.

Gesinnung lenkte ein, gab beiden recht und warnte nur vor dem Übermaß. Er hatte seine Alten gelesen, mit gebeugtem Knie und ehrfürchtigem Gemüt im Tempel Sophrosynes gestanden, der maßvollsten Göttin, und wusste, dass aller Weisheit letztes Ziel die heile Seele im heilen Leibe sei, der ärgste Feind beider aber das Übermaß. War nicht aller Kunst tiefster Sinn ein Maßsuchen und -halten, ein Mühen um den Ausgleich zwischen Körper und Seele, zwischen Leidenschaft und Vernunft, zwischen Sinnlichkeit und Geist? Was hasste und fürchtete das heitere Geschlecht der Götter mehr als das Unmaß titanischer Dämonen? Was war fruchtbarer als gebändigte, was furchtbarer als unbändige Leidenschaft? Der Körper und Seele zerrüttete, Maße und Formen sprengte, Schranken zerbrach, Gesetz und Sitten zertrümmerte, Ordnung und Staaten erschütterte. Nicht vor der Leidenschaft war zu warnen, aber vor ihrer Übertreibung.

Aber die gute Besinnung war selbst von Übertreibung nicht ganz frei zu sprechen. Gar so gefährlich durfte es doch wohl nicht werden, dass, wenn der Schauspieler seine Kleine auch mehrere Male in einer Nacht umarmte, gleich der Staat, gleich die Weltordnung erschüttert wurde. In seinem Berufe hätte der Schauspieler den Vorwurf der Übertreibung ungern verdient; in seiner Liebe entschloss er sich, ihn zu verdienen.

Aufrichtig gestanden: es schmeichelte ihm sogar ein wenig, sich in der Gesellschaft der Titanen und Dämonen erwähnt zu hören, es sitzt sich nicht ungestraft dauernd an den Tischen der Götter; und wenn die Strafe milde ausfällt, ist sie Langeweile. Während Dämonie doch zum Mindesten amüsanter ist. Dort ewig blauer Himmel, ewiges Gleichmaß, ungestörte Harmonie; hier Gefahr, aber auch Leben, Bewegung, Veränderung, Leidenschaft, Katastrophe, Tragik, Chaos. Der Schauspieler fühlte sich zu sehr als Künstler, zu wenig als Philister, um in der Wahl zu schwanken. Und wenn Kunst Ausgleich war, muss doch vorher, sagte er sich, Kampf und Rebellion sein, und Leidenschaft muss getobt, Sinnlichkeit rebelliert haben, wenn es einen Sinn haben soll, sie durch Vernunft und Geist zu bändigen. Wo die dunklen Leidenschaften, hübsch gebändigt, in den Tiefen der Seele immer geschlafen haben, ist Kunst nie entstanden, nie notwendig geworden: Aber das Übermaß der Leidenschaft gebärt sie. Hatte der Schauspieler je anderes darzustellen als Übermaß? Lohnte es, das Mittelmaß darzustellen? Übermaß, der einzige würdige Gegenstand seiner Kunst, war zugleich ihre tiefste Quelle.

So kämpfte es in der Seele des Schauspielers und mit der Dialektik der Leidenschaft siegte die Partei, die ach! Schon vorher gesiegt hatte. Tugend und Vernunft verstummten und zogen sich beschämt zurück und die Begierde, von Fanfaren und klingendem Spiel geleitet, sang Gloria und Viktoria.

Er beugte sich über die Schlafende, sie zu küssen. Sie erwiderte, im Schlafe, seinen Kuss und sagte dann, abwehrend, wie man sich im Schlafe Fliegen von der Stirne scheucht, fast unhörbar murmelnd: nein und später. Gehorsam setzte er seinen Gang durchs Zimmer fort.

Er fühlte sich ihr, in tiefster Seele, dankbar. Denn ihm war, als hätte dieses kleine Mädchen ihn, den alten, vielerfahrenen Mann, die Liebe gelehrt.

Während er so, leise, mit stillen Schritten, durchs Zimmer schlich, den geliebten Schlaf nicht zu stören, blätterten sich ihm Erinnerungen auf, Vergleiche, mit vielen Frauen, die er umarmt hatte, eigenen und fremden. Gegen seinen Willen und ihm schmerzlich, denn nichts galt ihm für unkeuscher, als in der Gegenwart eines geliebten Wesens das Bild eines anderen heraufzubeschwören und durch nichts schien sich ihm Liebe stärker auszudrücken als durch die Unfähigkeit, zu denken, dass es in diesem Augenblicke außer der Einen noch eine Zweite geben könne. Und sein überströmendes Gefühl, dass die Wonne, die diese ihm schenkte, sich mit keinem Glück, das ihm je von Frauen gegeben worden war, vergleichen ließ, scheuchte jede Gestalt, die sich regen wollte, in die dunklen Höhlen des Vergessens zurück.

Es gab manches in seinem Leben, das er gerne vergaß, dunkle Zeiten, wüste Zeiten, in denen sein Leben ihn durch trübe Pfützen zog, seine Wander- und Schmierenjahre, die Zeit seiner ersten Stürme und Anfänge, die dem schmächtigen, unansehnlichen Burschen schwerer wurden als vielen anderen, Zeiten, in denen ihm die Schläge so hart auf Kopf und Rücken prasselten, dass er weich und mürbe davon wurde und es jenem wüsten Weibe, an das er sich in seiner hilflosen Verlassenheit hängte oder das sich an ihn hängte, er wusste selber kaum mehr, wie es begann, leicht machte, ihn in seine rohen Hände zu bekommen und ihn, mit lustloser Grausamkeit, an Leib und Seele zu verderben. Er musste seinem Schöpfer danken, dass ihm eines Tages jenes Frauenzimmer, das ihn heute noch als ein böser Traum bis in seine Nächte verfolgte, mit dem ersten besten Kerl durchbrannte, in dem Dunkel der Schmiere verschwand, aus dem sie aufgetaucht war, und ihn bettelarm, krank, verwahrlost, verkommen zurückließ. Er wäre damals in seiner Verzweiflung untergegangen, wenn ihm die Vorsehung nicht, wie einen Engel aus lichten Himmelshöhen, die Retterin geschickt hätte, jene wunderbare, reine, stille Frau, die dem Unstäten Richtung und Charakter, dem Verworrenen Klarheit und Bildung, seinem Wollen Erhöhung, seiner Kunst Weihe, seinem Leben Verklärung gegeben hatte.

Der Frieden dieser Ehe dauerte nur kurze Zeit. Mit dem seraphischen Orgelton ihrer Altstimme, die wie eine Botschaft aus anderen Sphären kam, verlosch das Leben der Zarten, Kränklichen, die mehr Seele als Körper, für diese Welt und vielleicht auch für ihn viel zu gut war. Alles, was er war und wurde, hatte er dieser Frau zu verdanken, die zu rein und hoch war, als dass allzu heftige Begier und Leidenschaft sich ihr zu nahen gewagt hätten.

Dann war, wie ein Wirbelwind, die Faustina durch sein Leben gesaust, alles durcheinanderwühlend, das Unterste zuoberst kehrend, nach außen der Inbegriff toller Lebenslust und bacchischer Liebesraserei, innerlich, wie alle Frauen dieser Art, leidenschaftslos und kühl und des Lärms benötigend, um die Lauheit ihres Blutes zu erhitzen, die trägen Nerven aufzupeitschen, die geringere Temperatur ihres Temperaments gewissermaßen durch ein beschleunigtes Tempo zu erhöhen. Wie muss eine Faustina lieben können! Sagt das Publikum und starrt mit neidverdrehten Blicken auf den vermutlich glücklichen Possidens, der sie gerade umarmt, indessen dieser, dem Hungrigen gleich, der mit appetitwirkenden Hors d'Oeuvres abgespeist wird, mit langer Zunge und enttäuschten Augen auf die verheißene Mahlzeit wartet. Eines Tages war sie fort und sauste weiter durch Europens Kultur, von einer Truppe zur andern, von Theater zu Theater, von Hof zu Hof, überall Stern und Diva, überall gefeiert, die Welt mit ihrer Berühmtheit und dem Ruf ihrer Streiche erfüllend, nirgends und bei keinem verweilend, heute Geliebte des genanntesten italienischen Tenors, morgen Mätresse des reichsten Bänkers und übermorgen Favoritin irgendeines regierenden Fürsten und in den Pausen mit Hochstaplern, Zeitungsschreibern, Parteiführern und den großen Namen der Revolution, bei jedem Prozesse genannt, in jeden Skandal verwickelt. Und ließ den Schauspieler in einer heillosen Zerrüttung aller seiner Umstände zurück, die ihr in der kürzesten Zeit so vollständig geglückt war, dass er froh sein musste, als sich die handfeste und hausbackene Bürgerin fand, die sich seiner annahm, allerdings mit etwas harten und nicht immer zarten Fingern, Ordnung in sein Hauswesen brachte, und, ohne sich auf das Bedürfnis seiner Fantasie und seiner Leidenschaft einzulassen, freilich auch ohne Ansprüche an sie zu stellen, sich im Leben seiner kleinen Gewohnheiten einnistete, so zäh und so fest, bis sie sich ihm unentbehrlich fühlte.

Der Schauspieler aber, in dieser Nacht, wollte sich nicht erinnern und wollte nicht vergleichen. Das, was er mit dieser Kleinen erlebte, stand über dem Vergleiche. Zum Mindesten war es ganz anders als das Andere. Gewiss, alles Andere war viel ernster. Alle Anderen standen viel bedeutsamer in seinem Leben und Schicksale. Aber das

Eine ließ sich doch nicht verkennen, dass ihm die Liebe dieser Kleinen mehr Spaß bereitete. Dies klang nicht gerade tugendhaft, aber es war nun einmal so. Und dass es so war, war nicht seine Schuld, sondern lag an ihr und vielleicht auch an den Anderen. Die Anderen verstanden Anderes besser, die Kleine die Liebe. Sie hatte nun einmal die Begabung, die ein Geschenk Gottes war wie jede Begabung. Es war ihr gelungen, ihn wieder jung zu machen. Er fühlte Kräfte in sich, wie nie zuvor. Auch das klang nicht tugendhaft, aber ihm doch sehr erfreulich. Und war doch auch nur ihr Verdienst, Verdienst ihrer Begabung. Und bewies, dass sie zueinanderpassten, dass ihre Körper füreinander geschaffen waren. Wenn aber ihre Körper füreinander geschaffen waren, dann kam doch auch das nur von Gott. Und war also auch wieder tugendhaft. Ihr Verdienst war es, wenn er dieses Mal den Frühling fühlte, wie nie vorher. Ihr Verdienst, wenn er sich fühlte. Wenn üble Laune, Unlust an Leben und Welt von ihm abgefallen waren und Freude, Tatkraft, Lust zu neuem Schaffen ihm zurückkehrten. Wenn ihm sein Beruf wieder Vergnügen machte. Spielte er doch in der letzten Zeit besser als je vorher! Fand er doch täglich neue Züge, neue Töne, neuen Ausdruck in sich! Und wer war es, der das alles, alle diese neuen Kräfte in ihm weckte, wer anders als sie? Als dieses schlanke, schmale, vielleicht ein wenig lasterhafte Kind? Aber wenn Laster so viel Gutes zu erzielen vermag, ist es dann noch Laster? Und war nicht in ihrer Art, lasterhaft zu sein, in dieser offenen, ehrlichen, heiteren, unbefangenen Art, die sich ehrlich zu ihrem Laster und zu dem Vergnügen, das sie daran empfand, bekannte, die sich dem Laster hingab um seiner selbst willen, ohne Nebenzweck, ohne Berechnung, ohne Wunsch, und selbst, wenn es einen Zweck oder Wunsch hatte, wie den löblichen, durch ihn zu lernen, ebenso offen, ebenso ehrlich und ebenso unbefangen, war nicht in dieser Lasterhaftigkeit mehr Tugend als in aller Tugend der geflissentlich um Tugend Bemühten, der bürgerlich Anständigen? Deren Tugend, aus Zwang, Übereinkunft, Heuchelei und Berechnung gemischt, Neigung zum Laster versteckte, zu dem nur Mut und Begabung fehlte. Wie oft hatte er die Falle der bürgerlichen Frauenmoral kennenzulernen Gelegenheit gehabt! Und wie hoch stand die wundervoll ehrliche Sündhaftigkeit dieser, nichts als Freude zu spenden, begehrenden kleinen Sünderin darüber! Wie wahr, wie natürlich, wie unschuldig selbst stand ihre anspruchslose Anmut gegen die plumpe Anmaßung der Anderen, die sich aus ihrer Feigheit und Lüge das Recht ableiteten, über dem Tun der tausendmal Besseren zu Gericht zu sitzen!

Ei, ei! Was war das? Worüber ertappte er sich da? Wuchs ihm die Kleine nicht über ihre Maße hinaus in ein Höheres, Ungemessenes? Zu einer Vertreterin, zu der Vertreterin ihres, seines Standes gegen das Bürgerliche und Philiströse? Zu einer Kämpferin für Kunst und Freiheit gegen die engen hochmütigen Begriffe der Moral? Für Natur und Natürlichkeit, für Echtheit und Wahrheit gegen Lüge und Herkommen? Für Gefühl und Sinnlichkeit und Heiterkeit gegen klügelnde Vernunft, kalte Berechnung, lebensfeindliche, freudlose Askese? Zu Sinnbild und Gleichnis der alles überflutenden Leidenschaft? Das hatte er gar nicht gewusst, was alles in der Kleinen stak. Ei, ei! Wer hätte das gedacht, als er sie so nebenbei, als angenehmen Zeitvertreib, als Zwischenspiel zwischen den großen Schlachten seiner Ehen, in die Arme nahm, ohne dass eines von ihnen sich viel dabei dachte!

Aber dass er das in ihr entdeckte, dass sie ihm das alles wurde, werden konnte, werden musste, das war doch Liebe, so große Liebe, als deren er nur irgend je fähig war!

Er stand vor ihrem Bette und sah sie an. Er sah die feinen Wimpern, die ihre Augen deckten, den halbgeöffneten Mund, das Heben und Senken der atmenden Brust, die schlanken Linien des Körpers, die sich unter dem Linnen abzeichneten.

Aber wie er sie liebte! Als ob er sich das erst hätte beweisen müssen! Jeder Nerv in ihm redete Liebe, seine Seele sang Liebe, jedes Glied seines Körpers schrie Liebe. Er war voll von ihr, zum Überströmen, jede Stunde seines Tages, seiner Nacht war erfüllt von ihr, sie war in seinen Sinnen, seinen Gedanken, hatte jedes Erinnern aus seinem Gedächtnis gewischt, hatte seinen Willen erwürgt, jeden andern Wunsch getilgt, als den nach ihr.

Er saß auf dem Bette, am Fußende. Seine Augen sogen sich an ihrem Leibe fest, er trank den jungen Atem ihres Körpers, seine Hände strichen leise, irre über die Decke, bis sie das entblößte Wunder des kleinen, schmalen, weißen Fußes fanden. Sein Bewusstsein füllte sich mit der Verführung, die von diesem Körper über ihn kam.

Wie er diesen Körper liebte! Dem er sich bestimmt glaubte, von Anbeginn. In dem er ein Wunder sah, mit nichts anderem zu vergleichen. Und dessen Wunder zu begreifen, ihm allein gegeben war. Und aus dem ihn, wie aus heimlichen Nestern, tausend Verführungen lockten, riefen, ansprangen. Dem er verfallen war, zeitlebens, höllensicher, durch unentrinnbaren Zauberbann, wie Rinaldo der Armida.

Er sank über das Bett und bedeckte den Fuß seiner Armida mit Küssen.

Ihm war diese Kleine verführerisch wie Armida. Ihm leuchtete sie, schillerte sie in allen Farben der Ferne. Er trug ihren Bann. Er musste ihr dienen. Er konnte ihr dienen. Besser als jeder andere. Er allein hatte die Leidenschaft. Er hatte die innere Jugend. Die war wichtiger als die andere. Er war Rinaldo. Heute noch. Die Jungen spielten ihn bloß. Aber er war es. Er scheute nicht mehr das Pathos. Wenn er es früher gescheut hatte, war es Scham gewesen, die er nicht mehr fühlte, aber nicht Mangel. Wer einen solchen Orkan in seinem Blute fühlte, hatte das Recht, Rinaldo zu sein. Im Leben und auf der Bühne. Tausendmal mehr, als alle die jungen Lappschwänze. Solange man jung ist, kann man die Jugend nicht spielen. Er hat es früher auch nicht gekonnt. Jetzt erst, heute erst, konnte er es. Und er wollte es ihnen beweisen. Im Leben und auf der Bühne. Der Kleinen, dem Prinzipal, den Kollegen. Und er wollte nicht mehr warten. Ja, jetzt wollte er den Rinaldo spielen, wie so etwas noch nie gespielt worden war.

Der Schauspieler zog der Geliebten die Decke vom Leibe, riss sie aus dem Schlafe in die Höhe und schrie die Erschreckte, die sich verdutzt den Schlaf aus den Wimpern wischte, an, was sie dazu meine, er wolle, um jeden

Preis, den Rinaldo in der »Armida« spielen und ob er nicht zu alt dazu sei.

Die Kleine sah ihn an, fuhr sich noch einmal über die Augen, sah ihn wieder an, lächelte und sagte, selbstverständlich könne er den Rinaldo spielen, besser als jeder andere, und er solle sofort mit dem Prinzipal sprechen, und die Armida werde sie spielen und keine Andere, das solle er ihr durchsetzen, das verlange sie von ihm: Sie müsse die Armida spielen.

5.

Als er am nächsten Morgen durch die stillen Straßen heimwärts ging, in seinen Mantel eingemummt, um von keinem bekannten Auge entlarvt zu werden, schamvoll an Bäckerjungen mit ihren flachen Brotkörben und Milchmädchen, die ihre Kannen vor die Wohnungstüren stellten, vorbei und glücklich, Niemandem zu begegnen als den Fuhrwerken harmloser Landleute, die zum Markte kamen, und in der großen Allee, am fürstlichen Garten entlang, von den Morgenliedchen der ersten Vögel umtrillert, die sich ihm über den verspäteten Nachtbummler lustig zu machen schienen, bröckelte das Stolzgefühl der wiedergefundenen Jugend von ihm ab und mischte sich spürbar mit den Empfindungen eines Schuljungen, dem nach dem in Keckheit und zu Schau gestellter Sorglosigkeit ergriffenen Unternehmen die Gewissheit der häuslichen Strafe wiederkehrt. Und als er vollends, die Schuhe in der Hand, auf Strümpfen, um rücksichtsvoll Niemandes Nachtruhe zu stören, die Treppe zu seinem Schlafzimmer hinaufstieg, wurde ihm vor dem, was ihn erwartete, nicht wenig beklommen zumute. Schließlich gewann er sein Bett, mit mühsam errungener, aber heroischer Entschlossenheit gewappnet, sich durch keine Macht Himmels und der Hölle um die wenigen Stunden Schlaf betrügen zu lassen, die ihn von dem nächsten Tage der schmerzlichen Abrechnung, des unentrinnbaren Strafgerichts trennten.

Als er aber am nächsten Morgen, spät genug, denn es gab keine Probe, beim Frühstück erschien, kam alles anders, als er gefürchtet hatte. Seine Hausfrau hatte, sorgsam und reichlich wie immer, den Tisch gedeckt, die Morgenmahlzeit vorgerichtet und bediente ihn, um seines Leibes Wohl bemüht wie immer, gemessen und wortkarg zwar, aber ohne sich das Mindeste merken zu lassen, ohne dass ein Wort des Tadels oder Vorwurfs ihr über das Gehege der Zähne schlüpfte. Bei diesem Stande der Dinge kam es ihm sehr willkommen, dem Beispiel ihrer Strategie folgend, auch seinerseits die Geschichte dieser Nacht mit Stillschweigen übergehen zu können: Nur durchschoss ihn der Gedanke, dass in der Kunst der allzu durchsichtigen Undurchsichtigkeit jede Frau auch dem größten Schauspieler über sei.

Ganz sicher fühlte er sich noch nicht. Er traute dieser Ruhe vor dem Sturm nicht. Der Schlacht entging er nicht, das wusste er. Aber je später sie kam, in je besserer Rüstung er sie antrat, umso lieber war es ihm. Heute hätte er sich ihr nicht gewachsen gefühlt. Und darum war es ihm keine geringe Erleichterung, zunächst einmal mit heiler Haut davonzukommen.

Er nahm Hut und Stock. Wohin? Ins Theater: Es gebe zwar keine Probe, aber er habe mit dem Prinzipal zu reden, einer neuen Rolle wegen. Welcher Rolle wegen? Eine Überraschung, auch für sie, Schatz. Diesmal handele es sich um etwas Neues, worüber er mit sich selbst noch nicht im Reinen sei, und es widerstrebe ihm, von ungelegten Eiern zu gackern. Würde es, so werde sie die erste sein, es zu erfahren.

Im Theater suchte er zuerst den Sekretär auf. Er war geradezu in Aufregung, wie der junge Mann, auf dessen Urteil er große Stücke hielt, seine neue Absicht aufnehmen würde, und fürchtete fast, von ihm Bedenken zu vernehmen, die ihn selbst noch bedenklicher gemacht hätten. Darum setzte er ihm seine Idee fast zaghaft und mit einer langen, vorbereitenden Einleitung auseinander und war umso angenehmer überrascht, als der Jüngling sie sofort mit großer Begeisterung aufgriff. Nun werde endlich, endlich einmal Liebe auf der Bühne dargestellt werden. Liebe, das reine Gefühl, Liebe um ihrer selbst willen, als solche dargestellt. Freilich handele es sich in fast allen Stücken um Liebe, aber sie sei jedes Mal mit anderem verwickelt, durch anderes getrübt, zu anderem in Gegensatz gestellt. Liebe als Irrtum, als Betrug, als Verrat, Liebe in der quälenden Umklammerung der Eifersucht, Liebe im Kampfe gegen widerspenstige Eltern, gegen die Kirche, gegen die böse feindselige Welt, Liebe im Kampfe mit der Tugend, im Kampfe mit sich selbst, nicht stark genug oder zu stark, ihrer selbst nicht bewusst oder unerwidert, werbende ohne Erfolg, erhörte ohne Wandlung, um des merkwürdigen Abenteuers, des traurigen oder heiteren Geschehnisses, des guten oder bösen Charakters willen dargestellt, einer Moral, einem tieferen Sinne, einer fremden Notwendigkeit zu Liebe. In der »Armida« aber sei die reine Besessenheit, die Besessenheit des Geschlechts, und nur das Geschlecht als Schicksal und Notwendigkeit. Und wenn statt der unreifen Jünglinge, die sonst den Rinaldo mit Panzergerassel und Tenorattituden, in Liebesgesäusel und leeren Tiraden zu spielen pflegten, ein Schauspieler von seiner Reife und Erfahrung, in dessen Kunst sich Leidenschaft und Bewusstheit vereinigten, die Rolle zum ersten Mal mit dem dampfenden Leben seiner Menschlichkeit erfüllte, würde man zum ersten Mal auf der Bühne die Tragik des Geschlechts und was Liebe sei, erleben. Er könne es gar nicht erwarten, dem Prinzipal den glücklichen Vorschlag zu unterbreiten und zweifle nicht, bei diesem bereiteste Zustimmung zu finden.

Dagegen stieß der Schauspieler, als er im Laufe des Gesprächs wie von ungefähr die Rede darauf brachte, bei der Besetzung der Armida die Kleine in Erwägung zu ziehen, bei dem Sekretär auf unerwarteten Widerstand.

Die Kleine als Armida! Das sei nicht möglich. Das könne sein Ernst unmöglich sein. Er traue gewiss der jungen Begabung vieles zu, auch das Unwahrscheinliche, auch manches, was andere ihr nicht zutrauten: nur die Armida nicht. Nur gerade die Armida nicht, die

eine Göttin scheint,
Die Junos stolzen Gang und fürstliche Gewalt
Mit Pallas weisem Blick, mit Dianens Wohlgestalt
Und mit dem ganzen Reiz cyprischer Anmut eint,
Der dieser Zauberin, von Amors Pfeil erzielt,
In üppgem Linienfluss um Hüft' und Busen spielt.

Aber gerade dieser Vorstellung des Dichters entspräche die Kleine nicht, die, in ihrer Weise reizvoll und selbst eigenartig, eben eine andere, eben die entgegengesetzte Spielart des Weibes verkörpere. Alles, was er sich von des Schauspielers Rinaldo verspräche, wäre mit dieser Armida undenkbar. Und dazu komme noch, dass die Kleine in der Beherrschung des Wortes so wenig fortgeschritten sei, die bei dieser Gestalt, deren Sprache Poesie der Ferne, deren Stimme Musik sein müsse, entscheidende Notwendigkeit wäre. Die Verführungskunst der Armida sei nicht, wie die der Delila, Verführung durch das Geschlecht, sondern Überredung durch die Sinne, Beredsamkeit des Körpers und der Stimme, und je zarter der Körper sei, umso betörender müsse die Stimme wirken, was er sich nicht anders als durch Fülle, Wohllaut und kunstgerechte Anwendung aller jener Mittel der Steigerung, Färbung und Abwechslung erzielt denken könne, die der Tonkünstler unter Modulation verstehe und deren Kenntnis die Kleine bisher noch nicht an den Tag gelegt habe.

Die Richtigkeit des letzten Arguments musste der Schauspieler zugeben. Über Auffassungen konnte er sich einen Streit denken, über die handwerklichen Grundlagen seiner Kunst nicht. Er war zu sehr Fachmann, zu sachlich, in der Ausübung des Berufes zu streng gegen sich, um Anderen Zugeständnisse in diesen Dingen durchgehen zu lassen, die sich von selbst verstehen mussten und jenseits derer die Kunst erst für ihn begann. Die Leidenschaft der Armida verlangte den vollen Glockenton, der nur der reifen Meisterschaft gelang: Hier reichte die kleine, ungeschulte, ein wenig dünne Stimme einer Anfängerin nicht aus. Er fühlte es selbst. Er konnte nachhelfen, gewiss; im Aufbau der Rede, in der Steigerung; damit war, bei seiner souveränen Beherrschung der Kunstmittel, bei dem rasenden Eifer ihres Ehrgeizes, einiges getan; nicht vieles, bei der Kürze der Zeit. Aber er konnte, wo nichts da war, keine Fülle aus dem Nichts schaffen. Dem Übrigen widersprach er, wenn auch hiervon nicht ganz überzeugt. Kurz, er schien recht betreten, fast bestürzt. So sehr, dass der Sekretär, gutmütig, und um ihn nicht ohne den Schimmer einer Hoffnung zu lassen, schließlich versprach, wenn dem Schauspieler gar so viel daran gelegen sei, mit seiner Meinung, die er noch nie für unfehlbar ausgegeben habe, so lange zurückzuhalten, bis er gefragt werde: und, gefragt, auszuweichen. Nur fürchte er, werde dies nicht viel nützen. Die Meinung sei zu naheliegend, als dass nicht auch der Prinzipal darauf verfiele.

Der Schauspieler, sich an das kleine Zugeständnis, wie an einen Strohhalm, klammernd und froh, den sonst so zuverlässigen Freund wenigstens nicht gegen sich zu haben, nahm ihm feierlich die Zusicherung parteilosen Verhaltens ab und sie begaben sich zum Prinzipal, den sie in seinem Bureau fanden.

Der Sekretär behielt Recht. Der Prinzipal lehnte, während er den Vorschlag, die »Armida« ins Programm aufzunehmen und dem Schauspieler den Rinaldo zu geben, mit Freuden ergriff, mit einer bei ihm seltenen Entschiedenheit die Idee, die Armida mit der Kleinen zu besetzen, ab. Er wolle keine Revolution im Hause. Die Heroine würde ihm das Dach über dem Kopfe anzünden. Und in diesem Falle nicht einmal mit Unrecht. Wozu hätte er sie denn, wenn er eine andere die Armida spielen ließe? Die ihr noch überdies gerade die Delila vor der Nase weggespielt hätte und nun für eine Weile Ruhe geben könnte. Er könne doch unmöglich die Heroine vor den Kopf stoßen, die ohnehin sein schwierigstes Mitglied sei und ihm den Bonvivant auf den Hals hetzen würde und den Tenor obendrein. Dem Schauspieler könne es ja gleich sein, mit wem er spiele, da es ja doch nicht die Faustina sei. Ja, die Faustina, das wäre etwas anderes, wäre eine Armida gewesen, der keine andere das Wasser hätte reichen können. Da hätte er sich auch keinen Augenblick besonnen. Aber da man die Faustina nun einmal leider nicht haben könne, müsse man sich mit der begnügen, der die Rolle gebühre. Und das sei einzig und allein die Heroine. Und er wolle doch nicht hoffen, dass der Schauspieler nun auch anfangen werde, diese oder jene zu begünstigen und die vielen Schwierigkeiten und Sorgen zu vermehren, mit denen er ohnehin schon zu kämpfen habe.

Der Sekretär kam überhaupt nicht zu Worte und der Schauspieler musste abziehen, zum ersten Mal, ohne dass es ihm gelungen wäre, bei dem sonst so leicht zu beeinflussenden Manne seinen Willen durchzusetzen.

In den Gartenanlagen begegnete er dem Intendanten, der ihn herzlich, wie einen lange vermissten Wiedergenesenen begrüßte und ihm die Einladung Ihrer Hoheit zum Tee überbrachte. Die Exzellenz bemühte sich, scherzhaft und wohlwollend zu sein, aber, bei aller fast zärtlichen Besorgnis, mit der sie dem abtrünnigen Ausreißer gewissermaßen väterlich leutselig auf die Schulter klopfte, ging es nicht ohne Vorwurf für den Undankbaren ab, der dem ganzen Hof Rätsel zu lösen aufgebe und von seinen neuen Ideen so erfüllt scheine, dass selbst die ihm so gnädige Fürstin anfange, besorgt zu sein, und es seinen treuesten Verehrern schwer werde, ihm noch die Stange zu halten. Wie sehr diese, trotz allem, zu ihm hielten, möge ihm das Zustandekommen dieser Einladung und der damit verbundenen Unterredung mit Ihrer Hoheit beweisen. Die Gelegenheit auszunützen und den ein wenig aus dem Geleise geratenen Karren wieder zurecht zu schieben, wäre nunmehr seine Sache. Was scherzhaft gemeint klingen sollte, gab dem geübten, hellhörigen Ohr des Schauspielers deutliche Winke.

In verdrießlicher Laune ging er nach Hause. Die gespannte, bedrohliche Stille der Frühstückstunde; die Weigerung des Prinzipals; die Andeutungen des Intendanten: Er hatte keine Ursache, mit dem Verlaufe des Vormittags zu frieden zu sein. Und was ihn erwartete, war eben auch nicht darnach, sein Gemüt zu beruhigen: ein Zusammensein mit seiner Hausfrau, mit Gewitter geladen, das entweder in der Luft stehen blieb oder losbrach; ein Zusammensein mit der Kleinen, der er das Fehlschlagen ihrer Hoffnung beizubringen hatte; und eine, wenn er dem Intendanten glauben durfte, unerfreuliche Unterredung mit der Fürstin. Diese verdrießlichen Frauenzimmer, dachte er bei sich, das hat davon, wer sich mit ihnen einlässt! Lieber dem Teufel eine Hand gereicht als dem Frauenzimmer den kleinen Finger!

Er begann, sich im Geiste mit der neuen Rolle zu beschäftigen, die nun auch, auf einmal, bei näherem Dazusehen, sich seinem Auge viel schwerer und unzugänglicher darstellte, als es, in der ersten Hitze des Danachlangens, den Anschein gehabt hatte. Was nützte es, die Jugend in sich zu fühlen, wenn sie sie seinem Äußeren, seiner Stimme nicht werden glauben wollen! Sollte er es sich von Krittlern und Nörglern nachsagen lassen, dass er der alternden Naiven gleiche, die immer noch jung und verliebt tue, während sie schon längst für die komische Alte reif wäre? Er bekam nicht übel Lust, ins Theater zurückzulaufen und die ganze Sache ungeschehen zu machen. Dann schämte er sich aber doch und unterließ es. Das hatte ja schließlich auch noch bis morgen Zeit und er wollte sich vorher noch einmal den Text der Rolle vornehmen; und vor allem, die Sache noch einmal überschlafen.

Das Gewitter zu Hause blieb aus. Seine Frau empfing ihn ohne Vorwürfe und benahm sich ganz ruhig und vernünftig, ja, soweit ihr das möglich war, beinahe freundlich. Wenigstens kam ihm das so vor.

Die Kleine freilich, am Nachmittag, raste, als er ihr die Antwort des Prinzipals mitteilte. Sie war wie verwandelt. Gründe ließ sie nicht gelten, die sachlichen nicht und die anderen noch weniger. Die gingen sie nichts an, darüber möge sich der Prinzipal den Kopf zerbrechen, wie er mit diesem Frauenzimmer, der Heroine, fertig werde. Und schimpfte über die Begünstigungs- und Mätressenwirtschaft am Theater. Sie blieb dabei, sie könne die Armida spielen und sie müsse die Armida spielen und nach ihrem Erfolge als Delila hätte sie das Recht und den Anspruch darauf. Sie gab die Sache nicht auf. Der Schauspieler müsse ihr das durchsetzen, wenn er sie wirklich zu lieben behaupte, wenn er schon nicht genug Künstler sei, es aus sachlicher Einsicht zu tun. Und wenn er ein Mann sei, werde er das durchsetzen.

Wenn er aber kein Mann sei, dann brauche sie ihn nicht. Sie wurde ganz böse. Ihre Augen blitzten und blickten tückisch. Jede Annäherung verbat sie sich. Die Armida oder sonst nie wieder!

6.

Die Gesellschaft, die zum Tee in den kleinen chinesischen Pavillon befohlen war, hatte sich bereits versammelt und wartete auf die Rückkehr ihrer Hoheit, der Fürstin.

Die Türen in den Park standen weit offen und ließen die angenehme, zephyrische Luft des Frühsommertages in warmem Strome ein. Nachmittagssonnenglanz lag hell auf den Beeten. Zwischen den hohen Ruscuswänden der Allee sah man die beiden Gestalten – die Fürstin hatte den Arm ihres Begleiters ergriffen – in eifrigem Gespräche auf- und abwandeln.

An den Türen hatten sich kleine Gruppen gebildet, die das wandelnde Paar so angelegentlich, als es sich mit der Schicklichkeit grade noch vertrug, beobachteten.

Die Hofdame, fröhlich wie immer, äußerte in der lebhaften Art ihres Temperaments ihre Freude, den Freund bei solch blühendem Aussehen wiedergefunden zu haben. Er scheine völlig verjüngt; die gesunde Farbe seiner Wangen, die jugendlich gespannte Haltung seines Körpers strafe alle die boshaften Gerüchte Lügen, die in der letzten Zeit über ihn im Umgange gewesen wären.

Man deutete die Gerüchte an und Alle kannten alle. Der Intendant antwortete allen neugierig forschenden

Blicken, die ihn streiften, mit seinem diskret vielsagenden Lächeln.

Wie alt er wohl sein möge, fragte die kleine Baronin naiv. Bei Männern vermöchte sie das Alter nie richtig abzuschätzen.

Der Oberst, selbst ein stattlicher Fünfziger, meinte: gegen Ende der Vierzig; der Intendant wusste es bestimmt, weit in den Fünfzig, er sei auch in der Lage, es nachzurechnen, weil das schauspielerische Debüt des Meisters etwa fünfunddreißig Jahre zurückliege. Die Hofdame widersprach lebhaft. Die Baronin meinte enttäuscht, sie hätte ihn für kaum dreißig gehalten, wo sie ihn doch erst kürzlich als Samson gesehen hätte. Darnach könne sie nie und nimmer glauben, dass er schon vierzig oder gar fünfzig zähle. Der Oberst, ein wenig gekränkt, erwiderte: Ende Vierzig wäre das schönste Mannesalter. Die Hofdame bestand auf Anfang der Vierzig, höchstens: Eine Frau fühle das viel richtiger. Der Abbé lächelte. Und die Hofdame schloss ab: wie dem auch sei, und was der Schauspieler in der Zwischenzeit erlebt haben möge, übel habe es ihm nicht angeschlagen. Förmlich gewachsen scheine er ihr: Der sonst so zierliche Mann käme ihr heute, selbst an der ragenden und schlanken Erscheinung der Fürstin gemessen, gradezu groß vor.

Die Baronin meinte, ihr sei er immer hochgewachsen, nie klein und zierlich erschienen; nicht etwa, weil sie selbst, wie sie wohl wisse, klein wäre. Aber für kleine Männer hätte sie nichts übrig und das sei doch der beste Beweis.

Der Oberst, dem heute Gelegenheit eifersüchtiger Anwandlung nicht erspart zu sein schien, widersprach: Der Schauspieler sei klein; der Intendant fand, er habe eine mittlere Figur, weder als groß noch als klein zu bezeichnen. Der Abbé aber, begütigend und mit seinem feinen Lächeln, das immer mehr zu sagen schien, als es verriet, das sei wohl das Wesen des Schauspielers und ein Zeichen der Echtheit seiner schauspielerischen Natur, dass er jedem anders erschiene; dem einen jung, dem andern alt, dem einen groß, dem anderen klein; und er selbst, der doch die ungewöhnliche Schwärze dieser Haare genau kenne, ertappe sich manchmal darauf, ihn als blond zu empfinden, nicht bloß einer gelegentlichen Perücke oder Maske wegen, sondern blond und hell bis ins innerste Wesen hinein.

An einer andern Tür, an der die Gräfin lehnte, vom Minister und von dem jungen Adjutanten flankiert, entwickelte sich ein ähnliches Gespräch. Die schöne, imposante Frau fand es wunderbar, ja fast unbegreiflich, wie ein Mann, der doch in einer ganz anderen Sphäre aufgewachsen sein müsse, es zustande bringe, jeden Unterschied des Standes, der Geburt und der Erziehung vergessen und unfühlbar zu machen. Sie wies auf die Leichtigkeit und Freiheit hin, mit der er sich an der Seite der Fürstin bewege, auf die lässige Selbstverständlichkeit seiner Haltung, als ob er nie einen anderen Boden getreten, eine andere Luft geatmet hätte, als die des Hofes. Seltsam, meinte der Minister, auf ihn wirke der Künstler eher bürgerlich, ja fast zu bürgerlich, und der Justiziar, der zu der Gruppe dazugetreten war, ein kleiner, alter, fast zierlicher Herr mit seinem Gelehrtenkopfe und sehr korrektem Wesen, rühmte, das berühre ihn bei dem trefflichen Manne so wohltuend, dass er sich von den allzu freien Allüren seiner Berufsgenossen frei zu erhalten verstanden habe und ein gemessenes und wohlanständiges Benehmen an den Tag lege. Bei diesen Worten konnte der junge Adjutant ein Lächeln nicht unterdrücken und äußerte, indem er seine helle, schmetternde Stimme ein wenig dämpfte, er hätte ihn wohl auch schon anders gesehen, während der Domänenrat, ein stattlicher, hochgewachsener Mann mit gesund geröteten Wangen, der sich nun der Gruppe näherte und die letzten Worte des Gespräches auffing, erstaunten Gesichtsausdrucks bemerkte, für ihn ströme der Schauspieler eine rustikale Atmosphäre aus; eine gute Landluft umgebe ihn; man spüre, er sei auf dem Lande aufgewachsen und er könne sich ihn ganz gut vorstellen, in hohen Stulpenstiefeln über Land reitend, oder hinter dem Pfluge her oder seine Ställe beaufsichtigend; oder in sonstiger nützlicher Hantierung des Landmanns. Die Anderen wollten sich, lächelnd, nicht recht an diese Vorstellung gewöhnen und die Gräfin meinte, zum Mindesten in diesem Augenblicke lasse die galante Bewegung, mit der er seiner verehrten Gönnerin, der Fürstin, die Hand reiche, um sie in den Pavillon zu führen, nicht viel von derartig rustikaler Gewöhnung merken.

Und auch in dieser Gruppe schwirrte Erinnerung der vielen und unbestimmten Gerüchte auf, die des Schauspielers umstrittene Wandlung mit neuen Erlebnissen, mit dem Einflusse dieser oder jener Circe in Verbindung brachten. Indem man sie andeutete, gab man sich den Anschein, sie nicht zu glauben; aber indem man sich diesen Anschein gab, deutete man sie umso lieber an und ließ es unentschieden, ob an der nicht allzu sorgfältig unterdrückten Erregung, der kaum mehr diskret tuschelnden Spannung, mit der das Gespräch geführt wurde, das Bedürfnis freundschaftlicher Abwehr und Verteidigung oder das Vergnügen der Gelegenheit den größeren Anteil hatte. Die einmal geweckte Freude an der Anspielung machte bei ihrem Anlasse nicht Halt. Und während man die Amouren und Passionen des Schauspielers und dann des Theaters mit pro und kontra zu glossieren schien, blitzten flüchtige Lichter auf die Schatten manches eigenen Wunsches. Hinter den deutlicher werdenden Anspielungen auf die Abwesenden versteckten sich kleine Abrechnungen, zarte Anbahnungen der Gegenwärtigen. Die Damen medisierten die Rivalitäten der Schauspielerinnen; und erlebten die eigenen. Die Herren quittierten mit lächelnder Beobachtung die kleinen Rivalitäten der Damen; und konnten sich der eigenen eifersüchtigen Regung nicht erwehren, wenn der Erbprinz sich in allzu feurigem Handkusse über die kleine Hand der Baronin neigte, die Hofdame den Schauspieler allzu lebhaft gegen Angriffe verteidigte, die niemand aussprach; die Gräfin mit einer allzu deutlichen Kühle alle Anwesenden übersah und verstehen ließ, dass sie den Eintritt Eines nicht übersehen dürfe, den alle wissen konnten und der noch nicht da war. Selbst der kluge Abbé, der gerne den Anschein wahrte, philosophisch über den kleinen Torheiten des Lebens zu stehen und sie nur um ihres Gleichniswertes zu lieben, hätte Anlass und Richtung aller der versteckten Stiche und kleinen Kriege bald nicht mehr zu entwirren vermocht, auch wenn er von den neidischen Anwandlungen freier gewesen wäre, mit denen er die Siege der anderen beobachtete, als er es, seinen stoischen Vorsätzen zum Trotz, leider war. Aber so blieb ihm nichts anderes übrig als die kleine Revanche, der von ihm über alles verehrten Hofdame die verschiedensten Hypothesen über die Liebesgefahren, die ihren Schützling bedrohten, zu unterbreiten, und die für ihn große Genugtuung, in der amüsanten Komödie der großen Welt, die sich um die kleine Welt der Komödie abspielte und die vermeintlich Zuschauenden in Mitspielende verwandelte, sich als Einziger die Rolle des Räsonneurs und kühlen Beobachters zu wahren.

Unterdessen hatte das Gespräch zwischen der Fürstin und dem Schauspieler andere Wendungen genommen, als es beide Teile, jeder insgeheim für sich, vorausgesehen oder gewünscht hatten. Sei es, dass die stolze und zurückhaltende Frau in dem Freunde eine Veränderung und Wandlung spürte, deren Ursache ihr unbekannt blieb, ohne dass sie der Versuchung nachzugeben wagte, ihr nachzuforschen, wovon eine unerklärliche Scheu sie zurückhielt; sei es, dass er sich selbst, wie im Gefühle einer Schuld, dieser Veränderung bewusst war, die er nicht zugeben, deren Gründe er nicht preisgeben konnte, der gewohnte Ton der alten Vertraulichkeit wollte sich nicht einstellen. Sie hatte ihn Anfangs, wenn auch stockend, mit Vorwürfen wegen seiner Flucht und plötzlichen Zurückgezogenheit überhäuft, ihm Untreue und Mangel an Vertrauen vorgehalten und er, wie ein gescholtener Schulknabe, mit Ausflüchten und Redensarten darauf geantwortet, die sie nicht gelten lassen konnte, wenn sie nicht die Wärme und den Wert ihrer bisherigen Gunst dementieren wollte, und er, dieser selbstverständlichen, fast beleidigten Zurückweisung gegenüber, nicht aufrecht erhalten durfte, ohne die Freundin zu verletzen und seinen eigenen Wert in ihren Augen zu schmälern. Dann hatte er, da Gleichgültiges nicht angenommen, das Wirkliche nicht gesagt werden konnte, sich auf ein Beiden willkommenes, drittes Gebiet geflüchtet und sich in Andeutungen über einen Wechsel seiner Anschauungen ergangen, um nicht ohne innere Beschämung, als die Fürstin tiefer zu dringen, heftiger zu drängen begann und von ihm eine eingehende Darstellung seiner neuen Anschauungen verlangte, gewahr zu werden, dass er das bloße vage Gefühl der Veränderung für das veränderte Weltbild selbst genommen hatte. Zwar half er sich nicht ohne Geschick, indem er einen Hymnus auf Natur und Wahrheit sang und in der Rückkehr zu beiden die Panacee gegen alle Leiden der Seele an der Lüge der Welt und des Hoflebens predigte; aber die Fürstin gab das Neue dieser Anschauung, wenigstens für sie Beide und das Ganze ihrer bisherigen Beziehung, nicht zu. Als ob diese nicht immer eine Oase der Wahrheit innerhalb einer Welt der Lüge gewesen sei. Ihr wenigstens hätte sie immer dafür gegolten. Hätten sie je anderes geübt als den strengen, herben Dienst der Wahrheit, anderes gesucht als die Natur, sich je von der Natur entfernt? Was brauchte es also da der Rückkehr zur Natur? Wenn anders er nicht in der Natur etwas Neues zu sehen gelernt hätte; eine Rückkehr zu Ziellosigkeit und Leidenschaft, zu zügelloser Leidenschaft. Dahin allerdings würde sie ihm nicht zu folgen vermögen. Denn gerade in der gemeinsamen Besiegung von Leidenschaft und Zügellosigkeit durch Wahrheit und Schönheit hätte sie bisher den hohen, den unbeschreiblichen Wert ihrer reinen Freundschaft erblickt. Ob er darin anderen Sinnes geworden sei? Ob seine Wandlung etwa darin bestehe, dass er, nicht zur Wahrheit und Natur, auf diesem Wege würde sie ihm stets folgen, sei sie ihm stets gefolgt, sondern zur zuchtlosen Leidenschaft des Tieres zurückzukehren beschlossen habe?

Der Schauspieler schwieg betreten. Diese Replik der verehrten Frau, mit einer jede Möglichkeit einer Entgegnung hoffnungslos abschneidenden Entschiedenheit vorgetragen, brachte ihn um das Letzte seiner ohnehin nur mühsam geretteten Fassung. So hatte er es sich nicht gedacht. Seine in diese gefürchtete Unterredung mitgebrachte Absicht, von der er sich große Wirkungen versprochen hatte, war gewesen, einen tönenden Hymnus auf die Leidenschaft zu singen, eine Apologie der alles überflutenden, alle Bedenken des Verstandes überschreienden Begier, eine Kantate auf die siegende Macht des Gefühls. Er hatte es sich zugetraut, aus den neuen Erlebnissen seines Blutes, ohne diese preiszugeben, ja im Gegenteil sie mit den großen Worten einer geänderten Weltanschauung und Philosophie erst recht verdeckend, neue Töne zu finden, mit denen er das Ohr der Zürnenden überraschen, ihren allem Neuen bereiten Verstand mitfortreißen und allen Vorwürfen, die seiner warteten, zuvorkommen wollte. Und er hatte sich ausgemalt, wie die Freundin, vielleicht zuerst bestürzt, dann überrumpelt, schließlich bewundernd zu ihm aufschauend, sich bemühen würde, ihm in die Welt seines neuen Geistes zu folgen, so auch aufs Beste für die neue Jugend vorbereitet, zu der er sich in seiner schauspielerischen Entwicklung entschlossen hatte, nicht ohne ein gewisses Zagen, wie sie von denen, die sein langsames Altern mit ihm erlebt hätten, aufgenommen würde, und ängstlich besorgt, ihr unter diesen klug einen günstigen Boden zu schaffen. Wer hätte ihm darin besser helfen können, als die immer gnädige, immer sein Bestes wollende Fürstin! Aber gerade diesmal wollte sie nicht. Diesmal versagte sich ihre sonst so bereitwillige Freundschaft dem Sturm seiner Rede, dem beredten Klang seiner Stimme, wie die Dialektik seiner Sinne vor diesem entschlossenen Willen zur Tugend versagte. Wie eine Mauer stand dieser zwischen ihm und der Frau, die ihm heute ferner rückte als je, und er fühlte, wie Worte, Gründe, schauspielerische Künste, gleich ohnmächtigen Pfeilen, an dem eiskühlen Panzer dieser Tugend abprallen müssten, deren scharfäugige Strenge hinter seinem Triebe zu neuer Jugend den Trieb zu neuer Leidenschaft, hinter dem Triebe zur Leidenschaft ihr Geschehnis erraten würde und dieses – das wusste er – ihm nie verzeihen könnte. Aber er konnte auf seiner Fürstin Freundschaft und Gunst, die den Stolz seines Lebens ausmachte, nicht verzichten. Nicht der Mensch in ihm und der Schauspieler noch weniger. Nie und nimmer. Das konnte er nicht wagen. Der Einsatz war zu hoch. Und so gab er es auf, sie von seiner Jugend zu überzeugen. Und versuchte es mit dem Gegenteil.

Denn er fühlte sich auf einmal alt. Ganz alt, bis in die Spitzen seiner müden Finger, die zitternd auf dem Arm der Freundin lagen, bis in die versagenden Knie, bis in die Liddeckel, die sich schwer über seinen trübe werdenden Blick legten. War es die ihm mit blitzesschneller Klarheit gewordene Einsicht in die Gefahren, die ein Bekanntwerden seines jugendlichen Abenteuers für ihn bedeutete, war es die Notwendigkeit, dessen äußere Zeichen vor den Augen Ungnade drohender Sittenstrenge zu verwischen und zu verbergen, war es das Gefühl der Ohnmacht, mit der ihn das offenbare Versagen aller Fanfaren der Jugend und Leidenschaft auf das Gemüt der Fürstin erfüllte; irgendetwas, von innen heraus, halb noch spielerische Absicht, kaum mehr Wille, schon nicht mehr Bewusstsein verwandelte ihn, drückte ihm auf Schultern und Rücken, hängte sich bleiern an seine Kniekehlen, dass er mühsam nur die Füße in den Schuhen weiterzuschleppen vermochte, legte sich heiser auf seine Stimme, dass sie blechern und metallös klang, als er endlich zum Sprechen ansetzte.

Er habe geschwiegen, sagte er, schweigen müssen, weil sein Schmerz ihn keine Worte finden ließ, der erste Schmerz, den sie ihm zugefügt, aber auch der tiefste, den sie ihm habe zufügen können, der Schmerz, von der Einzigen sich missverstanden zu sehen, von der er verstanden sein wolle, und in dem Augenblicke, da er ihres Verständnisses am tiefsten bedürfe. Und er habe geschwiegen, weil er sich vor ihr schuldig fühle; ja er leugne es nicht, sich schuldig fühle, denn er hätte längst zu ihr kommen sollen, statt sich in der schwersten Not und Bedrängnis seines Lebens in die Einsamkeit und in sich selbst zu verkriechen. Gewiss, es sei sein Fehler, dass er einen Anfall von Ekel vor der Schlechtigkeit der Welt und der Menschen, der sich ihm bis zur Unerträglichkeit gesteigert habe, mit sich allein habe durchkämpfen wollen und ihr den ihr gebührenden Anteil an seinem Leide vorenthalten habe; denn ihre Freundschaft habe ein Recht darauf, nicht bloß den lächelnden, im Glanze seiner Erfolge und Siege strahlenden Freund zu verlangen, sondern auch den von Qualen und Zweifeln zerrissenen, dessen traurigen Anblick er ihr habe ersparen wollen: Aber wenn das sein Fehler sei, so sei er zu strenge damit gestraft, dass sie ihn so habe verkennen können, dass sie ihm habe Zügellosigkeit zumuten können, und gerade in dem Augenblicke, da er der Leidenschaft und Zügellosigkeit für immer abgeschworen; ja, da ihn der Ekel vor Leidenschaft und Zügellosigkeit aus der Welt und in die Einsamkeit getrieben habe. Wenn er von Leidenschaft gesprochen habe, so sei es die leidenschaftliche Liebe zur Wahrheit, die er im Auge gehabt habe, und wenn er von Wahrheit und Natur gesprochen habe, so habe er die unerbittliche Wahrheit über die eigene Natur gemeint, und zu dieser zurückzukehren das sei der große Entschluss und die Wandlung, die er in den letzten Wochen erlebt habe. Er sei, und vor dieser grausamen Wahrheit wolle er seine Augen nicht verschließen, alt geworden. Seine Augen seien alt geworden und mit alten Augen, vor denen nichts bestehen könne, starre er in eine entgötterte Welt. Die rosigen Schleier, die Hoffnung, Freude, Zuversicht und alle holde Täuschung der Jugend über die Welt breiteten, seien ihm zerrissen und nichts sei geblieben als eine graue, trostlose Leere. In jener grenzenlosen Vereinsamung und Verzweiflung, wie sie allen denen auferlegt sei, mit denen er das Schicksal eines bewusst gewordenen Alterns teile, sei ihm die große Eitelkeit des Lebens aufgegangen, das Unwesentliche und Unwirkliche aller Lebensgüter grauenhaft klar geworden, auch der Freundschaft, auch der Kunst. Nun habe er nichts mehr; ob ihre Freundschaft auch an diesem Nichts auf ihrem Anteil bestehe.

Sie sah ihn erschrocken an und ihre Hand tastete wie unversehens nach seinem Arme. Ein alter, verfallener Mann ging neben ihr. Sein Schritt schleppte, die Arme fielen kraftlos herab, die Wangen hingen grau und gedunsen, ein stumpfer, trauriger Blick zwängte sich zwischen den schweren Augenliedern, unter denen sich förmliche Tränensäcke bildeten. Aber irgendetwas zuckte um den roten Mund und die frischen, kräftigen Lippen, das die Worte und Zeichen des Alters verräterisch Lügen zu strafen schien, und entging dem scharfen Blick der Fürstin nicht. Die, noch immer die erste unwillkürliche Wallung des Mitleids in der Stimme, nun den Freund zu trösten anhub.

Ein unentrinnbares Übel, – sagte sie –, das man mit allen teile, sei kein Übel; angenommen, nicht zugegeben, dass Alter ein Übel und dieses Übel bereits jetzt sein Los sei. Denn sie begreife nicht, inwiefern es ihm Verzweiflung und Vereinsamung bringen sollte: Verzweiflung nicht, denn er könne bereits jetzt zufrieden und gesicherten Gefühls auf ein fruchtbares und schönes Lebenswerk zurückblicken, um dessentwillen gelebt zu haben es sich wohl gelohnt habe, und Vereinsamung nicht, denn die Freundschaft der wenigen Edlen – und es komme ja nur auf die an – die ihm sein Lebenswerk eingetragen habe, bleibe ihm unter allen Umständen und ohne jeden Zweifel erhalten: Sie wenigstens – um für sich zu sprechen – könne sich nichts denken, das sich beeinträchtigend zwischen sie und ihre Freundschaft, störend zwischen ihn und sie stellen könnte, und es gebe nur wenige Vorstellungen, die für sie mit einer solchen Empfindung des reinen Glückes verbunden wären, als die, mit dem Freunde gemeinsam zu altern und von der Reife und Ruhe eines schönen Alters, wie von einer erhabenen Höhe, den gemeinsam durchmessenen Lebensweg zu überschauen. Gebe es denn Erquicklicheres, ja selbst Fruchtbareres als solchen Herbstes süße Reife? Aber, – setzte sie mit einem Lächeln hinzu und strich mit ihren Fingern leise über seine Hand, – sie glaube noch nicht so recht an den Ernst seines Altwerdens. Und sie schlage ihm vor, wenn er den allzu voreingenommenen Augen ihrer Vertrautheit misstraue, die im Pavillon versammelten Freunde und Freundinnen darüber zu unparteiischem Gerichte sitzen zu lassen, denen sie ohnehin seine lange versprochene und ersehnte Anwesenheit nicht gut werde des weiteren vorenthalten können.

Der Schauspieler zuckte mit den Achseln, traurig und zweifelnd zugleich. Sie meinte es freilich gut mit ihm, die Gute. Aber war, was einer so tief und furchtbar erlebt hatte, dass es sein Weltbild umstürzte, dass es ihn bis in den Knochenbau hinein verwandelte, mit einigen freundlichen und gnädigen Worten des Trostes zu erschüttern? Und ob die da drin die Rechten waren, ihn von seinem Weltüberdruss, von seinem Ekel vor Lüge und Verstellung der Welt zu heilen und ihm die Jugend, seine vom Glauben an Wahrheit und Natur heilige Jugend wiederzugeben?

Als die Fürstin am Arm des Schauspielers den zum Tee bereiten Pavillon betrat, verstummte das Summen des Gesprächs mit einer für diesen Ort der erziehungsmäßig beherrschten Neugierde fast auffälligen Plötzlichkeit und eine mühsam bemeisterte Spannung, die jeder im Gesichte des anderen mehr erriet als las, im eigenen hinter gespielten Gleichgültigkeiten zu verstecken suchte, wartete auf erste Worte, aus denen man, wie immer sie fallen mochten, das je nach dem Grade der Liebe oder Abneigung, die man dem Schauspieler und in ihm der Sache des Theaters entgegenbrachte, gehoffte, gefürchtete oder zum Mindesten neugierig erwartete Ergebnis der Unterredung erlauschen zu können, der eigenen angestrengten Kombinationsgabe sicher war. Aber die Sicherheit versagte, die Kombination fand kein Spielfeld und die Spannung blieb ungelöst: Die Fürstin begrüßte ihre Gäste liebenswürdig und gnädig wie immer, aber wie immer hoheitsvoll, fern und undurchsichtig, und der Schauspieler trat so unbefangen und ruhig in die ihn umringende Gesellschaft, wie wenn er sie gestern verlassen hätte, sodass jede sich etwa neugierig vordrängende Frage wie von selbst vor der heiteren Gelassenheit dieser Miene verstummte. Man begnügte sich, mit freundschaftlicher Besorgnis sein Aussehen zu prüfen; man fand ihn erfreulich wohlauf, fast unverändert, vielleicht ein wenig gealtert, vielleicht, und ein weniges nur, nein, nicht eigentlich gealtert, nur ein wenig müder, und, freilich, nur in der Haltung des Körpers, in der etwas müden Art, wie er die Schultern fallen ließ, in dem etwas schlappern Gang, in den Schatten um die Augen. Die Haut der Wangen, der Mund, der Blick waren frisch wie früher, aber in das Übrige war etwas Unbekanntes getreten, Reiferes, Schwereres, das anders war als früher, anders, merkwürdigerweise, selbst als das man vorher im Park an ihm beobachtet hatte. Man wunderte sich, aber man schwieg und behielt seine Beobachtung für sich.

Man stand wieder in kleinen Gruppen, beherrschte seine Neugierde und seinen Blick, das Gespräch tastete sich, etwas mühselig, durch Anderes, Gleichgültigeres, man besprach kleine Vorkommnisse der Gesellschaft, der Stadt, des Theaters, bis die Fürstin den Dienern das Zeichen gab, den Tee zu reichen.

Als dieser genommen war und die Diener sich entfernt hatten, ließ die Fürstin durch eine leichte Neigung des Kopfes erkennen, dass sie sich die Aufmerksamkeit der Gesellschaft erbitte und erhob ihre sonst so leise Stimme, unmerklich zwar, aber doch so, dass jeder verstand, sie wende sich diesmal nicht wie sonst an Einzelne, sondern wünsche, alle Versammelten an dem, was sie zu sagen vorhabe, teilnehmen zu lassen: ihrer alten Gepflogenheit treu, diese kleinen Gesellschaften, deren Pflege ihr, wie jeder Eingeweihte wisse, besonders am Herzen liege und ihr, in der Leere ihrer sonstigen repräsentativen Pflichten, die einzige Quelle reinen Genusses und geistiger Anregung biete, über die Leichtigkeit des bloßen gesellschaftlichen Geplauders hinaus zu einer Pflegestätte des Schönen und Guten zu gestalten, habe sie auch für diesen Tag ihren Freunden eine freudige Überraschung zugedacht, die freilich nicht wie sonst in einem schönen Buche, in einem neuen Werke der bildenden oder tönenden Künste, in dem Vortrage oder der gemeinsame Erörterung irgendeiner neuen Idee auf dem ihnen allen so teueren Gebiete der schönen Künste bestehe, sondern diesmal in etwas ganz Anderem, das an Wert weit darüber hinausgehe, in der Wiedergewinnung eines verlorenen Gutes, des besten Gutes, das eine menschliche Gemeinschaft verlieren könne, eines Freundes.

Es war fast, als schwebe in diesem Augenblick eine Wolke von Feierlichkeit über diesem Kreise der leichten, schöngeistigen Geselligkeit, die vorhandene Spannung allerdings weniger zu lösen als zu steigern geeignet. Aber immerhin schien der Bann mühsam zurückgedrängter Neugierde durchbrochen und alle blickten, der Hemmungen ledig, auf den Schauspieler, der sich, die Hand wie zur Abwehr auf der Brust, mit einer leichten Neigung des Oberkörpers halb erhob, wie er wohl gewohnt sein mochte, die Huldigung begeisterter Verehrung halb abwehrend, halb hinnehmend, zu quittieren.

Die Fürstin lächelte. »Aber wie gewinnen wir den Freund wieder?«, fuhr sie fort. »Der uns vor wenigen Wochen verließ, frisch, in der vollen blühenden Kraft seines wunderbaren Schaffens, ein Jüngling an Feurigkeit des Erlebens und Empfindens, ein Mann an Reife und Erfahrung in seiner Kunst, kehrt uns zurück, in dem Wahne, zum Greis gealtert zu sein, und in dem anderen Wahne, dass dieses Altern Traurigkeit, Verzweiflung und Vereinsamung bedeuten müsse. Was ist in den wenigen Wochen, in denen wir in unserem heiteren Kreise den Heiteren schmerzlich vermissten, aus unserm Freunde geworden? Müde, verdrießlich, von Grillen geplagt, vom Ekel am Leben und an der Welt geschüttelt, an den Menschen verzweifelnd, er, der sonst uns den Trost in unsere trüben Stunden trug, der uns rührte und erheiterte, erschütterte und erhob, unsere Augen zum Weinen, unsere Herzen zum Lachen brachte, uns durch die ewig gültigen Vorbilder des Schönen, Großen und Edlen, die er uns zeigte, mit dem Hässlichen und Kleinen unseres täglichen Lebens versöhnte und durch seine Kunst uns im Missklang unserer Herzen wieder an die Harmonie der Sphären glauben lehrte. Was diese Wandlung hervorbrachte, was er in dieser Zwischenzeit Schmerzliches oder Furchtbares erlebte an innerem oder äußerem Geschehen, darüber schweigt er. Ehren wir dieses Schweigen! Forschen wir nicht! Aber ist es nicht unsere Freundespflicht, ihn von seinen Grillen zu heilen, ihm die Freude am Leben, ihm den Glauben an Welt und Menschen, ihm den Glauben an seine Kunst wiederzugeben? Und darf ich es nicht von Ihnen allen, mit denen ich mich in der dankbaren Verehrung für den Künstler, in der Freundschaft für den Menschen eins weiß, erwarten, dass Sie mich bei diesem Rettungswerk unterstützen?«

Von ganzem Herzen gerne, rief, noch ehe die Fürstin geendet hatte, die kleine Baronin, wäre sie zu jedem Liebeswerk bereit, und als alle lachten, errötete sie und setzte schnell hinzu, wie es ja selbstverständliche Christenpflicht wäre. Und die anderen Frauen kamen ihr zu Hilfe und schlossen sich an, worauf der Abbé im Namen der Männer das Wort ergriff und den heimgekehrten Freund auch der freundschaftlichen Hilfsbereitschaft dieser versicherte, sofern dem von so viel Frauengunst Getragenen daran gelegen sein könnte, denn sie seien sich wohl bewusst, an werktätiger Nächstenliebe nicht mit den zarten Händen der Frauen wetteifern zu können. Immerhin möge er den Rat und die Weltkenntnis vielerfahrener Männer, die sich ihm anböten, nicht gering einschätzen, und wenn er sich entschließen könnte, nur ein weniges, nur ganz im Allgemeinen den Schleier von seinen Herzensnöten zu lüften, wobei sie Alle, in ihrer weltmännischen Diskretion, weit entfernt davon wären, ihm eine Beichte zuzumuten, so vermöchte ein Gespräch mit so verschiedenartigen, in so verschiedenen Lebensdingen so verschieden beschlagenen und nur durch die Freundschaft geeinten Menschen wohl manches zu des Freundes eigener Klärung beizutragen.

Der Schauspieler erwiderte, mit stockender Stimme, und indem er sich mit dem Rücken der rechten Hand über das gefeuchtete Auge fuhr, er stehe tief beschämt. Auf so viel Freundschaft und Liebe sei er nicht gefasst gewesen. Er komme sich vor wie der verlorene Jüngling in der Parabel, der heimgekehrt sei, um zu büßen und auf die Trebern des väterlichen Schweinestalles gefasst, und mit Zimbeln und Pauken empfangen werde. Womit habe er diese überwältigende Häufung von Gunst und Gnade verdient? Er sei sich bewusst, an Stand, Ansehen und Verdienst in diesem hochedlen Kreise der Niedrigste zu sein, und so könne er, so dürfe er, wenn ihn dieser Kreis mit Zeichen seines Vertrauens und seiner Zuneigung überschütte, diese unmöglich auf seine geringe Persönlichkeit beziehen, sondern müsse sie der hohen Kunst zuschreiben, der er diene und die sie in ihm ehren wollten. Umso beschämter sei er, dass er sein Erlebnis, als sei es sein eigenes und nicht eines, das aufs Tiefste mit seiner Kunst zusammenhänge, mit sich allein und in seiner Einsamkeit habe abmachen wollen und es dem Vertrauen dieses hohen Kreises entzogen habe. Das sei seine Schuld, deren er sich als Schuld bewusst sei. Und er danke es ihrer unverdienten Freundschaft, danke es vor allem der unbeschreiblichen Güte und Gnade seiner verehrten Fürstin und Gönnerin, wenn ihm nunmehr Gelegenheit gegeben sei, diese Schuld abzutragen und vor ihnen Zeugnis über ein seelisches Erleben abzulegen, das ihn während der letzten Wochen in einen Zustand fast unerträglicher Erregung versetzt habe, trotzdem aber den Künstler in ihm noch mehr angehe als den Menschen und über das er sich ihre Meinung und ihren Rat erbitte.

Und er fuhr fort: er erinnere sich, im Aulus Gellius gelesen zu haben, dass sich in den Lebensbeschreibungen vieler bedeutender Männer, zumal großer Dichter und Künstler – Aulus Gellius führe unter anderen den alternden Vergil und den sonst so heiteren Horatius Flaccus an – gewisse Perioden der Ermüdung regelmäßig einstellten, in denen auf der Höhe der Entwicklung, in vollendeter Schaffensreife das schöpferische Gemüt von einer großen Traurigkeit befallen zu werden pflege. In diesen Zeiten verleide sich ihnen das Zusammenleben mit den Menschen, ein Ekel vor der Welt und dem Leben erfasse sie und es treibe sie zur Flucht in die Einsamkeit, locke sie an den Busen der Natur, in der sie allein ein stetes, ruhiges und verlässliches Gleichmaß zu finden sicher wären. Wohl ihnen, wenn es ihnen dann beschieden sei, in den Armen der Allgütigen, in ihrem milden Schoße Trost und Heilung, Ruhe und Frieden und Versöhnung zu finden! Aber nicht Alle seien so glücklich: es gebe, denen die harte Notwendigkeit ihres Lebens, der unerbittlich eherne Zwang zu wirken, jenen letzten Zufluchtort und Schlupfwinkel Einsamkeit verschließe und die nun gezwungen seien, auf dem Posten, an den sie ihr Schicksal gestellt, vergifteten Herzens und zähneknirschend auszuharren. Noch schlimmer aber seien jene dran, denen auch Natur und Einsamkeit ihre heilende Kraft versagten, ja, die auch aus dem Heilmittel nur neues Gift zu saugen vermöchten. So tief hätte sich in ihre Seele der Glaube an die Schlechtigkeit und Lüge der Menschen, an die Leere und Nichtigkeit aller Lebensgüter, an die Eitelkeit alles menschlichen Tuns eingefressen, dass die Einsamkeit ihnen nur dazu taugte, den Ekel, den sie vor den Menschen fühlten, gegen sie selbst zu wenden und im eigenen Wesen, das Spiegel und Zerrbild alles menschlichen Treibens mit seinen Schlechtigkeiten und Eitelkeiten zu finden. Wer aber derart an sich zu verzweifeln begönne, was bliebe ihm anderes übrig, als auch am Wert seines Tuns und Wirkens, am Wert seines Lebens, am Wert seiner Kunst zu verzweifeln? Nun sei er weit entfernt, sich mit jenen bedeutenden und weltberühmten Helden, Dichtern und Koryphäen, deren Glorie über die Jahrhunderte schattete, vergleichen zu wollen: aber das Eine habe er, in aller Bescheidenheit, mit jenen Großen gemein, dass auch ihn, so klein er neben ihnen stehe, in dieser Wende seines Lebens diese verzweifelte Traurigkeit und Stimmung überkommen habe, die ihm nicht bloß den Glauben an die Güte und Wahrheit der Menschen, sondern auch an den Wert seiner eigenen Kunst raube. Wenn es dieser nicht gegeben sei, die Menschen zu bessern und zu veredlen, wenn sie nicht die Kraft besitze, das Gute aus der Menschenseele heraufzuholen, und wenn es noch so tief darin verborgen sei, und das könne sie nicht, denn keine Kraft sei imstande, ein Gutes ans Tageslicht zu fördern, das nicht vorhanden sei, was bliebe dann noch von ihr übrig? Welchen Sinn und Wert hätte sie dann noch? Wenn seine Kunst aber um ihren eigentlichem Sinn und Wert gebracht wäre, was sei er dann weiter als ein trauriger Hanswurst, der gezwungen wäre, für Geld seinem Publico seine Faxen vorzumachen? Dazu sei er aber nicht jung genug und das überlasse er gerne den jungen Laffen seines Berufes, denen es bloß darauf ankomme, ihrer Eitelkeit zu genügen und nicht darauf, den tiefen und sittlichen Sinn der Kunst zu erfüllen. Ehe er darauf verzichtete, würde er sich eher dazu entschließen, auf seine Kunst zu verzichten, so hoch ihm diese stehe, und gerade weil sie ihm hoch stehe, und sich lieber ins tiefste und einsamste Dunkel der Wälder verkriechen oder irgendwo im Schutze der Unberühmtheit seinen Kohl pflanzen, wozu ihn als Bauernsohn und Enkel eine unbewusste Vorliebe schon immer getrieben habe.

Es trat nun eine Pause betretenen Schweigens ein, bis der Abbé, von aller Blicken aufgerufen, als Erster und zunächst dazu Berufener, das Wort ergriff: Er gestehe, durch den Ausbruch des verehrten Freundes in einen Zustand der Bestürzung, ja geradezu der Erschütterung geraten zu sein, der es ihm schwer mache, Worte zu finden, die mehr seien als Worte des bloßen Trostes. Denn das fühle er, dass bei einem Schmerze, der sich seiner so klar bewusst geworden sei, der mitfühlende Tröster nicht mehr genüge, sondern nur eines von Beiden helfen könne, der Seelenkenner, der den Nachweis bringen könne, dass der Leidende über die Natur seines Leidens im Irrtum sei, und ihm dadurch die Wurzel seines Leidens und damit vielleicht das Leiden selbst benehme, oder der Arzt, der das Heilmittel wüsste. Sein Kleid deutete an, dass er zu Beidem, zum Seelenkünder und zum Seelenarzte, berufen sei: Aber seine Lebenserfahrung habe ihn bescheiden gemacht und gelehrt, dass man in Dingen der Seele nur das eine wissen könne, dass man nichts wisse und dass keiner dem andern zu helfen vermöge; die Ärzte des Leibes seien zuversichtlicher; ob mit mehr Recht, wisse Gott. Immerhin habe auch er sich im Laufe seiner Erfahrung einige kleine Arkana oder Wundermittel zu eigen gemacht, mit denen er durchaus nicht immer die Tröstungen der Religion gemeint haben wolle. Im Gegenteil rechne er zu denen gerade dort, wo der Glaube nicht verfangen wolle, als wundertätigstes, das noch immer geholfen habe, die Beschäftigung mit der Kunst. Und darum sei er in diesem Falle besonders bestürzt und ratlos, da es sich hier um einen Künstler und noch dazu um einen von Gott so sichtlich begnadeten handle. Wenn nun auch die Künstler nicht gegen solche Erschütterungen ihres Gemüts gefeit wären, wenn nun auch die Kunst ihre berufensten und auserkorenen Priester nicht vor solchen Anfechtungen zu schützen vermöge, welches andere Heilmittel bleibe dann übrig? Was sonst als die Kunst vermöge in uns jene Reinigung der Leidenschaften, jenen glückseligen Zustand heiteren Gleichmaßes hervorzurufen, den die Alten so schön als Ataraxie, als Unverwirrtheit und Unerschüttertheit des

Gemüts bezeichneten? Er glaube selbst von ähnlichen Erschütterungen im Leben bedeutender und tätiger Männer gelesen oder gehört zu haben, von ähnlichen Zuständen der Ermüdung, Erbitterung und Verfinsterung, wie sie der Schauspieler geschildert habe, in denen alle üblen Säfte des Leibes und der Seele noch einmal an die Oberfläche stiegen und der alternde Organismus gewissermaßen von Dämonen besessen wäre, die ihm Welt und Menschen in grässliche Fratzen verzerrten. Liege das an der Welt? Die sei immer noch unverändert dieselbe, die sie früher im rosigen Schimmer gesehen hätten. Liege es an den Menschen? Die seien weder schlechter noch besser geworden, gerade so schlecht und gut, wie sie immer gewesen seien. An ihrem Dämon liege es, der ihren Sinn verkehre, ihr Blut errege, ihr Auge blende und der einzige, der die Macht besäße, den Dämon in Schlaf zu singen, sei immer noch Orpheus. Er habe wohl auch manchmal im Beichtstuhl alternde Männer schlichteren Standes, geringerer Bedeutung ähnliches bekennen gehört, und auch da habe er es nicht selten mit der Kunst versucht, das Wiederemporkommen eingeschlafener Triebe und Leidenschaften in edlere Bahnen abzuleiten. Ja gerade das Theater, der Anblick schöner, erlesener Menschenexemplare, das Miterleben durch Schönheit gebändigter Stürme hätte mitunter Wunder gewirkt. Und nun sollte der Künstler, der allen zu helfen vermöge, sich allein nicht helfen können? Sollte die Kunst, die alles in Wohlklang und Harmonie auflöse, allein dem Künstler gegenüber versagen? Das könne er nicht glauben.

Aber das sei es ja gerade, rief der Schauspieler, dass er seinen Glauben an die Kunst verloren habe. Als er noch jung gewesen sei, habe er ihn gehabt; mit dem Alter habe er den Glauben an die Menschen, den Glauben an die Kunst, den Glauben an seine Kunst eingebüßt.

Worauf die Baronin bemerkte; sie wolle all das Hässliche gerne glauben, was man vom Alter erzähle. Zugegeben es bringe alle die hässlichen und wüsten Leidenschaften und Glaubenslosigkeiten mit sich: Aber was sie nicht zugeben könne, sei, dass der Schauspieler alt wäre. Und mithin könne sich all das Hässliche nicht auf ihn, auf ihn am wenigsten beziehen.

Die mutige kleine Frau hatte sich wohl im Schwunge ihrer Begeisterung etwas weiter vorgewagt, als ihr bewusst geworden sein mag; denn alle lächelten, nicht ohne verstohlenen Seitenblick auf das etwas verdutzte Antlitz des Obersten. Der durchaus nicht mehr junge, wenn auch stattliche Mann hatte bis vor Kurzem noch, freilich nicht vereinsamt, in der Gunst der feurigen kleinen Baronin gestanden, und mochte durch die Stärke ihrer plötzlichen neuen Parteinahme nicht weniger überrascht sein als die anderen, wovon der sauertöpfisch verlegene Ausdruck seines sonst so zuversichtlichen Gesichts beredte Kunde gab.

Die Hofdame aber äußerte, wobei sich ihr kluges Gesicht durch das Feuer ihrer Anteilnahme verschönte, sie könne sich wohl denken, dass zur Reife gelangte Männer – die Worte alt und alternd möchte sie ihres hässlichen Nebengeschmacks wegen gern beiseitelassen – zuzeiten derartig schmerzlichen Verfinsterungen des Gemüts ausgesetzt seien; und man müsse dem Zeugnisse des Freundes Glauben schenken, dass auch er nicht davon verschont bleibe; aber sie könne sich nicht denken, dass sie sich nicht bei ihm anders äußerten als bei andern. Im Gegenteil könne sie sich wohl seinen Zustand als einen schmerzlich schönen vorstellen, von einer süßen Melancholie und geheimnisvollen inneren Erregungen bewegt, und da die Kunst gleich der Biene aus allem Honig zu saugen verstehe, zweifle sie nicht, dass ihm auch dieser Zustand sich eines Tages als fruchtbar erweisen und die Erinnerung daran sich irgendwie in künstlerische Gestaltung verwandeln würde.

Beneidenswerter Mann! Rief der Intendant, dem die Gunst liebenswürdigster Frauen jeden Stein auf seinem Wege mit Rosen zu bekränzen sich beeile. Müsse man ihn nicht selbst um die Steine beneiden, wenn sie der Anlass seien, an dem sich so viel Liebe und Mitgefühl erwiesen? Dafür könne er ruhig einige Wochen Verdrießlichkeit in den Kauf nehmen, die sich dann von selbst unter so zarten Tröstungen aus schönem Mund in die rosigste Laune verwandeln müsste. Im Übrigen kenne er sein Theater und seine Schauspieler und habe derartige Verstimmungen schon des Öfteren erlebt, die zum Glücke ja nie von langer Dauer wären. Eine neue Rolle sei meistens Ursache der Krankheit und meistens auch ihr bestes Heilmittel.

Wenn Seine Exzellenz meine, dass es darauf hinausliefe, entgegnete der Schauspieler nicht ohne Heftigkeit, so irre seine Exzellenz. Er sei nicht mehr der kleine Histrione, dessen Wohl und Wehe von der Gunst des Prinzipals abhinge, und wenn eine Rolle die beste Arznei für ihn wäre, so hätte er sie sich schon selbst verschreiben können.

Ihn beschäftige, lenkte der Justiziar ein, um dem Gespräche die Spitze zu nehmen, vor allem das allgemein Menschliche des Falles. Aus einer langjährigen Erfahrung als Anwalt und Richter seien ihm Beispiele in Erinnerung geblieben, wie Männer, mitunter selbst der höheren Gesellschaftskreise und in den angesehensten Stellungen, in gewissen Zeiten ihres Lebens, den schwersten Erschütterungen ausgesetzt gewesen seien, die ihre menschliche und bürgerliche Moral untergraben, sie aus Amt und Familienleben gerissen und mitunter bis zu Verbrechen und Schande getrieben hätten. Solche Männer machten den Eindruck, als hätten sie den ganzen Kreis ihrer Pflichten, ja ihr ganzes bisheriges Leben völlig aus dem Gedächtnisse verloren, als wären sie gewissermaßen gegen andere vertauscht, in andere Menschen verwandelt. In früheren, dunkleren Zeiten habe man bei solchen Fällen von einer Inkantation oder Verzauberung gesprochen und sie mit dem Exorzismus bekämpft; heute sehe man sie als Folge einer vorübergehenden Verwirrung der Sinne an, der man nichts entgegensetzen könne als die doppelte Verstärkung und Festigung der sittlichen und bürgerlichen Grundbegriffe. Nun liege ja bei einem Berufe, wie dem des Schauspielers, dessen Wesen gewissermaßen Bezauberung und Verwandlung sei, in der Häufung von Erregungen, die er mit sich bringe, eine große Gefahr, aber andererseits könne man bei einem sittlich so geläuterten, bürgerlich so gefestigten Manne, wie dem Schauspieler, den man ohne freundschaftliche Übertreibung als eine Ausnahme seines Standes be zeichnen müsse, die feste Zuversicht hegen, dass er ihrer Herr zu werden imstande sein werde.

Man sagte dem sehr gemessenen und wohlabgewogenen alten Herrn nach, dass er es besonderen Anstrengungen seiner ebenso sittenernsten wie tatkräftigen Ehehälfte zu danken hatte, wenn es ihm gelungen war, der Erregungen früherer, weniger ruhiger Jahre Herr zu werden.

Solche Anfechtungen, meinte der Domänenrat, wie der Abbé sich ausgedrückt habe, kenne er gar wohl, und aus eigener Erfahrung; welcher rechte Kerl kennte sie nicht! Aber die Natur habe für diesen Fall allerliebste, kleine, rosige Heil- und Gegenmittel geschaffen, mit drallen Waden und festen Hüften, die unfehlbar wirkten. Und wenn der Schauspieler wollte, sei er gerne freundschaftlich bereit, ihm die rechte Apotheke zu empfehlen.

Der lebensfrohe, dicke Herr mit den gesunden roten Backen konnte als die leibhaftige Empfehlung seiner Apotheke genommen werden, deren bester Kunde er wohl selber war.

Und der Oberst lachte und meinte, dieses Mittel scheine auch ihm das probateste. Es müsste doch mit dem Teufel zugehen, wenn es einer kleinen patschigen Frauenhand nicht gelingen sollte, Mucken von einer Männerstirn fortzuscheuchen. Derartige Vapeurs und üble Launen – Ärger im Dienst oder Unzufriedenheit mit den Leuten, ein Gaul wolle partout nicht, nichts flecke, oder auch mitunter ganz grundloser Quark – käme jedem einmal unter, sodass einem die Galle überliefe und man die ganze Bande satt kriegte und am liebsten aus der

Welt und aus seiner Haut führe, jedem erwachsenen Menschen, in jedem Berufe, Verdrießlichkeiten seien doch nicht bloß das Vorrecht der Künstler, aber was ihn anlangte, wüsste er sich da nichts Besseres als das Streicheln eines artigen Frauenpätschchens: Gleich hänge ihm der Himmel wieder voller lustiger Geigen und er sei mit Welt und Dienst versöhnt.

Dabei sah er, als hoffte er, den früheren Seitensprung wieder in die rechte Bahn zurückgeführt zu haben, erwartungsvoll die kleine Baronin an, die aber, zu aller Ergötzung, die Verliebtheit seiner Blicke heute durchaus nicht merken zu wollen schien.

Die Fürstin aber, der, um des leicht verletzlichen Freundes willen, die allzu heitere Tonart dieser Ratschläge nicht recht passen mochte, und um dem Gespräche wieder eine ernste und weniger verfängliche Führung zu geben, zweifelte daran, dass den gereiften und bedeutenden Männern, von denen die Rede sei, sie wären durch irgendein geheimnisvolles Erlebnis der Seele mit der Welt und dem Sinn ihres Lebens in Zerwürfnis und inneren Zwiespalt geraten, mit kleinen Abenteuern der galanten Art zu helfen sei, die wohl über die launische Anwandlung einer verdrießlichen Stunde, aber nicht über das gewaltige Ringen eines schöpferische Herzens mit seinem Dämon hinwegzutäuschen vermöchten.

Sei denn nicht alle Kunst ein Ringen mit einem Dämon, fragte der Abbé, mit einer fast verzagten Stimme, als hätte er den Kampf längst aufgegeben, ein Ringen des Gottes in uns mit einem Teufel in uns?

Und die Gräfin: sei denn nicht alles Leben überhaupt ein Ringen mit Dämonen, mit teuflischen Versuchungen, in denen zu erliegen so menschlich sei, dass die Niederlage mitunter nicht minder schwer, nicht minder ehrenvoll sei als der Sieg, die Schuld als die strenge Sitte?

Es kam der schönen stolzen Frau vielleicht nicht ungelegen, diese Erfahrung in Gegenwart der Fürstin auszusprechen. Die, vielleicht allein unter allen, aus dem Bekenntnis, lieber im Kampfe schuldig als unversucht zu sein, die leise Anklage gegen die ohne Versuchung Reine heraushörte und antwortete: Gewiss, jedes Leben sei voll von Fallen und Gruben, von Verstrickungen und Versuchungen, und es sei nicht leicht, ungefährdet und ohne Befleckung durchzuschreiten. Aber es sei ein anderes, ob die Künstler und Großen des Geistes, die in ihrem Busen alle Höhen und Tiefen ausmäßen, der Versuchung unterlägen, ob die schlichte und einfache Seele, die weder die Größe der bestandenen Gefahr noch die Bedeutung des zu erringenden Kampfpreises als Rechtfertigung aufzuweisen hätte. Wenn es dort um ein gewaltiges Ringen mit Gott und Satanas ginge, handelte es sich hier vielleicht um kleine vorwitzige Lüste und Anwandlungen, und wenn jener Kampf schließlich das aus der geläuterten Seele emporsteigende hohe Kunstwerk zeitigte, trüge diese Niederlage der Tugend im besseren Falle Vergnügen und Befriedigung der Eitelkeit ein. Man dürfe den dämonischen Sündenfall des Geistes nicht mit Unordnung und Lässigkeit der Sitten gleichsetzen und die Freiheit, die man dem Künstler einräume, dürfe nie zum Freibrief für die Zügellosigkeit der anderen werden. Nur der Genius könne von der Verpflichtung, tugendhaft zu sein, befreit werden und gerade dieser fände schließlich aus allen Bezauberungen immer wieder den Weg zur Tugend zurück, der auch der Weg zur Schönheit sei.

Der Schauspieler, den das Abgleiten des Gespräches auf das Gebiet des rein Sittlichen weniger befriedigen mochte, als wenn es seiner Sache näher verblieben wäre, griff das Wort Verzauberung auf und meinte, aus der Verzauberung führe kein Weg heraus. Es gebe aus den Zaubergärten der Armida Kunst keinen Ausweg. Kunst sei Verzauberung des Künstlers, wie ihre Wirkung Bezauberung des Genießenden. Und der Künstler gerate, mit der Willenlosigkeit des Nachtwandelnden, aus einem Zustande der Verzauberung in den andern. Der Schauspieler aber am meisten. Man dürfe wohl sagen: Nicht er spiele, sondern es spiele mit ihm. Jede Rolle sei eine neue Verzauberung. Reisende erzählten von den Derwischen am Ganges, dass sie sich durch beharrliches Anstarren eines glänzenden Punktes oder Gegenstandes in einen taumelnden Rausch zu versetzen wüssten, der sie zwänge, sich wie irrsinnig zu drehen und die tollsten Tänze und Sprünge auszuüben; desgleichen werde von indischen Fakiren berichtet, die durch stunden-, tage- und wochenlanges Anschauen ihres eigenen Nabels in einen Zustand der Entrücktheit und Willenlosigkeit gerieten, sodass gleichsam unter magnetischer Fernwirkung sie die wunderlichsten Dinge zu erleiden und zu tun geeignet würden. Sei denn sein Los ein anderes? Irgendein hirnverbranntes, verhungertes Poetlein habe irgendwo in seinem Dachstübchen die Vision eines Helden oder eines Schurken, eines Greises oder eines Verliebten und setze sie artig in Worte und gereimte Verse um: Und er sei verdammt, so lange wie gebannt auf dieses Wort des Fremden, das er nicht erlebt habe und das ihn nicht weiter anrühre, hinzustarren, bis es sich in ihn hineingebohrt, von seinem Innersten Besitz ergriffen und sich seines ganzen Wesens herrisch bemächtigt habe. Verflucht, dreimal verflucht dieses Los, der hündische, willenlose Sklave eines Wortes zu sein, das über ihn eine rätselhafte Macht übe, als sei es der Geist aus der Flasche Salomonis! Einer spreche das Wort Held aus und er sei gezwungen, sich in die Brust zu werfen, die Beine zu spreizen, mit den Augen zu rollen, mit der Stimme zu donnern.

Und er sprang auf, trat in die Mitte des Kreises, warf sich in die Brust, spreizte die Beine, rollte mit den Augen und donnerte, fast ohne ein Wort zu sprechen, mit der Stimme. Plötzlich änderte sich der Blick, die Augen wurden klein und tückisch, lange, gierige, knochige Finger stocherten in die Luft, der Rücken wölbte sich zum Katzenbuckel, die Knie sanken ein, der Schritt schlürfte lautlos gleich Katzentritt, eine schurkische Visage grinste Hohn, Gier und Verstellung aus und es schien, als ob zwischen dünnen, sich spitzenden Lippen eine kleine, blechern meckernde Stimme hervorzüngelte. Und auf einmal tastete ein langer, magerer Knochenarm nach einem unsichtbaren Stabe, ein verfallener Riesenleib bäumte sich auf und brach in sich zusammen, blinde Augen schlossen sich und eine unsäglich schmerzliche Ruhe breitete sich glättend über die Falten und Runzeln eines schönen Greisenantlitzes. Dann hielt der Schauspieler einen kurzen Nu inne, schien sich zu besinnen, öffnete die Augen, ein seltsames Lächeln irrte um den Mund und ins Weite und die Lippen säuselten, halb verlegen, halb höhnend, über die Zuschauerinnen hin: Liebe. Die Arme breiteren sich weit, Locken flogen zurück, die Füße schwangen sich in den Schuhen, der Mund sprühte von Küssen und aus den glühende Augen brach Feuer. Und während er sich in seinen Lehnstuhl fallen ließ, als brauchte er Zeit, um sich wieder in die Wirklichkeit zurückzufinden, gab die kleine Baronin, die es nicht unterdrücken konnte, wie wundervoll sie die so überraschende und daher umso reizvollere neue Darbietung des Meisters gefunden habe, damit das Zeichen zu einem beifälligen Händeklatschen, an dem sich alle beteiligten.

Jener wehrte ab: Es sei ihm ferne gelegen, den Freunden, die mit seiner Art zur Genüge vertraut wären, gewissermaßen hinterrücks eine Probe und Schaustellung seiner Kunst aufzudrängen: Er habe ihnen lediglich zu Augen führen wollen, wie manchmal ein Wort genüge, um alle geheimen Kräfte des Schauspielers zur Verwandlung aufzurufen. Und nun vollends das Wort des Dichters! Welche Magie! Welche wundertätige Kraft! Ein Zauberstab, der alle Brunnen der Seele und der Fantasie rieseln machte! Wer sei Stein, sei hart, sei taub genug, ihm zu widerstehen? Wo sei der Klotz, der fühllos bleiben könne, wo die Stimme der Dichtung erklinge? Er könne es nicht, bei Apoll und allen Musen, er nicht!

Abermals war er aufgesprungen, mit ausgestreckten Armen, als rufe er die Götter, die er nannte, zu Zeugen, und mit vorgeneigtem Gesicht, als lausche er den Stimmen aus einer höheren Welt. Und er malte sie mit seiner

Stimme: Des Dichters Wort erklinge ihm, und er müsse folgen: Müsse lieben und hassen, wie jenes ihn heiße, müsse jauchzen oder leiden, nicht nach eigener Wahl, wie nach eines unerbittlichen Herrn Gebot. Er höre es, ganz von ferne erst, und dann klinge es in ihm wieder und klinge in seinem Blute, und er fühle es wie eine süße Macht, die langsam in ihn eindringe und alle seine Glieder fülle und sie wandle, von innen heraus, bis er, auf einmal, ein Anderer dastehe, einem fremden Willen hörig und untertan. Das Wort des Dichters erklinge und die Welt ringsum sei verwandelt: statt dreier übelriechender, dürftig entlohnter Bühnenarbeiter umringe ihn das Heer der Philister, und er höre nicht mehr den Requisitenmeister, der über das Wellblech rassele, sondern das Meer beginne zu brausen, und aus schlechtbemalter Pappe blühten in allen Farben die Wunder des Orients auf, um seine heißen Sinne in üppige Müdigkeit einzulullen. Das Wort des Dichters: und Kulisse, Flitterglanz, Schminke seien vergessen und tausend holde Wirklichkeiten drängten von allen Seiten verführerisch ihn an. Das Wort des Dichters: Und aus den verächtlichen, kleinen, eitlen, albernen Menschlichkeiten rings um ihn erstrahlten alle Tugenden edler Größe. Welches Kaisers, welches Papstes, welches Gottes Stimme hat solche Macht, des Menschen Menschlichstes zu wecken; zu verwandeln, zu veredeln, seiner Seele Stürme und Leidenschaften aufzurufen und zu bannen wie das Wort des Dichters?

Und jedes Mal, wenn er das Wort des Dichters nannte, geschah es mit einer priesterlichen Weihe, Feierlichkeit und Ehrfurcht, wie in einer stillen und holden Raserei,

Schwärmerei oder wie man es nennen mag, Entrücktheit und Ekstasis der Sinne, die sich der kleinen Versammlung mitteilte, dass die Augen der Frauen feuchter zu schimmern, die Blicke der Männer zärtlicher aufzuglänzen begannen. »Himmlisch!«, flüsterte die Gräfin, »gottvoll!« seufzte die kleine Baronin und »göttlich!« schwärmte die Hofdame und rühmte, wie ergreifend er die Liebe dargestellt habe; mit den sparsamsten Mitteln, mit den Augen und Händen, ergänzte der Justiziar, worauf der Adjutant die besonders überzeugende Gestalt des Helden hervorhob, der Domänenrat bemerkte, ihn hätte die Fratze und tückische Visage des Intriganten am meisten belustigt, die ihn an manchen guten Bekannten und Erzschelm bei Hofe täuschend gemahnt habe, während der Minister feststellte, dass die größte Erschütterung zugleich mit der seltsamsten Überraschung von der Figur des blinden Greises ausgegangen sei, die, wie der Intendant hinzusetzte, sich aus einer Mehrzahl kleiner, vielleicht nur dem Kenner merkbarer Züge zu erstaunlicher Einheitlichkeit zusammengesetzt habe. Für ihn aber, meinte der Abbé, sei das Bewundernswerteste die jedesmalige Schnelligkeit und Plötzlichkeit des Überganges und die Vollständigkeit der Verwandlung gewesen, die fast den ketzerischen Gedanken nahelegte, als sei die Seele dieses Mannes keine Einheit wie bei den anderen Sterblichen, sondern eine Mannigfaltigkeit und Vielheit von Seelen, die in ihm friedlich nebeneinanderruhten und an die nur mit dem Zauberstabe, eben mit dem Worte des Dichters, gerührt zu werden brauche, damit jedes Mal eine neue aufspringe, wie der Hampelmann oder Kasperle aus der Guckkastenversenkung.

Aber das sei es gerade, schrie der Schauspieler, woran er leide. Er wolle nicht mehr die Verwandlung, er wolle sich. Er wolle nicht tausend fremde Seelen in sich tragen, er suche seine eigene. Er wolle nicht mehr fremde Menschen, fremde Seelen, fremde Leiden darstellen, sondern endlich sich selbst. Eben diese unselige Gabe der Verwandlung, die sie alle so sehr an ihm zu rühmen die Güte hätten, ob sie ihm gleich eher Zwang und Verhängnis als sein Verdienst dünke und er sie mehr gewissermaßen nach fremdem Willen und Diktat erleide als aus freier Wahl übe, sei es, die ihm seine Kunst verleidete. Nicht allein der äußeren und äußerlichen Zeichen und Mittel wegen, die sie erfordere, und deren Handhabung ihm einem reifen Manne nicht geziemend erscheine, sondern weil sie, lediglich auf Erfahrung und Beobachtung und ihrer geschickten Nutzung gestützt, einer niedrigeren Stufe seiner Kunst angehörte, über die er sich längst hinausgewachsen und erhoben fühle. Nur wenn er sich selbst und seinen Wert darbieten dürfe, um seiner Tugend und inneren Schönheit wegen Vorbild und Spiegel einer reineren und gesteigerten Menschlichkeit, könne er glauben, das Höchste der Kunst erklommen zu haben. Nicht einen Jüngling oder einen Greis, einen König oder einen Helden wolle er geben, in tausend, klug abgeguckten Zeichen ihres äußeren Gehabens, das nebenbei auch ein Menschliches einschließe, sondern nur ihr Menschliches, und in diesem sein eigenes Menschliches, das Schicksal seiner Seele in ihren Grundfesten, in dem, was für alle gelte, von allen Schlacken des Zufälligen und Nebensächlichen befreit. Denn das Schicksal aller Seelen sei das gleiche, und grade das, was alle miteinander gemeinsam hätten, sei das Wichtige und Wesentliche, aber die anderen wüssten es nicht immer und wären sich ihres Erlebens gar nicht oder nur dumpf bewusst, und das was den Schauspieler, wenigstens den wirklichen, ausmache, sei es, dass er, was alle erlebten, aber schwach und halb unbewusst, heißer erlebte und deutlicher aussprechen könnte und eben von jenem Zufälligen und Unwesentlichen entbunden, sodass Alle sich und ihr Eigentliches an ihm und in ihm erkennen könnten, durch die Erkenntnis ihrer bewusst, durch das Bewusstsein besser und größer würden. Ein solcher Präzeptor und Lehrer des Menschlichen und Menschlich-Schönen vermesse er sich zu sein, so fasse er seinen Beruf auf und darin, nicht in den kleinen Künsten der Verwandlung, sehe er dessen über alle Worte hohen Wert und Zweck. In der reinen Gipfelluft dieser Sphäre, in der nur noch das Wesentliche gelte, verschlage es nichts mehr, ob er zu jung oder zu alt, zu groß oder zu klein für eine Rolle sei. Unabhängig von den kleinen Zufälligkeiten und Sinnenfälligkeiten des äußeren Aspekts werde er zeigen, dass seine Natur groß genug sei, den ganzen Umkreis des Menschlichen zu umspannen, den ganzen Weg vom Himmel über die Welt durch Fegefeuer und Hölle zum Himmel zurück und hinauf. Ja wohl, auch das Fegefeuer und die Hölle, auch Versuchung und Sünde, denn ohne sie gäbe es keinen Himmel und keine Tugend. O, wenn er doch nur einmal den Rinaldo spielen könnte! Nur einmal, aber so wie er ihn heute, erst heute verstehe! Aber natürlich werde es heißen, er sei nicht jung genug mehr für die Rolle! Als ob ein unerfahrener Milchbart, der nichts erlebt habe, fähig sei zu begreifen, fähig auszudrücken, was Verführung, was Lockung, was Sünde, was Erlösung von der Sünde sei! Gleich die Worte, beim ersten Anblick der Armida:

> »Ihr Sinne, ist dies wahr? Ist dies das Paradies,
> Aus dem die Sünde uns und Gottes Wort ver-
> stieß?«

Und der Schauspieler sprang zum dritten Male von seinem Platze auf, trat in die Mitte der Runde und sprach leise zuerst, als wollte er bloß andeuten, und dann, wie gegen seinen Willen, immer mehr in Feuer und Sturm geratend, die ganze Tirade der Begrüßung bis zu ihren in schmerzlichster Verwirrung und Klage herausgestoßenen Schlussworten:

> »Flieh oder bleibe ich? Doch meiner Seele Frieden,
> Was immer ich gewählt, verlor ich an Armiden.«

Und sprach, durch die atemberaubte Spannung in den Gesichtern der Zuhörenden, durch ihren einmütig jubelnden Beifall, als er die erste Rede des Rinaldo beendet hatte, befeuert, die ganze Rolle: Den Auftritt mit Goffredo, die Verschmähung der warnenden Freunde, den Anruf der bezauberten Prinzen, die große Verführungsszene mit Armida, den Abschied von ihr, die Szene mit der Myrte, die Rückkehr, die zweite Flucht und die letzte Begegnung mit Armida auf dem Schlachtfelde. Und er schloss, tränenüberströmten Antlitzes, mit den schmerzerschütterten Worten der Totenklage an der Leiche der erschlagenen Geliebten:

> »O du, die ich geliebt, in Sünden tausendfach,
> In tausendfacher Schmach, du, deren Tod ich kla-

ge,
Ich bin dein Ritter bis zum Ende aller Tage.«

Aber das sei ja ganz vortrefflich, unterbrach eine etwas
hohe und, ohne laut zu werden, ziemlich entschiedene
Stimme das Schweigen allgemeiner Ergriffenheit. Alle
blickten nach der Türe, in der die schlanke, ein wenig
gebeugte Gestalt des Neugekommenen stand, und erhoben sich, um den Fürsten zu begrüßen.

Ganz vortrefflich, wiederholte dieser nähertretend, soviel er davon gehört habe. Es sei sehr schön gewesen.
Das Stück – es sei doch wohl aus einem Stücke – scheine
ihm sehr schön zu sein. Welches Stück es denn wäre?

Und als man ihn beschieden hatte, fragte er, zum Intendanten gewendet, warum man denn das schöne
Stück nie zu hören bekommen habe? Ob man es denn
nicht zu hören bekommen könne? Ob es Hindernisse
gebe und wenn, ob sie sich nicht beheben ließen?

Der Intendant erwiderte, eine gewisse Betretenheit
verdeckend, wenn Seine Hoheit das alte Stück – es sei
ein älteres und deshalb wohl seit längerer Zeit nicht her-
vorgeholtes Werk – zu sehen wünsche, gebe es natürlich
keine Hindernisse.

Der Fürst betonte, ja er wünsche es, und Seine Exzellenz möge beim Prinzipal das Nötige veranlassen.

Der Schauspieler dankte gerührt. Ihm würde ein lang
gehegter Herzenswunsch damit endliche Erfüllung finden, der Wunsch, auf der Bühne endlich einmal Liebe
dargestellt zu sehen. Darum sei es ihm zu tun; nicht um
seiner Person willen, die sei ihm immer unwesentlich,
werde ihm immer unwesentlicher, sondern um der Sa-

che willen. Er hoffe, der Zustimmung seiner schönen Zuhörerinnen und des ganzen edlen Kreises sicher zu sein, wenn er, pfäffischen Gemütern zum Trotz, aber nach dem Sinne jedes wahrhaft ritterlichen oder wahrhaft weiblichen Herzens, den vielleicht verwegenen Grundsatz aufstelle, dass der Liebe die Bühne gehöre. Aber Liebe als solche, Liebe das reine Gefühl, Liebe um ihrer selbst willen. Nun handle es sich freilich in allen Stücken, die man auf der Schaubühne zu sehen bekomme, um Liebe, aber sie sei jedes Mal mit Anderem verwickelt, durch Anderes getrübt, zu Anderem in Gegensatz gestellt, Liebe als Irrtum, als Betrug, als Verrat, Liebe in der Eifersucht quälender Umklammerung, Liebe im Kampf gegen widerspenstige Eltern, gegen die Kirche, gegen die böse, feindselige Welt, im Kampf mit der Tugend, mit sich selbst, nicht stark genug oder zu stark, ihrer selbst nicht bewusst oder unerwidert, werbende ohne Erfolg, erhörte ohne Wandlung, um des merkwürdigen Abenteuers, des traurigen oder heiteren Geschehnisses, des guten oder bösen Charakters willen dargestellt. In der »Armida« aber sei die reine Besessenheit, die Besessenheit des Geschlechts, und nur das Geschlecht als Schicksal und Notwendigkeit. Darum müsse, statt der unreifen Jünglinge, die mit Panzergerassel und Tenorattitüden, in Liebesgesäusel und leeren Tiraden bisher den Rinaldo zu spielen pflegten, ein Mann von Reife und Welterfahrung, mit einer von Leidenschaft und Bewusstheit gemengten Kunst sich der großen Aufgabe unterziehen, das wunderliche Abenteuer des verliebten Kreuzfahrers mit dem dampfenden Leben einer Menschlichkeit auszufüllen. Und darum, nicht aus kleiner Histrioneneitelkeit, brenne er, den Rinaldo zu spielen, und wolle es gerne in den Kauf nehmen, sich von den nie ausbleibenden Nörglern vorrechnen zu lassen, wie alt er geworden und um wie viele Jahre seine Reife der Jugend seines Helden vorausgeeilt sei.

Aber er sei nicht alt, rief es, wie aus einem Munde. Alle Damen waren darin einig. Er sei jung, beteuerte die Hofdame, ganz erregt, jünger als die jüngsten, die kleine Baronin. Wer je gezweifelt hätte, den habe sein Vortrag des Rinaldo eines besseren belehren müssen, meinte die Gräfin. Und die Fürstin setzte hinzu, so, und nur so gespielt würde die sinnliche Leidenschaft zu einer reineren und edleren Angelegenheit des allgemeinen Menschlichen.

Der Schauspieler strahlte. Wenn er, in der Frage des Alters, der festgelegten Meinung dieses Kreises, damit der ganzen Hofgesellschaft sicher sein konnte, war die gefährlichste Klippe umschifft. Er gestand es sich, dass ihn vor dieser Entscheidung, auf die er während der ganzen Unterhaltung mit einer fast unbewussten Zielsicherheit losgesteuert war, am meisten gebangt hatte. Nun atmete er befreit.

Auch die Herren pflichteten bei. Zumal zollte man der These des Schauspielers Anerkennung, dass das Theater der Liebe gehöre. Wenn auch ein gewisses Lächeln um manchen Mund auszudrücken schien, dass man den Satz vor allem um seines Neben- oder Hintersinnes wegen sich gefallen zu lassen geneigt war. Es war wohl keiner unter den Anwesenden, der nicht den Andern im Verdacht gehabt hätte, diese gefährliche Wahrheit zu erproben, zum Mindesten versucht zu haben.

Auf des Schauspielers Rinaldo freuten sich alle. Der Intendant musste versprechen, die Aufführung möglichst bald anzusetzen, die Schwierigkeiten zu beheben.

Die Fürstin fragte nach der Besetzung der Armida. Es stellte sich heraus, dass unter den Actricen der Truppe sich keine geeignete Vertreterin der Rolle fand. Die Herren nannten einige Namen. Keiner fand den Beifall aller.

Der Schauspieler meinte, ein wenig zögernd, es scheine ihm, ungeachtet großer Bedenken, als käme eine kleine Anfängerin, die unlängst die Delila mit Glück übernommen habe, noch am ehesten für die Armida in Betracht.

Sofort fiel der Erbprinz lebhaft ein: Er erinnere sich. Das anmutige Kind sei ihm damals durch die junge und scheue Grazie seiner Bewegungen besonders aufgefallen und er würde ihr die dankbare Rolle wohl gönnen.

Der Intendant widersprach. Er hätte schon gegen die Zuteilung der Delila an eine ungeübte Anfängerin Bedenken gehabt. Aber immerhin sei dort die Abweichung von der Tradition entschuldbar gewesen, indem man, zugunsten einer typischeren Wirkung, statt der üblichen Verführerin ein junges, unverdorbenes Geschöpf gewählt hätte. Vor allem aber sei es eine Notbesetzung gewesen, da es keinen anderen Ausweg gegeben habe, um die durch eine Absage gefährdete Vorstellung zu retten. Hier aber handle es sich um eine wohlvorzubereitende Aufführung eines zur Zeit nicht im Repertoire vorhandenen Werkes und da gehöre an eine so hervorragende Stelle eine erste und geübte Kraft, deren wichtigstes Erfordernis der Besitz üppiger weiblicher Reize und Verführungen sei, wie sie der fast sprichwörtlich gewordene Charakter dieser berühmten Rolle erfordere.

Die Fürstin war es, die zuerst den Namen der Faustina nannte. Sie sagte, es müsste für die Armida eine Schauspielerin gefunden werden, die etwas von der Art der Faustina hätte, schelmischen Liebreiz mit dieser unbeschreiblichen dämonischen Kraft der Leidenschaft und des Ausbruchs zu verbinden. Denn die wahre, die gefährliche Dämonie trete selten, wie man sie auf der jetzigen Schaubühne herauszubilden pflege, im Gewande und auf dem Kothurn majestätischer Heroinen einher, sondern lauere viel öfter hinter der trügerischen und darum verführerischeren Harmlosigkeit lieblicher Puppengesichter, deren Eignerinnen allerdings wiederum im Leben und auf der Bühne meistens des heißen Atems, der großen Leidenschaft ermangelten. Die Faustina aber habe die seltene Mischung beider vereinigt: die täuschende Anmut und die Wucht, das Moment der Enthüllung ins Große und Tragische zu steigern.

Die Gräfin, dem Wuchse nach selbst von der Art der majestätischen Heroinen, erklärte, sie unterschreibe, nicht ohne bedauernden Blick auf die eigene Figur, Ihrer Hoheit weltkluge Anmerkung, dass es nicht die gefährlichsten Frauen seien, die am gefährlichsten aussehen, und sei, gleich ihr, überzeugt, dass die Armida, auch äußerlich, viel weniger ihr als der Faustina geglichen habe. Welche Anspielung auf das, wenn auch nur kurze und flüchtige Einverständnis, das zwischen dem Fürsten und der berühmten Schauspielerin bestanden hatte, von denen, die es anging, nicht unverstanden blieb.

Alle bedauerten, dass man die Faustina nicht für die Armida haben könne, und meinten, es gebe keine, die so dafür geschaffen scheine und alle für die Rolle erforderlichen Gaben in so hohem Grade mitbringe wie jene.

Selbst der Fürst, den Dingen des Theaters gegenüber sonst ziemlich gleichgültig, wurde lebhaft und fragte, warum denn, wenn sie sich nach aller Übereinstimmung so besonders für die Aufgabe eigne, die Faustina nicht zu beschaffen sei. Ob man denn nicht erfahren könne, wo sie sich zurzeit aufhalte.

Die Gräfin wandte, schnell, ein, das sei, bei der Lebensführung der Faustina, kein Leichtes, weil man bei ihr ja doch nie wissen könne, wie gerade zur Stunde der beglückte Souverain heiße. Aber der Intendant beeilte sich, zu versichern, er kenne ihren Aufenthalt und es würde auch nicht schwer fallen, sie zu einem Gastspiel an der alten Stätte ihres Wirkens zu überreden. Allerdings sehe er, nach allem, was seinerzeit vorgefallen sei, gewisse Hindernisse, die sein Taktgefühl näher zu bezeichnen verbiete.

Der Schauspieler erwiderte unbefangen, wenn damit er gemeint sein sollte, so gebe es keine Schwierigkeit, denn er habe sich von der vortrefflichen Frau in tiefstem Frieden und bester Freundschaft getrennt, er schätze die Künstlerin über alles und man brauche doch nicht mit ihr verheiratet zu sein, um mit ihr Komödie spielen zu können. Dass sie die beste, die einzige Armida sei, darüber sei kein Zweifel möglich.

Er war ganz Feuer und Flamme, gab jeden anderen Vorschlag auf und schien erregt und beglückt von der Vorstellung, die Faustina als seine Armida zu haben.

Dann ging das Gespräch auf Anderes. Die Fürstin erkundigte sich, nebenbei, nach dem Sekretär des Theaters, den der Schauspieler ihr vorzuführen versprochen habe, und dieser erzählte vieles von dem begabten und bescheidenen jungen Manne, den eine natürliche Scheu vor der Berührung mit der großen Welt zurückhalte und in eine gelassene, geruhige und fruchtbare Einsamkeit banne. Doch sei zu erwarten, dass seine große Verehrung für die Fürstin ihn jene Scheu in Kürze überwinden lassen werde.

Der Fürst erhob sich und gab das Zeichen zum Aufbruch. Man schied in einer herzlichen und heiteren Laune.

Die Fürstin blieb mit der Hofdame zurück. Sie werde die Faustina kommen lassen, sagte sie, in Gedanken, die sei die einzige, die helfen könne.

Ob sie denn wirklich glaube, dass Gefahr sei, fragte die Hofdame erschrocken. Und die Fürstin erwiderte, bei diesem rätselhaften und undurchsichtigen Menschen sei immer Gefahr. Und setzte, mit einem seltsamen Lächeln, hinzu: bei welchem nicht?

Unterdessen hatte sich die Gräfin am Arme des Ministers entfernt, den inneren Schlossräumen zustrebend. Sie winkte dem Intendanten, wie zufällig, und fragte ihn beiläufig, ob er wirklich daran denke, die tolle Person, die Faustina, kommen zu lassen. Die Exzellenz meinte, es bleibe, einem so deutlich ausgesprochenen Wunsche beider höchster Herrschaften gegenüber nichts anderes übrig, und was das Schlimmste sei, der Schauspieler wünsche es, der ja doch durchsetze, was er wolle. So könne man nur in Geduld abwarten, ob es der eigenwilligen Dame wieder gelingen werde, das Theater auf den Kopf zu stellen. Und den Hof obendrein, setzte die Gräfin melancholisch dazu.

Der Abbé und der Justiziar liebten es, nach den Unterhaltungen der Hofgesellschaft sich abends in ruhigem Gespräch in den Alleen des Parks zu ergehen. Der Gewohnheit auch diesmal treu bleibend, fragte der Abbé den Gefährten, bald, nachdem sie den Pavillon verlassen hatten, ob es ihm denn nicht aufgefallen sei, dass, ohne Unterbrechung, das ganze Gespräch der heutigen Zusammenkunft dem Gebiete des Theaters gegolten habe, was bei Menschen so verschiedener Tagesbeschäftigungen und Bildungsbestrebungen auch dann noch wunderlich bliebe, wenn man annehmen wollte, dass es geschehen sei, um den so lange vermissten Freund zu ehren. Es lasse sich wohl nicht anders erklären, als durch die in einem gewissen Sinne wirklich bezaubernde Wirkung, die von dem einzigen Manne ausgehe und den nach Herkunft und Stand wohl Niedrigsten des Kreises wie von selbst in dessen Mittelpunkt stelle, oder aber durch die in allen vorhanden ruhende leidenschaftliche Anteilnahme an diesem rätselhaften Nichts und Alles, das Theater heiße, die, durch das Wiederauftauchen des lange Vermissten jäh geweckt, alle ihre Schleusen geöffnet habe. Ihm sei es, entgegnete der bedächtige Justiziar, gar nicht so gewesen, als hätte die Unterredung nur um das Theater gekreist: Vielmehr habe er gerade heute das

Gefühl gehabt, dass man einigen menschlichen Dingen, die Jedem, in jedem Berufe, zu wissen tauge, recht nahe gekommen sei. Während es bei den anderen Gesprächen um ein gutes Buch oder ein neues Kunstwerk gegangen sei, habe heute so recht der Mensch im Vordergrunde gestanden, und wer Augen und Ohren offen zu halten verstehe, dem habe sich manches Menschliche entschleiert und mancher Einblick in das wirkliche Leben aufgetan. Sie möchten beide recht haben, fasste der Abbé zusammen, und was stünde dem wirklichen Leben so nahe wie das Theater? Näher als vielleicht das wirkliche Leben selbst.

Eine andere Gruppe von Herren, der, um einige zu nennen, der Oberst, der Adjutant, und der Domänenrat angehörten, beratschlagte, was man mit dem Rest des Abends anfangen könne. Sie hatten Lust, etwas recht Tolles zu beginnen. Es sei seltsam, jedes Mal, wenn man mit dem tollen Burschen, dem Schauspieler, zusammen sei, gehe es so: Eine so merkwürdige Luft gehe von ihm aus, eine Luft von verwegenen Dingen, verliebten Abenteuern, von Schminke, Verderbtheit, Ausgelassenheit, kurz von alledem, was eben Theater heiße. Und ein verräterisches Zwinkern und Leuchten der Augen besagte, was sie darunter verstanden.

Der Schauspieler aber eilte, befriedigt, der Stadt zu, nach Hause. Er gedachte, die Kleine durch ein Zettelchen, das er ihr durch einen Boten zusenden wollte, wissen zu lassen, dass der Besuch bei Hofe zu lange gedauert habe, als dass er noch hätte kommen können. Es passte ihm gar nicht recht, sie jetzt zu sehen und vor allem brannte er darauf, die Rolle des Rinaldo noch diesen Abend vorzunehmen.

7.

Der Sekretär trat ein und fand den Schauspieler in seinem Arbeitsraume, den der erregte Mann mit ruhelosen Schritten der Quere nach durchmaß.

Er habe ihn kommen lassen. Ja, jetzt mitten in der Nacht; er sehe nicht ein, warum andere ruhig schlafen sollten, während er gezwungen werde, sich die Nacht um die Ohren zu schlagen. Was er solle? Dem Prinzipal solle er sagen, dass der Schauspieler den Rinaldo nicht spielen werde. Ob das noch in dieser Nacht geschehen müsse? Ob das nicht Zeit bis morgen habe? Natürlich müsse das noch in dieser Nacht geschehen; er denke, es sei wichtig genug: Oder sei der Sekretär etwa anderer Meinung? Gewiss nicht, beeilte sich der Sekretär zu versichern; nur meine er, dass der Meister einen so wichtigen Entschluss doch reiflich überlegen, gewissermaßen vorher überschlafen solle. Da sei gar nichts zu überlegen: Es sei alles überlegt und überschlafen genug. Er sei entschlossen, den Rinaldo nicht zu spielen, ja überhaupt nicht mehr zu spielen. Das lasse er dem Prinzipal sagen. Er werde nie wieder spielen, nie wieder die Bretter betreten, denn er habe – das wisse er nun ganz genau – seine Kunst verloren. Diese Nacht habe es ihm offenbart: Er könne nichts mehr.

Der Sekretär versuchte, zu trösten: Es werde ein flüchtiges Versagen, eine kleine Schwäche des Erinnerungsvermögens sein, wie es sich häufig einstelle, ebenso schnell vorübergehend wie gekommen, und im unglücklichsten Falle durch ärztliche Kunst leicht heilbar. Aber nein, das sei es nicht: das Auswendiglernen schaffe ihm gar keine Schwierigkeit, sein Erinnerungsvermögen sei so stark und zuverlässig wie je zuvor; er brauche sich die Verse seiner Rolle nur einmal laut vorzusprechen, um sie für immer im Gedächtnisse zu halten. Und er wisse auch die Worte seiner Rolle bereits auswendig. Aber eben die Worte des Dichters seien es, die ihn störten und zur Verzweiflung brächten. O über das verwünschte Wort des Dichters! O über die verwünschten Dichter! Die immer an der Begebenheit des Augenblicks haftend klebten und nie dem Schauspieler gerade das gäben, was sein Schwung eben brauchte, um ins Weite, Allgemeine und Große fliegen zu können. Warum habe er denn den Rinaldo durchaus spielen wollen? Um endlich einmal Liebe, das reine Gefühl, nichts als Liebe, die ganze Besessenheit und Dämonie der Liebe spielen zu können. Solches sei der Sinn der Rolle: Aber wo stünde er in den Worten? Diese gäben, wo sie nicht geradezu widerstrebend im Wege stünden, doch auch nie die Gelegenheit, jenen Sturm und Wirbelwind der Leidenschaft zu entfalten, der ihn, beim ersten Ergreifen der Rolle, als der Inhalt ihres Gleichnisses und ihre große Idee bezaubert hätte. So versagte, jedes Mal, das Wort des Dichters, das immer nur das ausspräche, was er gerade brauchte. Wo es aber auf das Wort ankäme, da versagte es immer. So wie es ja auch keinem gelungen wäre, ihm das Wort beizustellen, danach er suchte, als es ihm auf der Seele brannte, dem Publico seinen Menschenhass und seine Verachtung ins Gesicht zu brüllen. Dann wäre es doch besser, wenn die Dichter daran Genügen fänden, die

Vorkommenheiten in einer Pantomime zu stellen und es ihm überließen, sie aus seinem strömenden Herzen, wie in früheren Zeiten der Schauspielkunst mit seiner Eingebung des Augenblicks zu erfüllen. Da ja nun doch einmal der Schauspieler der bessere, der eigentliche Dichter sei. Wenigstens er sei sich zu gut, die Dinge zu sprechen, die er nicht fühle, und die Dinge nicht zu sprechen, die er fühle. Und darum könne und wolle er den Rinaldo nicht spielen, der, so wie er vorliege, für seine Kunst nicht ausreiche oder für den, was er gerne zugebe, so wie er vorliege, seine Kunst nicht ausreiche.

Der Sekretär kannte den Freund in den Augenblicken solcher Anwandlung zu gut, um nicht zu wissen, dass jeder Versuch, seine Gründe mit Gegengründen der Vernunft zu widerlegen, ihn nur in seiner Meinung hartnäckiger bestärken und ihn veranlassen würde, diese tiefer in sich hineinzubauen. Gegen den Eigensinn des mit seinem vorweggenommenem Urteil Gepanzerten war Ankämpfen vergeblich. Nur eines half manchmal, ihn austoben zu lassen, bis die giftigen Blasen und Schäume der grilligen Laune sich verlaufen hatten, und dann den leergewordenen Raum mit der Wirklichkeit der mutig angegriffenen Arbeit neu zu füllen. Darum ließ er den gegen die Rolle, gegen das Werk, gegen den Dichter des Werks, gegen die Dichter überhaupt und gegen das Wort der Dichter unbarmherzig Rasenden ruhig gewähren und widerredete auch nicht, als jener sich verstieg, das Wort überhaupt nicht gelten zu lassen, das, die Wurzel alles Übels, der Vater der Lüge, nur dazu diene, die stumme innere Wahrheit der Dinge zu verschminken und zu überschreien, ja er bestärkte ihn sogar darin, indem er meinte, dann handle es sich eben darum, hinter dem Wort, mit Übergehung des Wortes, die Figur aufzubauen, zu gestalten und aufleuchten zu lassen, deren er voll sei, und schlug ihm schließlich vor, mit ihm gemeinsam einmal die Rolle daraufhin durchzugehen.

Der Schauspieler nahm die Rolle zur Hand, blätterte und schrie: Wo sei hier ein Anlass zu rasen, selig zu sein, besessen zu sein, zu verzweifeln? Hier sei die Begrüßung, da die Beschreibung einer Landschaft, da eine säuselnde Arie, da ein Gespräch mit dem Fürsten, da Sentenzen, da Tiraden. Aber das, was ihn zu gestalten gereizt hätte, nirgends. Nirgends wirkliche Verführung, nirgends Sünde, nirgends Raserei, nirgends himmelstürmende Verzweiflung. Warum fehle die Szene, in der Rinaldo, gleich dem rasenden Orlando, Bäume entwurzle und Wälder ausrode, weil er das Übermaß seiner Liebe nicht anders ausdrücken könne? Wozu sei der Dichter Dichter, wenn er die Freiheit nicht habe, das, was er brauche, dorther zu nehmen, wo es vorhanden sei? Er, der Schauspieler, hätte den Dichter darüber belehren können. Aber wie das nun nachtrags einzuflicken sei, und wohin, und woher, wisse er freilich nicht. Und sei auch seines Amtes nicht. Nur freilich, dass er dafür büßen müsse, dass die Dichter das Dichten nicht verstünden.

Wie wäre es, fragte der Sekretär, wenn der Schauspieler es so machte, wie es die Dichter machten, und das, was ihm fehle, daher zu nehmen versuchte, woher es die Dichter nähmen, aus dem eigenen Erleben?

Aber das habe er ja wollen, schrie der Schauspieler auf und sah auf einmal ganz arm und hilflos aus, und das sei das Schmerzlichste: Das eigene Erlebnis habe ihn kläglich im Stiche gelassen. Sei es, dass ihn das Gedächtnis seines Erlebens verlassen habe, sei es, dass das, was er erlebt habe, nicht das für diesen Fall richtige sei; oder habe er am Ende nie wirklich erlebt, Wirkliches erlebt: Immer seien ihm Szenen aus anderen Rollen und anderen Stücken eingefallen, er selbst und das Schicksal seiner Seele seien nie darin gewesen. Er sei ganz leer. Und auf einmal wisse er auch nicht mehr, was er in seiner Erinnerung suchen solle, Liebe, Besessenheit, Seligkeit seien doch auch nur Worte; Worte, von müßigen Dichtern erfunden, sich über die Stunden ihrer armseligen Einsamkeit wegzulügen. Wo solle er die Wirklichkeit des eigenen Erlebens suchen, um die fremde Lüge mit Wahrheit auszufüllen? In seinem Innern sei nichts, und er sei leer wie das Chaos.

Der Schauspieler verstummte. Der Andere, nach einer Pause, lächelte: Er wisse doch ein bisschen zu viel von des Mannes Erlebnissen, um ihm so ganz aufs Wort glauben zu können. So oder so ähnlich habe es vor jeder neuen und großen Schöpfung des Meisters ausgesehen. Und das Chaos, das jener in sich fühle, sei eher Grund zur Zuversicht, denn jeder Geburt einer Welt pflege Chaos voranzugehen. Was in Schmerzen empfangen und geboren werde, gedeihe umso natürlicher. Darum sei ihm, letzten Endes, für des Meisters Rinaldo nicht bange. Größere Sorge mache die Armida ihm.

Um die brauche ihm nicht bange zu sein. Man wolle die Faustina kommen lassen. Es sei beschlossen und besorgt.

Das sei freilich die Beste. Welches herrliche Zueinander! Des Meisters Rinaldo und die Armida der Faustina! Da täte ihm die Kleine leid.

Warum leid? Wenn doch die Faustina besser sei!

Der Sekretär streifte mit einem heimlich forschenden Blick des Schauspielers Antlitz. Es blieb kühl und unbewegt.

Nun berichtete der Schauspieler getreulich den ganzen Hergang bei dem Empfang der Fürstin. Er wusste nicht genug Rühmens von der herablassenden Freundlichkeit und warmen, freundschaftlichen Anteilnahme der hohen Frau zu machen. Er lobte auch das feine und gebildete Verständnis der Übrigen. Fast wörtlich zitierte er, aus dem Gedächtnisse, jede Einwendung und Replik der Dialogen, spielte, gleich Rollen eines Stückes, die Figur jedes einzelnen Teilnehmers an der Zusammenkunft, jeden aus seinem Charakter, wobei er, nicht ohne Bescheidenheit, die eigene Rolle und Wirkung zurückstellte, um die, wie er meinte, bewundernswerte Liebe und Feurigkeit dieses Kreises für die Dinge des Theaters herauszustreichen.

Für das Theater, warf der Sekretär ein, oder für die Person des Schauspielers, der Schauspielerin?

Es laufe auf dasselbe hinaus, antwortete der Andere. Wenn man ihn ehre, fühle er in sich seine Kunst, seinen Stand geehrt Und dass so viele verschieden geeigenschaftete Menschen von Wert und Ansehen, von denen

jeder die Sorge des eigenen Amtes und die mannigfalti-
gen geschäftlichen und persönlichen Beziehungen und
Verwicklungen eines großen und verästelten Ganzen am
Herzen trage, sich in der leidenschaftlichen Hingabe an
ein gemeinsames Drittes, an eine ihnen doch ferner lie-
gende Kunst vereinigten und Muße fänden, sich liebevoll in das Seelenleben des einzelnen Künstlers zu ver-
senken, so beweise dies für Beides: für den hohen Rang
dieses Kreises und den dieser Kunst, mit der sich der
Kreis, statt sich am müßigen und behaglichen Genusse
zu genügen, wie mit einer persönlichen Angelegenheit
beschäftige. Ja, wie eine eigene Herzensangelegenheit
hätten sie die Frage, ob er den Rinaldo spielen solle, behandelt.

Als der Schauspieler am Schlusse seines Berichtes da-
rauf zu reden kam, dass die Fürstin ihren Wunsch, den
Sekretär kennenzulernen, erneuert habe, erschrak dieser.
Ihm sei nicht recht wohl dabei. Er bleibe lieber in seinem
Dunkel und Ungenanntsein. Und habe ein Misstrauen,
nicht gegen die verehrte Frau, aber gegen jene Liebe zur
Kunst, die ihre Neugierde von der Kunst auf den Künst-
ler übertrage.

Der Schauspieler schalt ihn einen unverbesserlichen
Lyriker und drängte, die Begegnung mit der Fürstin
nicht länger hinauszuschieben. Er müsse ihm diesen
Liebesdienst erweisen. Wenn die Faustina nun einmal,
wie ihm versprochen worden sei, zurückberufen werden
solle, dürfe die Sache nicht ins Stocken geraten. Und
dann lieber gleich. Auch sei es ihm wichtig, dass der
Sekretär mit der Fürstin des Rinaldo wegen rede. Er
selbst wisse sich keinen Rat mehr. Er sei eben doch zu

alt. Und von der Liebe wolle er nichts mehr wissen. Er habe keine Liebe mehr im Leibe, wolle keine mehr im Leibe haben.

Der Sekretär lächelte und wollte von Anderem sprechen. Der Schauspieler unterbrach ihn und sagte, den Leuten bei Hofe habe er eigentlich recht gut gefallen. Vielmehr habe er sie, zu seiner eigenen Überraschung, ganz in Begeisterung versetzt.

Wer?

Sein Rinaldo, natürlich.

Bei der Verabschiedung bemerkte der Sekretär, wie von ungefähr, harmlos: Dem Prinzipal wolle er zunächst einmal nichts sagen; oder wenn, dass es, fürs erste, beim Rinaldo bleibe.

Der Schauspieler rief ihm nach: Er verspreche gar nichts, er werde abwarten.

<h2 style="text-align:center">8.</h2>

Am nächsten Morgen sprach man im Theater, während einer Probe, von der Einstudierung der Armida als von der bevorstehenden nächsten großen Arbeit der Truppe. Man stritt aufgeregt über die wahrscheinliche Besetzung der größeren Partien. Man tuschelte auch bereits von der vermutlichen Rückkehr der Faustina.

Die Heroine hatte eine Unpässlichkeit angesagt, was man als Beweis nahm, dass auch zu ihr das Gerücht von der wiederzuholenden Faustina schon gedrungen sei. Der mit ihr befreundete Bonvivant erklärte, als getreuer Kollege, dass man mit ihm in dem figurenreichen Stücke nicht rechnen dürfe, der jugendliche Liebhaber, er würde, falls man ihn den Rinaldo nicht spielen ließe, sich sofort einer anderen Truppe anbieten, er sehe ja, was im Werke sei.

Der Prinzipal hatte den Schauspieler in eine Ecke gezogen und beriet mit ihm über Fragen der Darstellung, des Kostüms und ähnlicher Einzelheiten, als ob es eine abgemachte und unbezweifelbare Sache wäre, dass er den Rinaldo spiele. Die Kleine stand daneben, tat gleichgültig. In Wirklichkeit spitzte sie die Ohren, um etwas von den schwirrenden Gesprächen aufzufangen, und zitterte innerlich von Ungewissheit.

Natürlich hatte sie von der Faustina gehört. Sie hatte sie nie gesehen, denn die Zeit der tollen Diva lag lange vor ihren eigenen schauspielerischen Anfängen, aber sie wusste von ihrem Zusammenhang mit dem Schauspieler. Da aber das Zerwürfnis der Beiden als ein vollständiges galt, konnte sie nicht glauben, dass sie je wieder miteinander würden spielen wollen.

Der Schauspieler wich der Kleinen aus und vermied es, außerhalb der Arbeit mir ihr zu reden. Sie ließ es sich nicht ansehen, ob sie es gemerkt hatte oder nicht. Aber am Schluss der Probe trat sie auf ihn zu und bat ihn, sie in den späteren Nachmittagsstunden des Tages, vor der Vorstellung, zu besuchen. Er schwankte, es ihr unter einem Vorwande abzuschlagen, aber er wagte es nicht.

Der Tag verlief ihm mühselig und der Gang wurde ihm sauer. Noch im letzten Augenblick kämpfte er mit sich, ob er ihr nicht, da der sonst sehr gefällige Sekretär, den er gewiss bereit gefunden hätte, ihm die beschwerliche Aussprache abzunehmen, nirgends zu erblicken war, ein

Briefchen schicken sollte, das die Antwort auf ihre stumme Frage enthielt, aber sei es in der Erwägung, dass er ihr noch desselben Abends, in der Vorstellung, begegnen würde und gezwungen sein müsste, ihr Rede zu stehen, am Ende in der Anwesenheit der anderen Mitspielenden und ungewiss, wozu sich die Unberechenbare in ihrer Erregung treiben lassen könnte, sei es, weil es ihm leichter dünkte, mündlich als durch die trockenen und harten Worte eines Briefes, die schonend versöhnliche, tröstend begütigende Form für die von ihr gefürchtete Tatsache, die sie ja doch erfahren und durch ihn erfahren musste, zu finden, sei es endlich, weil er sich schämte, ihr weiterhin auszuweichen, er entschloss sich zu dem verdrießlichen Geschäft und stieg, noch ehe der Abend sank, die engen Treppen des vertrauten kleinen Häuschens hinan.

Als er die Wohnung, das ihm lieb gewordene trauliche Nest so mancher heimlichen Seligkeit, betrat, empfing ihn die Kleine gleich am Eingange, ohne Umschweife, mit der Frage, ob es wahr sei, dass die Armida gespielt werden sollte. Er bejahte. Wer die Armida spielen werde? Er wisse es nicht, die Partie sei noch nicht besetzt. Ob noch eine Aussicht bestünde, dass sie die Rolle spiele? Er verneinte, zögernd. Warum? Sie sei noch zu jung. Sie lachte. Wo denn in dem Texte geschrieben stünde, dass Armida alt sei; ob man denn das Greisenalter erreicht haben müsste, um Liebe darstellen zu können? Aber wenn sie für die Bühne zu jung sei, um lieben zu können, dann sei sie es auch im Leben. Und dann möge er auch gleich auf sie verzichten. Dann verweigere sie ihm ihr Bett. Dann versage sie ihm ihren Leib. Und er möge sich nicht einbilden, sie je wieder zu besitzen, je wieder die Seine zu nennen, bevor sie alt genug geworden sei, die Armida zu spielen. Darauf er: Sie solle doch nicht töricht sein; dies sei anders gemeint: Nicht menschlich, sondern künstlerisch sei sie noch zu jung für die Armida; noch fehle ihr die innere Kraft; sie habe wohl Leidenschaft, aber noch nicht die Kunst, sie auszudrücken. Und sie: Wenn er sie nicht für würdig halte, mit ihm die Armida zu spielen, dann sei sie auch nicht würdig, seine Geliebte zu sein. Er schmeichelte: Sie sei würdig, die Geliebte jedes Königs zu sein. Aber zur Armida fehle es ihr schon am äußeren Aspekt, an der Reife der Formen, an Üppigkeit. Also darauf laufe es hinaus. Das hätte er gleich sagen sollen. Sie sei nicht dick genug für die Armida. Das hätte sie freilich nicht gewusst, dass er nur die dicken Frauen liebe. Dick sei sie allerdings nicht; aber dann möge er sich eben eine dicke Geliebte suchen, wenn ihm nur die dicken gefielen.

Er verzweifelte. Was sollte er ihr noch sagen? Nichts verfing. Was sie denn von ihm wolle, hub er von Neuem an; er könne ja nichts dafür. Wenn es nach ihm ginge, könnte sie ruhig die Armida spielen. Er habe doch die Entscheidung nicht. Alle anderen seien dagegen. Die Andern gingen sie nichts an. Nur er. Und an ihn halte sie sich. Wenn er es nicht durchzusetzen vermöge, dann sei er kein Mann, dann habe er keinen Willen, dann tauge er für sie nicht, dann liebe er sie eben nicht. Und warf sich der Länge nach aufs Bett und fing an bitterlich zu weinen.

Er sah den schlanken, jungen Leib, dessen schmale Linien sich in dem lichten Kleide abzeichneten, von

126

Schluchzen geschüttelt, dass die zarten Brüste hüpften, und eine unsägliche Zärtlichkeit, ein unsägliches Verlangen nach dem geliebten Körper ergriff ihn. Er kniete neben dem Bette und tastete nach ihrer Hand. Sie entriss sich ihm. Er wollte ihr über die Haare streicheln. Sie hob den Kopf. Er sah die Tränen über die Wangen laufen und wollte sie von den Wangen küssen. Sie riss den Kopf, mit jäher Wendung, schroff nach rückwärts. Er glitt mit den Fingern über ihr Kleid. Sie schlug ihm über die Hand. Er bettelte mit den Augen. Sie drehte sich zur Wand um. Er beteuerte, alles versucht zu haben: Sie schüttelte den Kopf. Er versprach, es noch einmal versuchen zu wollen. Sie schüttelte den Kopf. Er versprach, ihr eine andere ebenso schöne Rolle durchzusetzen. Sie schüttelte den Kopf. Die Armida oder keine. Aber die Armida entginge ihr doch nicht. In wenigen Jahren werde sie bestimmt so weit gekommen sein, die Armida spielen zu können. Heute wäre ihr Misserfolg sicher. Mit einem Misserfolg sei ihr doch nicht genützt. In einigen Jahren, wenn sie an sich arbeitete, werde sie die Reife und Fülle, die innere Kraft und die geübte Kunst, sie sprachlich auszudrücken, haben, die den Erfolg verbürgten. Und er verspreche ihr, mit ihr Tag und Nacht, nein, es sei kein schlechter Scherz, auch jede Nacht zu arbeiten, mit ihr zu lernen, ihr zu helfen, bis sie es so weit gebracht habe. Diese wenigen Jahre erwiderte sie, müsse er freilich noch in Geduld warten, wenn er ihr Geliebter sein wolle. Bis sie die Armida gespielt habe, früher nicht wieder.

Und auf einmal drehte sie sich zu ihm um, richtete sich auf und sagte, spitzig und mit bösen Augen: Sie wisse es ganz genau, warum sie die Armida nicht spielen dürfe: nicht weil sie für die Armida zu jung, sondern weil sein Rinaldo für ihre Armida nicht jung genug sei. Er könne ja den Rinaldo gar nicht spielen. Er sei viel zu alt für den Rinaldo.

In diesem Augenblick schlug es in ihm um. Mitleid und Wunsch zu trösten, Zärtlichkeit und Verlangen waren verschwunden, vergessen, wie weggewischt. Was nehme sie sich heraus? Wer sei sie denn überhaupt? Er kenne sie nicht. Er kenne sie kaum. Ein kleines Mädchen, das er einiger vergnügter Stunden gewürdigt habe, und das sich deshalb einbilde, beinahe seine Geliebte zu sein. Eine unbedeutende Anfängerin, ohne Namen, ohne Gaben, die nichts sei und nichts gelte, nichts gelernt habe und nichts könne, der ein Zufall und seine Fürsprache und Unterweisung zu einem kleinen Erfolge geholfen hätten und der dieser Erfolg zu Kopfe gestiegen sei. Die nichts verstünde und sich doch herausnähme, eine Meinung darüber abzugeben, ob ein Meister wie er für eine Rolle zu alt oder zu jung sei. Sie bilde sich wohl ein, mehr von der Sache zu verstehen als der ganze Hof mit dem Fürsten und der Fürstin an der Spitze und die edelsten und feinsten Kenner und Kunstfreunde, die seinem Rinaldo, der ersten Andeutung seines Rinaldo zugejubelt hätten. Er sei zu alt für den Rinaldo? Hätte sie nicht selbst vor einigen Tagen gesagt, er sei jünger als die Jüngsten und könne den Rinaldo besser spielen als irgendein anderer? Und wer wüsste besser als sie, wie jung er sei? Er zu alt? Er fühle sich für keine Rolle zu alt. Er habe so viel Jugend und Kraft und Mark und Leidenschaft in seinem Blute, dass er es darin mit jedermann aufnehme, auch mit ihr, nur dass er darüber hinaus auch etwas Wirkliches könne. Sie aber möge sehen, wo sie ohne ihn bleibe.

Mit diesen Worten stürzte er zur Wohnung hinaus.

Sie rief ihm durch die Türe nach, sie denke nicht daran, an diesem Abend noch die Delila zu spielen, und werde sich als krank melden. Das möge sie tun, gab er ihr kurz und trocken zurück, sich noch einmal auf dem Treppenabsatz umwendend, aber sie möge sich nicht einbilden, dass der Prinzipal mit der Anfängerin so viele Umstände machen werde wie mit der Heroine: Sie würde man kurzerhand entlassen. Dessen möge sie sich versehen.

Damit ging er.

Die Kleine besann sich und kleidete sich dann so schnell wie möglich um, damit sie ihren Auftritt als Delila nicht verpasse.

9.

Nichts konnte würdiger sein, als das Verhalten, das die Kleine des Abends während der Vorstellung im Theater gegen den Schauspieler an den Tag legte. Sie vollzog die unvermeidliche Begegnung mit dem vollkommensten Anstande. Auch der vertrauteste Beobachter, auch der geschärfte Blick der argwöhnischesten Kollegin hätte nichts in ihrem Betragen bemerken können, was in ihrem wie immer kameradschaftlichen und alles über eine kameradschaftliche Vertraulichkeit Hinausgehende geschickt und geflissentlich nach außen verdeckenden Verhältnis auf die geringste Veränderung hinübergedeutet hätte. Und wenn sie, wo es anging, im Spiele sich seiner körperlichen Nähe und Berührung mit einer nur für ihn berechneten Deutlichkeit der Absicht entzog, geschah es jedem anderen Auge unauffällig und konnte weder von den Mitspielenden, die alles bemerken, noch von dem Publico, das nie etwas bemerkt, beobachtet werden. Ihn aber reizte der als sonst flüchtigere Kuss, die Lauheit der halben Umarmung, die durch eine geschickte Viertelsdrehung des Körpers ihm entzogene, dem Publico sichtbarer als sonst gegönnte Entblößung der Hüfte, die fehlende Berührung des nackten Armes mit der bloßen Haut des seinen auf eine seltsame Weise. Er begann ihre Berührung zu suchen, die sich ihm weiter entzog, suchte ihr Auge, das ihm vorüberglitt. Ihr Gesicht blieb unbewegt und kalt, schwieg ihm. Er fand nicht einmal ein Lächeln des Triumphes darin, das ihm galt. Eine scheinbar sachliche Anmerkung, die er ihr zuwarf, beantwortete sie gleichfalls sachlich, eine zweite überhörte sie. Nach dem Ende der Vorstellung war sie, eine unauffällige Minute früher fertig umgekleidet als sonst, verschwunden, bevor er ihr, wie er pflegte, eine gute Nacht bieten konnte.

In der Gasse holte er sie ein, aber sie ging, lebhaft schwatzend, in der Gesellschaft einiger Kameraden, männlicher und weiblicher, denen sie sich, wie einer früheren Verabredung sich entsinnend, angeschlossen hatte.

Er wandte sich, etwas unbehaglicher Laune, nach Hause, nahm, nach dem Abendbrot, seinen Rinaldo vor und versuchte es, sich mit der Rolle zu beschäftigen.

Er begann mit der ersten Szene. Die Kreuzfahrer, unter ihnen Rinaldo, treten auf, sinken ins Knie, küssen den Boden und Rinaldo bricht in die Worte aus:

»Du Erde sei gegrüßt, die Christi heilges Blut –«

mit einer Stimme, die hell, schmetternd, jauchzend, unirdisch klingen sollte. Aber die Stimme kam dumpf, brüchig, rau und leer. Der Schauspieler setzte ab und versuchte es noch einmal. Er hörte sich nicht. Eine verwaschene, alte Stimme, grau und tonlos, zerflatterte im Raum. Er fasste nach der Kehle, probierte die Stimmbänder. Sie schmerzten von der Anstrengung. Da hieß es, in Geduld abwarten, bis er sich hineinsprach, seine Stimme frei sprach. Des Wortlautes, das wusste er, war er inne. Aber nein, er war seiner nicht inne. Schon in der nächsten Zeile:

»Getrunken hat, du Land, auf dem sein Wort geruht,«

versagte er ihm. Ein Wort fehlte. Das Wort: Wort. Er sagte: Auge, Blick, Segen. Das Versmaß stimmte nicht. Der Sinn auch nicht. Er musste in die Rolle blicken. Und er hatte doch die Wortfolge so genau gelernt, so sicher gehabt. Er war zerstreut, er war nicht bei der Sache. Ihm fehlte etwas. Jemand fehlte ihm. Jemand, der ihm hülfe, der ihm beistünde. Ein Echo. Ein Ohr, das seine Stimme auffinge, dass sie ihm nicht im Nichts verwehe. Er überlegte, seine Hausfrau zu wecken, dass sie ihm die Rolle abhöre, die Stichwörter bringe. Aber er schämte sich vor ihr. Bei jeder anderen Rolle eher als beim Rinaldo. Und er stellte sich vor, dass die stets Verdrießliche die lockenden Worte der Armida sprechen sollte.

Er begann von Neuem, nahm jeden Vers einzeln vor. Er fand für keinen den richtigen Ausdruck. Jedes Mal einen beiläufig richtigen, aber für keinen jenen einzig richtigen, einzig möglichen. Manchmal glaubte er deutlich den richtigen zu hören, aber die äußere Stimme traf sein inneres Melos nicht. Und auch das nur selten. Meist blieben die Worte fern von ihm und er ganz fern von den Worten. Eine Brücke fehlte und ihm war, als spürte er dieses Fehlen wie ein Körperliches.

Die Brunnen in ihm versagten. Er pumpte, nach Leibeskräften, aber nichts stieg herauf, und die Wörter standen ihm trocken und leer in der Kehle.

Er nahm die Worte einzeln. Sprach sie sich vor, mit geschlossenen Augen, und versuchte, sich an ihrem Klang zu berauschen. Schickte, hinter geschlossenen Lidern, seine Vorstellungskraft auf die Suche, aber sie kehrte mit leeren Händen zurück. Als hätte er nicht gewagt, ihr das erlösende Wort mitzugeben, und das Unausgesprochene, Ungewagte umschwamm ihn im Raume und legte sich bleischwer stockend auf die schaffenden Kräfte seines Innern.

Er nahm seine Spiegel zu Hilfe. Er holte ein Schwert, dessen er beim Lernen seiner Rollen sich öfter bediente, von der Wand, steckte es durch den Gurt der Hose, stellte sich vor einen der Spiegel, der ihm seine ganze Figur zeigte, breitete die Arme aus, hob sich in seinen Schuhen, warf den Kopf in den Nacken und rollte die Augen in jugendlichem Feuer. Und nachdem er seinen Körper mit allen sichtbaren Zeichen der Jugend getränkt hatte, begann er zu sprechen. Aber die Jugend blieb in seinen Bewegungen stecken und drang nicht in die Worte, nicht in den Ausdruck, nicht bis zu seiner Seele.

Die Seele blieb leer, und was sie hätte füllen können, fehlte.

Er trat an den Tisch und schüttete ein Glas Wein nach dem anderen in sich hinein. Und dann wieder vor den Spiegel und begann dasselbe Spiel zum andernmal. Aber der Wein stieg ihm bloß zum Kopf, nicht in die Sinne. Der Rausch wollte sich nicht einstellen und das Gefühl auch nicht, und seine Stimme klang ohne Jugend, und Liebe war in den Worten, die er sprach, aber nicht in ihrem Klange und nicht in ihm. Soviel er sich mühte, gelang es ihm nicht, ihre Musik aus seinem Erinnern heraufzuholen.

Ihm war, als sei ihm nichts so fremd wie Liebe und als hätte er nie von Liebe gewusst und als sei sie ein Geheimnis, zu dem es nur einen Schlüssel gebe und den hätte er auf ewig verloren. Als entsänne er sich nur ganz dunkel, ganz von Ferne, dass er ihn einmal gehabt und dann irgendwie auf ewig verloren habe.

Wütend trat er ganz nahe an den Spiegel heran und sah sich ins Gesicht. Die Lider hatten sich entspannt und hingen trüb und müde herab. Er sah die Ringe unter den Augen, kleine Fältchen um den Mund. Der boshafte zweite Spiegel in seinem Rücken malte ein lichtes Fleckchen in den Lockenwald seines Hinterkopfes, verräterisch den schüchternen ersten Anfang einer kleinen Tonsur.

Heute war es nichts mit dem Arbeiten. Es wollte heute nicht. Weiß der Teufel, was ihm fehlte! Irgendetwas fehlte. Es kam nicht. Und vielleicht kam es nie wieder.

Er nahm Hut und Stock und ging, so spät es in der Nacht war, auf die Gasse. Irgendetwas trieb ihn. Sich den heißen Kopf auszulüften, sagte er sich.

In der Nebenstraße, in der die Kleine wohnte, lagen alle Häuser im Dunkeln. Auch die Fenster ihrer Wohnung waren unbeleuchtet, und kein Schatten zeigte sich hinter den Vorhängen. Sie schlief wohl schon längst. Lange blieb der Schauspieler in dem menschenleeren, stillen Gässchen vor dem Hause stehen und starrte zu dem Fenster hinauf.

Es kamen Schritte und schreckten ihn auf. Einer torkelte des Weges. Ein kleiner, untersetzter Mann, mühselig schweren Ganges. Der Schauspieler drückte den Hut tiefer ins Gesicht, zog den Mantel fester an, und trat ins Dunkel der Häuser, den Betrunkenen an sich vorbeizulassen. Da erkannte er ihn. Es war Rigolo.

Der Schauspieler dankte dem Zufall, dass er ihm den alten Clown und Komiker, den er liebte und der ihm manche üble Laune mit der freilich oft wüsten Lustigkeit seiner Späße verscheucht hatte, in den Weg trieb. Keiner konnte, in dieser Stunde, ihm gelegener kommen als der alte Bursche, trotz seinem Zustande, ja gerade in diesem. Er begrüßte den lange nicht Gesehenen herzlich, aber es dauerte eine Weile, bis der Andere ihn erkannt hatte. Viel zu sehr seiner wackelnden Kleinheit eine mühsame und steife Grandezza zu wahren beschäftigt, um über die Begegnung überrascht zu sein, nahm er den alten

Zechkumpan mancher gemeinsame Nacht, wie einen, von dem er sich gestern erst getrennt hatte, unter den Arm, und zog ihn mit, als könne kein Zweifel sein, wohin, und als gebe es nur den einen Weg und das eine Ziel: ins »Einhorn«. Er nannte ihn Brüderchen, wie er sonst in solcher Laune und Lage zu tun pflegte, wobei sich die hundert Fältchen seines viereckigen Gesichtes vertausendfachten. Brüderchen, lallte er, und fragte, wo in aller Welt er denn sonst hinwolle, zu nachtschlafender Zeit, da die Bürger bei ihren Weibern lägen und die Gasse den Geistern und dem Laster überließen und ruhlosem Gesindel gleich ihnen Beiden. Wo gäbe es noch ein solch gastfreundlich Wundertier wie das Einhorn, den späten Wanderer und Nachtbummelanten willfährig und bereit, ihn mit der süßesten Milch seiner Lefzen zu atzen? Was könnten zwei reife Männer Weiseres beginnen, als sich zu besaufen und zu berauschen? Wenn das Brüderchen Kummer hätte, sich besaufen und berauschen! Und wenn es keinen hätte und heiter wäre, sich erst recht besaufen und berauschen! In jedem Falle sich besaufen und berauschen! In Saufen und Rausch das Leben vergessen oder sich des wahren Lebens bewusst werden! Letzte Weisheit, setzte er mit einem geheimnisvollen Meckern hinzu, das durch die tausend Fältchen seines Gesichtes blitzte, liege immer in den Giften, letzte Weisheit und die tiefste Kunst.

Mit solchen Worten betraten sie, von lautem Willkommen begrüßt, die Honoratiorenstube des »Einhorn«, in der sie den alten Kreis, Notar, Kaufmann und Apotheker, um den großen runden Tisch versammelt fanden. Die drei Bürger waren gerade im Begriffe gewesen, aufzubrechen und heimzukehren, aber teils, um den stets gerne und seit lange nicht mehr Gesehnen zu ehren, teils, weil die Neugierde, endlich das Richtige über die geheimnisvollen Gründe des rätselhaften Fernbleibens zu erfahren, gewaltig plagte, entschlossen sie sich, ausnehmenderweise einmal es auf das häusliche Ungewitter ankommen zu lassen und über die gewohnte Stunde dazubleiben. Wobei allerdings dem Kaufmann zu mindest, dessen Ehehälfte eine große Strenge nachgerühmt wurde, nicht ganz geheuer zu Mute schien.

Umso lauter und mutiger wurde die neue Lage Wein bestellt und als dieser, unter des Herrn Wirten selbsteigener Aufsicht, der von des verlorenen Sohnes Rückkehr gehört und herbeigeeilt war, um sich von der Wahrheit der Botschaft zu überzeugen und den beliebten und geehrten Gast persönlich zu empfangen, in bester Beschaffenheit zur Stelle gebracht war, begannen die Plänkeleien.

Am liebsten wäre die bürgerliche Neugierde gleich auf ihr Ziel los und mit der Frage herausgeplatzt, was denn nun an dem Gerede das Wahre sei und ob der Herr Schauspieler wirklich, wie man sage, und wer und was und wie und wo, und nach Namen und Wohnung und allem Weiteren und Näheren, und es mag wohl auch nur an dem selbst ihrer Seelenkennerschaft nicht unbemerkt einsilbigen und zerstreuten Wesen, das der Meister, seiner sonstigen Art entgegen, heute an den Tag brachte, gelegen haben, wenn sie es zunächst bei unschuldigen und harmlosen Scherz- und Witzes-Worten, wie: Ei, ei! und na, na! und: der Schäker, der lose! und: Der Teufel werde wissen, wo der Tausendsassa gesteckt habe, hinter seiner Hausfrau Schürzen wohl nicht, und: nun ja, die Herren Künstler, die hätten es gut! und: Man wisse doch auch, was das Theater sei! und dergleichen bewenden ließen.

Aber nützte Alles nichts und der sonst so beredte Liebling blieb heute stumm, trank stumm seinen Wein aus und wehrte mit einem Lächeln ab, das nicht ja und nicht nein besagte, und wenn nicht Rigolo, mit einigen so saftigen wie besoffenen Späßen dem Freunde zu Hilfe kommend, die Sache von der persönlichen Anspielung ins allgemein Zotige abgelenkt hätte, wäre die bürgerliche Neugierde nicht auf ihre Kosten gekommen. Vergebens seufzte sie neidisch: So ein Herr Schauspieler habe es eben bei der Hand und brauche nur den kleinen Finger auszustrecken, indessen sie, die anderen Bürger – – und leckte die fetten Lippen: und auch gleich wie! In Battisten und knisternden Seiden, mit Spitzenhöschen und Bändchen und Schleifen und verwirrend verwegenen Wohlgerüchen, nicht in bürgerlichem Flanell und Barchent – – und nahm kein Blatt sich vor den Mund, mit augenzwinkernden Fragen nach den anderen frommen Künsten, die doch nur der leichtgeschürzten Muse Priesterinnen so recht aus dem Grunde verstünden, wie der in Welt und Theater wohlbeschlagene Notar des Genaueren zu wissen versicherte: Ein Liedchen, das Rigolo mit meckernder Stimme zum Besten gab, war die einzige Antwort:

Hoch in einem Weltbaumästchen
baut die Liebe sich ihr Nestchen,
Und sie sitzt darin zu zweit,

und sie piepst vor Seligkeit.
Aber naht sich ihrem Lager
dreist ein unberufner Frager.
Der sie danach fragt, dann zeigt
sie die Zunge ihm und schweigt.

Der vielerfahrene Notar verstand und lachte überlaut, die beiden anderen wussten nichts Rechtes mit dem Liedchen anzufangen und guckten verdutzt, während der Schauspieler, nach einem langen, fast erschreckten Blicke auf Rigolo, im nächsten Augenblicke mit einem seltsamen Aufschrei, der zwischen Lachen und Weinen stand, seinen Kopf auf den Tisch fallen ließ.

Die Bürger, unahnend, ob dieses Spiel oder Ernst sei, erhoben sich erschrocken und verlegen. Rigolo, schnell gefasst, entschuldigte, derartiges sei die Folge des zurückgezogenen und tugendhaften Lebens, der Ärmste sei des Weingenusses entwöhnt, überdies durch eine neue Rolle in einem überreizten Zustande, in dem er, nicht anders als eine schwangere Frau, nichts vertrüge.

Der Kaufmann riet, ihn nach Hause zu bringen, ohne dass die Hausfrau etwas merken könne, der besorgte Apotheker empfahl ein niederschlagendes Mittel, aber Rigolo meinte, es sei das Beste; den Freund in diesem Zustande sich selbst zu überlassen.

Die Bürger entfernten sich zögernd und nicht ohne Bedauern, dass der so vielversprechend begonnene Abend so überraschend und ohne die gewünschte Lösung des großen Geheimnisses gebracht zu haben, endete.

Nachdem Rigolo dem Wirte, der aufgerissener Ohren und Augen dem vorangegangenen Auftritt gefolgt war, ein unmissverständliches Zeichen, sich dünn zu machen, gegeben hatte, dem dieser schleunigst gehorchte, waren die beiden allein und der Alte begann, indem er dem Freunde, der noch immer den Kopf auf der Tischplatte liegen hatte, zärtlich über die Haare strich:

»Und nun zu dir, Brüderchen! Schrei dich aus, Brüderchen, weine dich aus an meinem Busen! Da doch grade kein anderer in der Nähe weilt.«

Der Schauspieler hob den Kopf und schüttelte ihn traurig. Es sei aus mit ihm. Mit seiner Kunst sei es aus. Er könne nichts mehr. Er könne nicht mehr arbeiten. Er habe seine Begabung verloren.

Der Andere lachte. Wenn's weiter nichts wäre! Morgen komme sie wieder. Das kenne er. Wenn man anfange, an seiner Kunst zu verzweifeln, da fange die Kunst erst an. Erst, wenn man glaube, sie verloren zu haben, fange sie an. Die eigentliche. Alles Vorherige sei doch nur Leimruten für die Gimpel, Speck für die Gänse. Das, was nach außen dringe, seien ja nur die Nebengeräusche der Kunst. Aber ihr Eigentliches müsse man in sich selber erleben, in seinen eigenen Gedärmen rumoren hören. Angenehm sei es freilich nicht immer. Manchmal plage es wie üble Säfte, deren man los und ledig werden müsse. Umso wohler fühle man sich nachher.

Ja, sagte der Schauspieler düster, er fühle sich krank. Krank bis ins innerste Mark der Seele. Krank an seiner Kunst. Aber wenn jener recht habe, wenn Kunst Krankheit sei, dann verfluche er dieses freudlose Göttergeschenk, diese unselige Gabe, die ihm wie ein Nessushemd die Seele versenge. Dann fluche er den Göttern, dass sie ihm diese unheimliche Aufgabe in die Wiege gelegt hätten. Warum gerade ihm, unter Tausenden ihm?

Warum gerade ihm? Wiederholte der Clown. Er möge doch nicht undankbar sein. Wohl habe er gesagt, Kunst sei Krankheit, aber zugleich auch damit, dass Kunst Erlösung von der Krankheit sei. Ginge es ihm anders? Sei denn seine Komik etwas anderes als Ärger an den Menschen, Ekel vor dem Leben, schwarze Galle, kranke Leber? Aber während die anderen ihren Ärger und Ekel in sich hineinfressen, sich von ihrer Galle und ihrer Leber auffressen lassen müssten, sei es ihm gegeben, Ärger und Ekel, Galle und Leber den Menschen ins Gesicht zu speien. Und sie dankten es ihm noch. O, wie wohl werde ihm, wie befreit fühle er sich, wenn er den Menschen ihre eigene hässliche Fratze, in unerbittlich grausamer Verzerrung, zeigen dürfe! Und er ihr Lachen höre, ihr fröhliches dankbares Lachen, als merkten sie nicht, dass sein Hass und seine Verachtung gegen sie ihm ihr leibhaftiges Konterfei ins Gesicht gemalt hätten. Er aber werde so seine Galle und seine kranke Leber los und fühle sich gesund wie nach einem kräftigen Schlammbade. Der Freund möge ihm glauben: Nichts sei gesünder, mache Leib und Seele reiner als in Pfützen zu baden. Und je tiefer man hineinsteige, so tief, dass es einem manchmal über dem Kopf zusammen schlage, umso mehr gewinne der ganze Mensch dabei. Und nicht zum geringsten die Kunst. Ihre tiefsten Wurzeln lägen tief unten, versteckt und begraben in dem tiefsten Dreck der Menschenseele. Da hinunter müsse steigen, wer das Höchste in der Kunst erreichen wolle. Ja, das sei sein Rat, er möge hineinsteigen, und nicht ängstlich, nicht bloß mit der Fußspitze, wie in ein zu kaltes Wasser, sondern frisch und mutig hinein mit dem ganzen Körper und der ganzen Seele, in Laster, Sünde, Schlamm und Kot, und untertauchen, und er werde wieder emporkommen, gesund, frisch, rein, saubergeputzt und jung und stark, reicher an Wissen und Können als je zuvor, Wissen um das Menschlichste und Können in seiner Kunst.«Brüderchen«, schloss er und ein listiges Zwinkern ging durch seine Augen, ein Zucken durch die tausend Fältchen seines Gesichtes, »folge mir, Brüderchen, schmeiß dich hinein, saug dich ein, friss dich voll, sauf dich voll und küss dich toll, und der Teufel soll mich holen, wenn du dann nicht jünger wirst als der Jüngste und weiser als der Älteste.«

Seine Augen wurden immer kleiner, das Gesicht immer verkniffener, der Riesenschädel schien zu wachsen, der Leib immer zwergiger einzuschrumpfen, aber der Weindunst schien aus seinem Hirne fortgeblasen, in so unheimlicher Klarheit spritzte er, mit einer Stimme, aus deren Bestimmtheit das Lallen von früher verschwunden war und die wie besessen aus dem Tiefton eines Basso alto in die höchsten Fistellaute hinüberhüpfte und, mit hexenhafter Geschwindigkeit, wieder in die Grundlage zurückfuhr, das langgehütete, dem einen Freunde aufgesparte Geheimnis seiner Weisheit diesem ins Gesicht. Der Schauspieler, allmählich zu völliger Berauschtheit gelangt, aber auch in dieser noch soweit Herr seiner Haltung, um es Niemanden, auch dem Nächsten nicht, zu verraten, wie tief der gegebene Rat in seine Herzensnöte hineingriff, und doch auch wieder von weinseligem Mitleid mit sich übermannt, versuchte, Worte und Stimmungen von gestern aus der Erinnerung heraufzuholen, in die ihm zugedachte Dämonie, die er gerne entgegennahm, etwas von der früher geliebten Tugend und Grandezza herüberzuretten. »Bruderherz!«, sagte er und er gab dem Bruderherzen recht: die Welt sei ekelhaft und die Menschen seien Schweine und alles sei Dreck. Und der Künstler müsse dies wissen und alles kennen, auch die dunklen Seiten des Lebens und dürfe vor nichts zurückschrecken, gewiss, aber er müsse drüberstehen und durch die ewig gültigen Vorbilder des Schönen, Großen und Edlen, die er zeigte, mit dem Hässlichen und Kleinen des täglichen Lebens versöhnen und durch seine Kunst den verloren gegangenen Glauben an Tugend und die Harmonie der Sphären wiederherstellen. Und fand in den Worten seine ganze Großartigkeit wieder, als welche durch die Kläglichkeit der Lage, in der ihn der Freund betroffen hatte, nicht minder, als durch die Wirkung des Weines ihm ein weniges verschüttet gewesen war. Aber Rigolo blinzelte ihn verdächtig mit den Äuglein an: ihm sei, als kenne er die Weise von anderswo her. Er glaube, einen Mund zu kennen, der ihm Ähnliches gepfiffen habe. Unsinn, Brüderchen, Redensarten, gut genug als Schminke für alternde Damen der großen Welt, kleine Lüstchen ihres Leibes mit großen Worten ihrer Seele zu übertünchen; gut genug, um sich vor schöngeistigen Weibertees ein putziges Heiligenscheinchen auf die Glatze zu setzen. Geschwätz, nicht gehauen und nicht gestochen, mit dem der Künstler im Grunde nichts anzufangen wisse. Viel tiefer, im Eigensinne des Wortes tiefer, sitze, was dem Künstler Not täte. Dort sei der Schlüssel zum innersten

Geheimnis des Lebens, der Schlüssel zum Geheimnis der schaffenden Natur. Und das Geheimnis der schaffenden Natur sei auch das Geheimnis der schaffenden Kunst. Und mit einer unzüchtigen Gebärde, die einen möglichen Zweifel darüber, was er mit Schlüssel und Geheimnis meinen könne, zerstören musste, begleitete er, faunisch grinsend, seine Rede.

Der Schauspieler lachte und schalt ihn ein altes Schwein, was der Komiker ohne jede Empfindlichkeit anzunehmen schien. Gewiss, er rühme sich dieses Vergleiches mit dem natürlichsten, harmlosesten und ungezwungensten aller Tiere. Das Natürlichste sei auch das Wahrste, und das Wahre könne nicht unanständig sein. Und da das Wahre Quelle, Sinn und Wesen der Kunst sei, wäre das Natürliche, das die Verlogenheit der Tugendhaften als Schweinerei brandmarke, dem wahren Künstler viel geziemender und angemessener als ebendiese Verlogenheit und das schämige Getue der Heuchler und Unfähigen. Und so sei denn, grob herausgesagt, ohne eine Beimengung von Schweinerei, keine das Ganze umfassende Kunst und kein wahrer Künstler vorzustellen.

Im Übrigen, fuhr er fort, würde gerade in den Zirkeln der Verlogenen und Unfähigen lang und breit von der sogenannten geistigen Liebe und Seelenfreundschaft geschwatzt. Wenn sich auch diese seltsamen Worte in seinem Maule nicht wenig lächerlich ausnähmen, so sage er dies nicht aus seinem Berufe als Komiker, um der heiteren Wirkung willen; er wisse es auch nicht bloß vom Hörensagen: Der Schauspieler möge ihm glauben, dass ihm so manches aus eigener Erfahrung bekannt sei, und

mehr als ihm mancher zutraue, wenn er auch zu
schweigen wisse: Er wisse einiges, wovon ihm keiner
ansehe, dass er es wisse. Aber

> nah' sich seinem Lager
> dreist ein unberufner Frager,
> der ihn danach frage, zeige
> er die Zunge ihm und schweige.

Seelenfreundschaft? Hi, hi! Geistige Liebe? Hi, hi! Den
Schwindel kenne er. Wundervolle Mäntelchen, die sich
umhinge, wer sich seines gar zu nackten Körpers zu
schämen hätte! Seelenfreundschaft sei das Täfelchen, das
im obern Stockwerke ausstäke, wenn unten, im Keller,
was zu vermieten wäre. Dann lieber gleich in den Keller!
Da sei man doch ganz anders bei sich zu Hause als oben,
wo einem jeder Nachbar in den Topf gucken könne, sodass man schließlich mehr für den Nachbar äße als für
sich selbst. Sei es denn im Keller nicht viel traulicher
und heimlicher? Heimlicher und unheimlicher. Sei denn
der Körper nicht um vieles geheimnisvoller als die Seele,
die nur so tue, mit seinen Wundern und Heimlichkeiten,
mit seinen rätselhaften Wünschen und Launen, Begierden und Verhinderungen, Verwandtschaften und Affini-
täten, Anziehungen und Abstoßungen, mit seinen lauschigen Verstecken, in denen all das teufelsmäßige Zeug
niste, das Liebe genannt werde? Es gebe eben nur eine
Liebe des Körpers, und geistige Liebe, Seelenfreundschaft seien nur zwei gelegentliche, die mindesten, von
den hundert Masken und Verwandlungen, die sie, des
größeren Genusses halber, manchmal annähme. Denn
unter den Schicksalen des Menschen sei die Liebe der

Schauspieler, der Proteus, der ewige Verwandler und ewig Verwandelte, Circe, die mit ihrem Zauberstab Menschen in Schweine und Schweine in Götter verwandle, Magier und Magie zugleich. Ja, Liebe des Körpers sei Magie, und ganz so selten wie diese, eine große, seltene Kunst, nur wenigen verliehen, ebenso wie die große Schauspielkunst nur wenigen gegeben sei. Alles andere sei nicht Liebe, nicht wert, Liebe genannt zu werden, sei ein Betrug der Natur, um ihren Zweck, die Gattung zu erhalten, durchzusetzen: erst wo der Einzelne, geheimnisvoll vom Genius getrieben, jenseits von Zwecken und Zielen, über die Gattung hinaus, Liebe um ihrer selbst willen übe, mit einmaliger Gabe, erfinderisch, immer neu, immer eigen, ein Meister darin, auf zweien dieser himmlischen Instrumente: Körper zu spielen, erst da werde Liebe Musik, werde Liebe Kunst, öffne Liebe die Pforte in das Mysterium des Lebens.

Und der Schauspieler erinnerte sich, wie ihm zum ersten Mal am nackten Leibe der Kleinen eine ähnliche Weisheit aufgegangen war. Lag das nicht Ewigkeiten zurück? Und hatte er mit der Kleinen wirklich sein Paradies verloren?

Rigolo aber, als habe er des Freundes Denken aufgeschlagen vor sich, fuhr fort: Es läge nicht an der oder jener. Sei ihm Eine verloren, müsse er die Nächste suchen und werde sie finden. Bei den Wenigen, denen das Mysterium der Liebe, der körperlichen Liebe, geschenkt sei, bedürfe es der kindischen Verliebtheiten einer unwissenden Jugend nicht. Ja kaum der Zuneigung, kaum der Wahl mehr. Ihre wissende Kunst lächle über das alberne Getue sympathetischer Gefühlchen. Sie erkennten einander auf den ersten Blick, wie die Epopten geheimer Ordensbünde. In einer unsichtbaren Kette würde das Geheimnis von einer Generation auf die andere vererbt, und jeder Neue, der dazu gehöre, wüsste es, erriete es, erfände es, als hätte er es von je gewusst. Die klugen Giftmischerinnen der Liebe glichen den anderen, die den Schatz uralter Geheimnisse aufbewahrten und weiter gäben.

Und er schloss: »Lass dir raten, Brüderchen! Gehe zu den Giftmischerinnen! In den Giften liegt letzte Weisheit und die tiefste Kunst.«

Dann verabschiedeten sie sich voneinander und der Schauspieler trug seinen langsam weichenden Rausch durch die fast schmerzliche Überhelle des beginnenden Morgens nach Hause.

10.

Die zuletzt geschilderten Begebenheiten ereigneten sich ungefähr zu derselben Zeit, da jene bekannte, nie ganz geklärte Angelegenheit der namenlosen Briefe die Bewohner der Stadt in einer täglich neu gespeisten Erregung hielt. Es mag wohl weniger an einer besonders zartfühlenden Rücksichtnahme seiner näheren und ferneren Umgebung gelegen haben – das sich im Querfeuer der allgemeinen Klatschsucht ganz behaglich fühlende Volk der Bühne hat zu schonender Verschwiegenheit am wenigsten Veranlagung und Veranlassung –, sondern an des Schauspielers damaligem Zustande, der den in einer wie auf einen Punkt starrenden Besessenheit Befangenen gegen alles andere auf ihn Eindrängende mit Unnahbarkeit und Unzugänglichkeit feite, wenn der am meisten

Betroffene fast zuletzt erfuhr, wie sehr er, gegen seinen Willen, plötzlich in den Mittelpunkt einer allgemeinen und nicht gerade wohlmeinenden Aufmerksamkeit gerückt war.

Es hatte aber mit jenen Briefen etwa folgende Bewandtnis: Eines Tages erhielt die Gattin eines angesehenen Bürgers der Stadt einen durch den Postboten ihr zugestellten Brief, der, mit einer auch dem ungeübten Auge unverkennbaren Verstellung der Handschrift verfertigt, einige kurze und vage Andeutungen, wie: Man wisse einiges von ihr und sie möge sich hüten, enthielt und am Schlusse keinerlei nähere Angaben noch Namenszug aufwies; ob nun die sich des besten Leumunds erfreuende junge Frau sich irgendeiner geheimen Schuld bewusst war oder nicht, sie verbrannte, auf den Tod erschrocken, der Brief könne ihrem Ehegestrengen in die Hände geraten, den Brief und hütete sich, mit irgendjemandem darüber zu reden.

Einige Tage später wurde mit einem ähnlichen Schreiben eine junge Schauspielerin bedacht, die seit dem vorigen Herbste am Theater der Stadt in kleineren Rollen tätig und erst in der jüngsten Zeit in beachtenswerteren Aufgaben hervorgetreten war: Man beobachte ihr Treiben und rate ihr, sich vorzusehen. Auch dieser Brief ganz kurz, mit ungeübt verstellten Zügen und ohne Namensunterschrift. Die Kleine, weniger ängstlich als die Bürgersfrau, verbrannte den Brief nicht, sondern behielt ihn, freilich ohne jemanden in sein Geheimnis einzuweihen, da sie sich in der Stadt keines ausgedehnten Verkehrs erfreute, im Theater jedermann misstraute,

wohl auch in dessen Nähe den Urheber des Briefes vermuten mochte.

Nach weiterem Verlauf einiger Tage kam ein zweiter
Brief, deutlicher, die Beziehung zu einem der angesehensten Künstler der Stadt, den sie in ihre unwürdigen
Netze gelockt habe, sei ruchbar geworden, und wenn
das ungleiche Verhältnis nicht sofort abbräche, würde
man die nichtsahnende betrogene Hausfrau des Verlei-
teten auf ihre Spur hetzen.

Und nun verging bald kein Tag mehr, an dem sich
nicht derartige Briefe einstellten. Sie wurden immer
deutlicher, immer drohender, immer gröber. Der anfangs knappe und andeutende Ton der Briefe änderte
sich, geriet immer breiter ins Gemeine und Unstetige,
mit einer sichtlichem Freude daran, Dinge und Hand-
lungen mit ihren deutlichsten und hässlichsten Benen-
nungen zu bezeichnen, wie sie nur die ausschweifendste
Vorstellungskraft zu empfinden vermag.

Aber der Strom machte bei der Kleinen nicht Halt, sondern ergoss sein schmutziges Gewässer über die ganze
Stadt. Und man begnügte sich nicht, die Schuldigen oder
vermeintlich Schuldigen in ihrem Gewissen aufzustören
und zu erschrecken, alle Liebesfähigen spüren zu lassen, dass zwei Augen über den Alkovengeheimnissen
der Stadt lauerten, deren wachem Blick kein Verhältnis,
kein beginnendes Einverständnis entging. Man ging von
den Drohungen zu Taten, von den Warnungen zu Strafen über; von den Betrügern zu den Betrogenen. Man
zeigte den betrogenen Ehegatten und Ehegattinnen ihre
gehörnte Schande und verriet die Schuldigen. Man verriet verratenen Liebhabern und Geliebten ihre Nachfol-

ger. Und man ging weiter. Man begnügte sich nicht damit, Ehen in Tragödien zu verwandeln, sondern verwandelte die Tragödien der Ehen in Komödien für die Nachbarhäuser. Man erzählte allen alles, gab die Schande aller allen preis. Man legte über die ganze Stadt ein breitmaschiges Netz und Gespinst klatschsüchtiger Verleumdungskunst und verwegen lüsternster Einbildungskraft. In dem bald alle zappelten, die Einen entdeckt und die Anderen in der Furcht, morgen entdeckt zu werden. Aber wie zu einem Lieblingskehrreim lief es immer wieder in das lauschige Nest zurück, das unser Freund, der Schauspieler, mit seiner Kleinen, für das heimliche Glück kurzer Wochen, sich in dem Häuschen der stillen Nebengasse gebaut hatte, als hätte der namenlose Briefschreiber es vor allem darauf angelegt, des Künstlers verstohlene Seligkeit, deren heimlicher und verschwiegener Mitwisser die ganze Stadt werden sollte, zum Mittelpunkt des städtischen Liebeslebens zu machen.

Wie hätte, der mit den geheimen Lastern und Sünden seiner Mitmenschen so vertraut war, auf die Heimlichkeit und Verschwiegenheit ihrer Mitwisserschaft nicht bauen sollen? Der wirklich Schuldigen konnte er versichert sein: Von ihnen musste jeder, gleich jener Bürgersfrau, die er sich als erstes Versuchsopfer seiner Kampagne ausgesucht hatte, ängstlich bemüht sein, das plötzlich erhellte Geheimnis vor jedem fremden Auge zu verstecken. Bei den, ob mit Irrtum oder böser Absicht, fälschlich Bezichtigten lag es wohl auch nicht viel anders. An irgendetwas Wirkliches hatte der rätselhaft Wohlunterrichtete bei jedem gerührt: Bei dem einen an einen insgeheim gehegten Wunsch oder eine schüchterne Absicht, der nur die Erfüllung gefehlt hatte; bei dem anderen an die falsche Scham, eines Glückes nicht teilhaftig geworden zu sein, das böse Zungen ihm zugetraut hatten; beides scheute das helle Licht. Und die wieder, denen keine eigene, sondern fremde Schuld zugetragen worden war, wurden durch eine besondere Unflätigkeit und Unsauberkeit der ihnen zugewandten Briefe daran verhindert, sich Fremden anzuvertrauen, weil schon die versuchte und angemaßte Anwendung eines derartigen Tones zwischen dem Schreiber und dem Empfänger eine gewisse Gemeinsamkeit und Gleichsetzung herzustellen suchte, die das Bild auch des Unschuldigsten garstig beflecken musste, wie denn besonders eine Frau, die den Ruf ihrer Wohlanständigkeit zu wahren bemüht war, nicht zugeben durfte, dass ihr derartige Worte zu sagen oder zu schreiben gewagt worden sei. Und so mag es sich wohl jener Briefschreiber als das Ziel seines Anschlages ausgedacht haben, dass, ohne dass einer der Getroffenen mit dem Andern sich zu verständigen wagte, und vielleicht grade dadurch, eine seltsame, gefährliche, von unsauberen Geheimnissen vergiftete Luft in der Stadt entstünde, eine unbestimmte, schwelende Erregung und Bewegung unsichtbarer Laster, von dem wachsenden Bewusstsein unausgesprochener, heimlich sich verbergender Sünden erfüllt und zu neuen aufreizend, ein schwüler Dunstkreis, in dem, ängstlich und scheu, keiner laut zu atmen, keiner dem Andern frei ins Gesicht zu sehen wagte, weil er nicht wusste, was der Andere schon von ihm wüsste, und ob der Andere wisse, was er von dem Andern

wusste. Und diese Absicht zu erreichen, ist dem schreib-
seligen Menschenfreunde in vollem Maße gelungen,
wenngleich es nicht allzu lange währte, bis eines Tages,
vielleicht durch den lauten Lärm, den ein eifersüchtiger
Ehegatte schlug, als ihm der Zufall oder die Unvorsich-
tigkeit seiner Eheliebsten eines der Briefchen in die
Hände spielte, vielleicht durch die Schwatzhaftigkeit einer Frau, der ihrer Nachbarin und besten Freundin böser Ruf noch über die schamhafte Wahrung des eigenen
guten ging, die Kunde von den namenlosen Briefen, in
denen die Skandalosa der ganzen Stadt getreulich wie in
der gewissenhaften Chronika eines Stadtschreibers und
Annalisten verzeichnet waren, ruchbar wurde. Und nun
war die Bresche gebrochen und keines Aufhaltens mehr.
Nun beeilte sich jeder, die Kenntnis der anderen Briefe
durch Preisgabe des selbsterhaltenen zu erkaufen. Neu-
gier, die Schande der Anderen zu erfahren, überwog die
Rücksicht auf die eigene Ehre. Die man sich am besten
dadurch zu retten einbildete, dass man sich ein gleichgültiges Ansehen gab, wenn man den erlittenen Angriff
mit frech lachender Offenherzigkeit selbst an die große
Trommel hängte, dem unausbleiblichen Gerede der anderen auf diese Weise zuvorkommend. Und nun versuchte man die zuerst schwer hemmende Scheu vor der
Untätigkeit zu überwinden, nahm sie allmählich in den
Kauf, begann, daran Geschmack zu finden, sich an ihr
zu erfreuen, bis sie alles Sprechen und Denken der Stadt
überflutete, worin die anfangs schamhaftesten und zu-
rückweisendsten Frauen schließlich die schlimmsten,
eifrigsten und unermüdlichsten wurden.

Die Briefe wurden das einzige Stadtgespräch, ihr Empfang das Ereignis und Erlebnis des Tages. Man konnte, vor Ungeduld, den Postboten nicht erwarten. Man lief ihm auf der Straße entgegen, nahm ihm seine Last ab, schielte wohl auch nach der Post des Nachbarn. Mau besuchte einander des Morgens, um die Briefe gegenseitig auszutauschen. Man zeigte sie einander, fast wie im Triumph; ja, man schämte sich fast, wenn man einmal leer ausgegangen war. Als gehörte man nicht zu den Auserwählten, als wäre man nicht würdig und ebenbürtig befunden worden, als würde einem nicht zugetraut, worauf man am stolzesten zu werden begann.

Natürlich erschöpfte und ermüdete man sich in unzähligen Vermutungen über den Urheber der Briefe. Alle waren einig, es sei eine Frau. Die Wahl allein grade dieser vergifteten Waffenspezies; aber auch der durch die Verstellung hindurch nicht zu verkennende weibliche Zug der Handschrift; aber auch Wortstellung und Satzbau der Briefe, willkürlich, unordentlich und fehlerhaft jene, dieser immer wieder durch den plötzlichen Antrieb einer überraschenden Eingebung, durch den unwiderstandenen Zwang, nur ja den Einfall immer neuer Bosheiten, gleichgültig, wo anzubringen, unterzubringen, hineinzustopfen, in jedem Augenblick unterbrochen und aufgehoben; aber auch Wesen und Gemütsart des Inhalts: Die Fülle spitzer, schnellzüngiger Bosheit, das Wissen um das Schlechte und diese abgrundtiefe, nie erschöpfte, ungesättigte, mit wollüstiger Freude sich spreizende Kenntnis jeder Art schmutzigen Klatsches, des häuslichen, des ehelichen, des körperlichen, des alle Miseren des Kochtopfes und des Haushaltungsbuches

beschnuppernden und vor allem des Liebesklatsches:
Das ließ alles keinen Zweifel darüber aufkommen, welchem Geschlechte die Urheberschaft der Briefe zuzutei-
len sei. Aber wo, in welcher Gesellschaftsschicht der
Stadt mochte sie zu suchen sein? Man erwog, man un-
tersuchte und prüfte alle Möglichkeiten der Stadt, man
zog jede Frau in Erwägung, man schonte keinen Namen.
Da die Geschichte der Liebschaft zwischen dem Schauspieler und der Kleinen sich gewissermaßen wie ein un-
abgerissener Faden durch das Netzwerk der Briefe zog,
und auch sonst die Amouren der Schauspieler und besonders der Schauspielerinnen darin einen nicht uner-
heblichen Platz einnahmen, geriet man zunächst in die
Nähe des Theaters. Man suchte unter den Frauen, die je
mit dem Schauspieler in den Verdacht einer Beziehung
gestanden hatten – es waren ihrer nicht wenige – oder
unter denen, die in einen solchen Verdacht zu geraten
sich gewünscht hatten und deren es noch mehr gab. Es
konnte eine verlassene oder eine abgewiesene Geliebte
des Vielgeliebten sein, die sich rächen wollte. Aber alle,
von denen man derartiges wusste oder vermuten konnte, befanden sich entweder selbst unter den Empfänge-
rinnen der Briefe oder unter den in ihnen Gezeichneten
und kamen deshalb für die Mutmaßung, die Schreiberin
zu sein, nicht in Erwägung. Denn etwa anzunehmen,
dass eine sich selbst bloßstellte, nur um den Verdacht
der Täterschaft von sich abzulenken, hieß ein gar zu
großes Opfer voraussetzen, als das, bei der grausamen
Schonungslosigkeit des Angriffs, die Eitelkeit der Frau
ertragen konnte. Aus demselben Grunde, da alle Schauspielerinnen des Theaters zu den Getroffenen zählten,

konnte es auch nicht die etwa in ihrem Rollenehrgeiz zurückgesetzte Rivalin einer früheren Geliebten, noch die Geliebte eines Rivalen des Schauspielers sein. Und so blieb im Theater und in seiner Umgebung keine Frau, die für den Verdacht infrage gekommen wäre, mehr übrig als am Ende die Hausfrau des Schauspielers selbst. Schließlich war es die unscheinbare, kleine Frau, die immerhin mehr Grund gehabt hätte als irgendeine. Man begann die immer Geschäftige, immer Verdrießliche zu beobachten. Aber sie ging so völlig in der Sorge um ihren Haushalt auf, dass sie für nichts anderes Auge und Ohr und Begriff hatte. Sie blieb den gemachten Andeutungen gegenüber ahnung- und verständnislos, hatte desgleichen von den Briefen noch nichts gehört, wollte auch nichts davon wissen und wurde schließlich, als man ihr davon zu erzählen begann, ganz böse und wild, man möge ihr mit dem unnützen Zeug vom Leibe bleiben, und da mit ihr in diesem Zustande nicht zu spaßen war, blieb dem Aushorchenden nichts übrig, als die Flucht zu ergreifen und ihr den ehrlichen Zorn zu glauben, da sie, wenn dieser Verstellung gewesen wäre, bessere schauspielerische Kunst bewiesen hätte als selbst ihr Herr und Gebieter. Des Übrigen wäre es ja auch ein Wunder und nicht zu verstehen gewesen, wo die mit Staubtuch und Kehrbesen so unermüdlich rührige Frau für das zeitraubende Geschäft jener Briefe die nötige Muße hätte hernehmen sollen.

War demnach unter den Frauen des Theaters keine, die für die Urheberschaft der Briefe in Betracht kam, so war es noch schwerer, einen Anhalt zu finden, sobald man unter den anderen Bürgersfrauen der Stadt nach der

Schuldigen Ausschau zu halten begann. Wo gab es unter denen Eine und welche, der diese giftige, wilde, in der Wut des Angriffs über alle Dämme und Skrupel wegspringende Bosheit zuzutrauen gewesen wäre? Ein wenig Bosheit wohl jeder, aber keiner in dieser satanischen Wut und Fülle. Ein wenig Klatschsucht wohl jeder, aber keiner mit dieser umfassenden Kenntnis der menschlichen Gemeinheit, mit dieser Übersicht und Vollständigkeit, der kein Fleckchen auf der schmutzigen Wäsche der ganzen Stadt entging. Ein wenig Schamlosigkeit wohl jeder, aber keiner dieser schrankenlose Mut zur Sprache der Wollust, diese ungefesselte und freche Beherrschung aller Ausdrücke der Gossen und Kloaken. War dieser Mut auch ein fragwürdiger, der den Dolchstoß von hinten führte und sich hinter feiger Namenlosigkeit verschanzte, wie lange konnte es dauern, bis dieser dünne Deckschild sich lüftete, sich lüften musste, und dieses Unausbleibliche herankommen zu sehen und dennoch zu wagen, dazu gehörte Mut, und Mut war die einzige Eigenschaft, die in der weiblichen Bürgerlichkeit der Stadt nicht zu finden war.

Aber die Schreiberin konnte doch unmöglich von den Damen der Hofgesellschaft eine sein. Warum eigentlich nicht? Hieß es nach dem ersten verblüfften Verneinen, nach einigem Überlegen. Der Bürgerstolz regte sich. Waren die Menschen des Hofes besser, waren sie edler, reiner? Waren sie nicht denselben menschlichen Regungen, denselben Fehlern, denselben Lastern unterworfen? Gab es nicht auch unter ihnen Neid, Hass, Verleumdung, Klatschsucht? Es wurde zugegeben, ihre Beherrschung der Formen sei gewandter und überlegener, ihre Sprache gewählter, ihre Haltung vorsichtiger. Aber hebt nicht die Leidenschaft und der dunkle Trieb zur Sünde, aus dem allein Briefe einer solchen Art zu erklären sein mochten, alle Beherrschung, Haltung und Vorsicht auf? Konnte nicht ebenso gut wie irgendeine andere auch eine Dame des Hofes, von jenem dunklen, unwiderstehlichen Drange befallen, allen ihren hässlichen Trieben freien Lauf lassend, jene fürchterlichen Briefe verfasst haben? Manches sprach dafür, manches dagegen. Zumindest waren die Persönlichkeiten der Hofgesellschaft im Reden vorsichtiger, im Zeigen der ihnen zugegangenen Briefe zurückhaltender. Immerhin waren auch einige von ihnen, so viel war aus dem engeren Kreise herausgedrungen, mitbetroffen. Einige? Bald verlautete: fast alle. Mit Briefen ganz ähnlichen Inhalts wie die übrigen, und desselben Tones. Man munkelte, dass auch hohe und höchste Herrschaften genannt wären, dass eine ganz bestimmte, ziemlich hochstehende Dame der Hofgesellschaft – sie wurde genau bezeichnet – in mehreren der Briefe des unerlaubten Verkehrs mit einer allerhöchsten Persönlichkeit bezichtigt würde, dass diese Dame selbst mit Beschimpfungen der gemeinsten Art überschüttet worden sei. Aber natürlich blieb dies alles in Gerüchten stecken, die sich nicht überprüfen ließen. Es wurde in diesen Tagen so viel gemunkelt, so viel erzählt, so viel gelogen. Das alles brachte keinen der Suchenden – das waren Alle – auch nur um einen Schritt auf der Fährte weiter, dem Ziele näher. Und wenn man dann in den Logen des Theaters die Gesichter der Hofdamen, diese anmutigen, plaudernden, zarten, feinen, lieblichen Gesichter, aus der Nähe besah, so war auch nicht eines darunter, hinter dessen heiterer Stirn man sich das Emporkommen so wüster Anschläge hätte vorstellen können.

So suchte man, ohne zu finden, rastlos, unbefriedigt, aber mit umso zäherer Beharrlichkeit, ergebnislos, aber umso wütender darin verbissen, des Rätsels Lösung zu ertrotzen, weiter, und dieses Suchen verdrängte in Kürze jede andere Art gesellschaftlicher Betätigung. Man gab es, je weiter man sich vom Ziel zu entfernen schien, umso weniger auf. Man trieb es als eine Art Gesellschaftsspiel, mit demselben Vergnügen, mit dem man vordem das Pfänderspiel getrieben hatte, mit derselben Leidenschaft, die man früher am Spieltische eingesetzt hatte. Am Hofe nicht minder als in der Stadt tuschelten Jung und Alt, Herren und Damen, Männer und Frauen einander den Inhalt des letzten Briefes, das neueste Gerücht, den jüngsten amoureusen Skandal ins willig lauschende Ohr. Man hechelte die Liebschaften der Schauspieler und Schauspielerinnen und alle anderen Liebschaften durch, erzählte, prüfte, erwog, zerlegte, beschwatzte von allen Seiten, man tuschelte in den Ecken, mit hochroten Köpfen, mit Vergnügen, mit steigendem Genuss, in einer Erregung, die fast die eigene Liebschaft ersetzen konnte. Man stieg in alle Pfützen der Seele, plätscherte, mit Wollust, in den Sümpfen und Niederungen des Lasters, ergötzte sich, in vergnügter Heimlichkeit, an den saftigsten Unsauberkeiten und schlimmsten Gemeinheiten des Ausdrucks. Die Briefe waren Stadtgespräch, ihr skabröser Ton der übliche Ton des Stadtgesprächs geworden. Eine kupplerische Schamlosigkeit vergiftete und erhitzte die Gemüter und wurde zur Lust aller, am Hofe und in der Stadt. Aber eben diese erforderte ein Gegengewicht und fand es in der allgemeinen Entrüstung. Man bezahlte sein heimliches Vergnügen mit einer öffentlichen anklägerischen Empörung als Buße. Man konnte, in aller Heimlichkeit und jeder einzeln, viel beruhigteren Gewissens allen seinen schlimmen Trieben freiesten Lauf lassen, wenn man, alle zusammen und gemeinsam, den Sündenbock gefunden hatte, zur Entsühnung aller zu schlachten. Das aufgewühlte Gewissen der Stadt brauchte, zur Entladung, sein Opfer. Darum suchte und forschte jedermann nach jener Urheberin der Briefe: War diese nicht zu finden, so musste, weil man doch Niemanden henken kann, man hätte ihn denn vor, eben ein anderes Opfer herhalten.

Was blieb da anderes übrig, als dass die allgemeine Entrüstung und sittliche Wut sich gegen eben jenes Verhältnis kehrte, von dem die Briefe ausgegangen waren und unermüdlich immer Neues aufreizend zu berichten wussten? Nun war, wenn man es genau bedachte, nicht gar so Besonderes und Seltenes daran zu finden, dass einmal ein Schauspieler mit einer Schauspielerin eine Liebschaft begann und zu fröhlichem Ende führte. Und hätten sich wohl auch Beispiele anführen lassen, dass sotaner Schauspieler ein anderswo ehelich gebundener Mann und sotane Schauspielerin ein um ein Beträchtliches jüngeres und leichtfüßiges Ding gewesen sei. Aber man hütete sich wohl, es genau zu bedenken, und legte es so an, dass sich das harmlose Vergnügen des Schauspielers mit seiner Kleinen allmählich zu einem großen Ärgernis sondergleichen in der Weltgeschichte auswuchs. Man traktierte die Kleine als reißenden Wolf, der in das friedliche Glück einer Ehe gefahren sei; als Buhlerin und Circe, die mit listigen Künsten und Fallstricken das Herz des älteren Mannes umgarnt, seine Tugend zu Falle gebracht habe. Man machte die bedauernswürdige Hausfrau zur Märtyrerin. Man errichtete ihr, dem ehrwürdigen Sinnbild des beleidigten Herdes, Altäre. Man wendete alles Mitleid an die ahnungslos Betrogene, warf alle Wut gegen die allzu wissende Betrügerin und Verführerin. Man beschloss schließlich, jene zu schützen, zu rächen, diese zu strafen. Und fühlte sich nun mit eins wieder tugendhaft und umso wohler und behaglicher in der eigenen schmutzigen Haut.

So war das kurze Glück des Schauspielers mit der Kleinen, grade da es eben sein vorschnelles Ende erreicht hatte, zur großen sittlichen Gefahr der Stadt, zum Gegenstand und zur Zielscheibe des allgemeinen Verdrusses und Anstoßes geworden. Und, was das Seltsame dabei war, die Wut richtete sich zunächst weit weniger gegen den Mann, den man gewissermaßen nur als Mitgefangenen mithangen wollte, als gegen die Kleine, die, ohne zu ahnen, was ihr in den nächsten Tagen bevorstehen sollte, noch immer grollend ihrer verloren gegangenen Armida nachtrauerte.

11.

Jener Tag verlief folgendermaßen:

Als der Schauspieler des Morgens aus einem Traum, der ihn unter dem höllischen Lärm schwarzer, ihn mit Kreischen und Pfeifen umschwirrender Vögel aus einem brennenden Hause geführt und mit ähnlichen Zeichen von unheilverkündender Vorbedeutung bedacht hatte, plötzlich erwachte, hörte er aus dem um einige Räume entfernt gelegenen Esszimmer ein so lautes Rumoren, Umherwirtschaften, Stühlerücken und Gläserklirren, dass ihm sofort nichts Gutes schwante. Auf diese, wenig holde Weise gerufen, erhob er sich, kleidete sich an, und betrat, nicht ohne ein gewisses Herzbeklemmnis, das bedrohliche Gemach, in dem er seine Hausfrau in der unfreundlichsten Stimmung antraf. Ohne lange Umschweifung und Einleitung fiel sie ihn sofort an: Nun sei es am Tage, was er für ein Liederjan wäre; die Spatzen auf den Dächern pfiffen es bereits, nun habe sie es schwarz auf weiß, die ganze Bescherung, und begehre nur zu wissen, was es mit dem Saumensch (sie brauchte keine freundlichere Benennung für die Kleine) für Bewandtnis hätte?

Gegen die schmerzliche Klage still und unaufhaltsam rieselnder Tränen, gegen den bitteren Vorwurf mühsam beherrschten, schwer unterdrückten Leidens, gegen die stumme Anklage eines stolzen, tiefverwundeten Herzens aus schmerzverschleiertem Blick wäre der Schauspieler wehrlos, wäre seine Sache verloren gewesen. Die hemmungslos und schrill keifende Lautheit des rohen Überfalls in seiner unverstellten, unbeherrschten Wut gab ihn sich selbst wieder, ließ ihn, erleichtert fast, aufatmen und sich zu einer halb lachenden, halb überlegen abtuenden Wehr setzen: was sie denn wieder einmal habe? Ob sie wieder einmal von der eifersüchtigen Katze gebissen worden sei? Und als sie, triumphierend beinahe, dass es diesmal keine bloße Schrulle und eifersüchtige Mutmaßung von ihr, sondern wohlgegründet und schwarz auf weiß, sozusagen in aller Form rechtens be-

160

stätigt sei, den Brief vorwies, in dem Alles geschrieben stand, dass er sie hintergehe, und mit wem und wo und wann und wie, mit vielem säuberlich oder vielmehr unsäuberlich geschilderten Beiwerk, dass einer sittsamen und auf ihre Hausehre bedachten Ehefrau sich die Haare zu Berge richten müssten, da konnte er, mit einem verächtlichen Schulterziehen, dies alles abtun: derlei Geschreibsel werfe man in den Kamin, und: Seine Würde erlaube ihm nicht, auf derlei zu erwidern.

Freilich ließ sie sich nicht so ohne Weiteres abfertigen und erhob ihre Stimme, noch höher, und Würde hin und Würde her, und Larifari, auf solchen Speck bisse sie nicht mehr an, und etwas Wahres würde schon daran sein, und die Leute schrieben dergleichen nicht, wenn nicht etwas Wahres daran wäre, und sie glaube ihm kein Wort mehr, und ob er sich denn immer noch erfreche, es zu leugnen, und sie sei eine arme, betrogene, bejammernswerte Frau, und die Leute wiesen mit den Fingern auf sie, und es wäre eine Schande, wie er sie behandelte, aber sie ließe es sich nicht mehr gefallen, und sie würde es ihm und dieser Person, dieser Schlumpe, diesem Fetzen, diesem Theatermensch schon zeigen und das habe man davon, wenn man sich mit dem Gesindel, den Theaterleuten einließe. Und nun wurde er auch böse und schrie, und ein Wort gab das andere, und es wurde immer lauter und heftiger und am Ende ein guter, schöner, richtiger Hauskrach und Ehewolkenbruch, dass die Teller und Tassen flogen, bis er schließlich, mit einem lauten Knallen, die Türe zuschmiss und das Haus verließ. Angenehm war ihm aber die Sache nun gerade nicht.

Er ging ins Theater, zur Probe. Der erste Mensch, der ihm an diesem schönen Morgen über den Weg lief, war eine Kollegin, die ältliche Frau, der man im Theater das Fach der komischen Mütter und Kupplerinnen zu spielen anvertraute. Er wich der Braven, aber allzu Redegewandten vorsichtig aus und wechselte die Seite des Bürgersteigs.

Vor dem Theater wartete der andere Helden- und Liebhaberspieler, der ihn manchmal in einigen seiner Rollen zu vertreten pflegte. Als der Schauspieler näher kam, drückte sich jener zur Seite, als wenn es ihm nicht angenehm wäre, gewissermaßen wartend angetroffen zu werden.

Auf der Bühne wurde, statt der angekündigten ersten Stellprobe der Rinaldo-Szene, noch immer an dem langweiligen »Samson« herumgeprobt: Irgendwelche gleichgültige Nebenrolle war für den Abend neu einzustudieren. Die Kleine fehlte auf der Probe. Der Schauspieler fluchte über seine dumme Gewissenhaftigkeit, die ihn allein, immer wieder, zu belanglosester und unergiebigster Tretarbeit ins Theater zwang.

Als er die Bühne betrat, lief der Prinzipal an ihm vorüber und schien ihn nicht zu sehen.

Der Schauspieler fragte nach dem Sekretär. Er sei verreist, hieß es, mit einem Auftrag des Intendanten: Niemand wisse wohin. Der Schauspieler hatte ein unbehagliches Gefühl, die einzige treue Seele heute im Theater zu missen.

Die Probe verlief merkwürdig still. Es fiel ihm auf, dass keiner der Mitwirkenden, wie sonst, mit irgendeiner

Frage, der Bitte um Rat oder Unterweisung an ihn her-
antrat. Meistens stand er, indes er auf seinen Auftritt
wartete, allein hinter der Kulisse. Was ihm übrigens, in
seiner heutigen Laune, nicht unwillkommen war. Nur
einmal wandte sich der alte Spielleiter mit der Frage an
ihn, ob er denn wirklich heute Abend den Samson spielen werde: Es hätte im Theater verlautet, er habe die Absicht, sich für diesen Abend krank zu melden. Der
Schauspieler verneinte erstaunt. Ihm war nicht erinnerlich, eine solche Absicht gehabt oder geäußert zu haben.
Nun ward ihm auch das Warten und verlegene Wesen
seines Ersatzspielers verständlich.

Die kurze Probe war zu Ende. Er stand nachdenklich.
Irgendetwas war im Werke, bereitete sich vor. Was
mochte das alles zu bedeuten haben? In diesem Augenblick rief ihn der Prinzipal aus dem Zuschauerraum an,
er habe ihm etwas zu sagen; ob er sich nicht zu ihm bemühen wolle. In seiner Zerstreutheit sprang der Schauspieler zum nicht geringen Entsetzen des alten Einbläsers, der aus seinem Kasten hervorgekrochen war und
neben ihm auf der Bühne stand, über die Rampe ins
Parkett und begab sich zum Prinzipal.

Dieser, noch ängstlicher als sonst, fragte ihn, mit vielen
vorsichtig suchenden Worten und stockenden Um-
schweifen, ob er besonderen Wert darauf lege, an diesem Abend zu spielen. Ersatz wäre vorhanden. Er legte
ihm nahe, sich einen kurzen Urlaub zu gönnen, der sich
ohne wesentliche Störung des Spielplanes ermöglichen
ließe, und den er zum Studium und zur Vorbereitung
des Rinaldo wohl ausnützen könnte.

Der Schauspieler sah ihn fragend an: was das zu bedeuten habe?

Der Prinzipal wollte nicht mit der Sprache heraus. Schließlich, unter vielem Drucksen: nun ja, es seien Gerüchte im Umgang, von einer Verstimmung des Publikums, die sich gegen ihn richte, von irgendeiner Aktion, die gegen ihn geplant sei; ob er es nicht auch für geraten halte, dem zuvorzukommen und für eine kurze Weile aus dem Blickfeld zu verschwinden, bis Gras über der Geschichte gewachsen sei.

Der Schauspieler lachte auf. Er wüsste nichts von Gerüchten und Verstimmungen. Wenn es solches Gerede gäbe, so wüchse es in der Nähe des Theaters und sei auf irgendeinen ungeduldigen lieber Kollegen zurückzuführen. Er dächte nicht daran, irgendjemandem den Gefallen zu tun und auf eine Weile zu verschwinden, was manchem so passen könnte, und sei Manns genug, sich seinem Publiko und jedem albernen Gerüchte persönlich zu stellen. Und erwarte nur von seinem Prinzipal, dass er ihn nicht feige im Stiche lasse und ihm die Stange halte, was immer geschähe.

Der Prinzipal beteuerte: Was er gesprochen habe, sei zu seinem, des Schauspielers, Vorteil und gegen seinen eigenen Nutzen geredet gewesen. Jener müsste wissen, dass er ihm lieber und werter als irgendeiner seiner Kollegen sei; und er würde eher seine Truppe auflösen, als sich von seinem liebsten und besten Mitgliede trennen. Er hätte nur eben gedacht, dass es sinnlos wäre, die unberechenbare Bestie zu reizen und dass es auf den einen Abend nicht ankäme, auch ihm, dem Schauspieler, nicht ankommen könnte.

Da wurde der Schauspieler wütend: Auch nicht auf einen Abend werde er verzichten. Selbstverständlich spiele er heute den Samson und kein Anderer, und wenn er ihn heute nicht spiele, nie wieder und auch keine andere Rolle an diesem Theater. Was denn zum Teufel los wäre? Er sei des Geredes von den Gerüchten müde. Wenn einer etwas Wirkliches wüsste, solle man es ihm sagen, aufrichtig, ins Gesicht, aber sonst solle man ihm mit dem Geschwätz vom Halse bleiben.

Nun war der Prinzipal nicht der Mann dazu, seinem Lieblingsmitgliede und Favoriten etwas Unangenehmes aufrichtig ins Gesicht zu sagen, er gab die Sache auf und schwieg. Und der Schauspieler verließ, in heftiger Erregung, das Theater.

Unterwegs begegnete er einigen Bürgern, die er, von Ansehen, zu kennen glaubte. Es kam ihm vor, als schielten sie verlegen nach der anderen Seite, um sich dem Zwange, grüßen zu müssen, zu entziehen.

Zu Hause angelangt, ordnete er an, dass man ihm sein Essen in sein Arbeitszimmer bringe. Dann schloss er sich ein und verbrachte den Nachmittag allein, indem er noch einmal, wie es seine Gepflogenheit war, wenn er des Abends zu spielen hatte, seine Rolle durchsprach. Einen Versuch, das Studium des Rinaldo fortzusetzen, gab er bald auf, da er die dafür nötige Ruhe und Fassung nicht aufzubringen vermochte.

So kam der Abend heran, und der Schauspieler begab sich zur rechten Zeit ins Theater. Er sah nicht rechts noch links, sprach mit keinem der Kollegen ein Wort, sondern ging graden Weges in sein Ankleidezimmer, zog sich in Ruhe an und machte, sorgfältig wie immer, seine Maske und seine Perrücke zurecht. Er wartete, bis ihn die Klingel des Spielgehilfen rief, dann betrat er die Bühne. Hier herrschte ungewöhnliche Unruhe, fiebrige Bewegung. Wenigstens schien es ihm so. Aber er kehrte sich nicht daran, schien sie nicht zu beachten. Alles starrte ihn mit jener unverhohlenen, unverstellten Neugierde, die das Einzige ist, was Schauspieler nicht zu verstellen vermögen noch versuchen, gespannt an. Er ging durch die Blicke durch, auf seinen Platz. Die Kleine stand bereits an der Stelle ihres Auftritts, hinter der Kulisse allein, unbeteiligt, gleichgültig, unbewegten Gesichts, wie immer, ohne jedes Zeichen einer Erregung. Er sah sie an, sein Blick glitt an ihrem Gesicht vorüber, kein Zucken der Wimper verriet, dass sie ihn bemerkt hatte.

Der Spielleiter trat an den Vorhang und guckte durch das Loch ins biegend voll besetzte Haus, dann warf er einen letzten Blick auf die Anordnung der Menschen und Gegenstände auf der Bühne, nickte, winkte dem Gehilfen und trat von der Szene in die Kulisse. Das Summen auf der Bühne brach jäh mit einem kurzen Ruck ab, alles nahm Haltung und der Spielgehilfe gab das Zeichen. Der Vorhang hob sich.

Lautlose Stille webte über dem Raum. Kein Atemzug ging hörbar.

Die Hochzeit zu Thimnath wurde gefeiert. Samson saß mitten unter den Philistern. Alle Blicke suchten nach ihm. Man fand ihn nicht gleich. Da rief einer von den lärmenden Gästen des Festes nach Samson und Samson erhob sich. Schwer, breit, mächtig unter der gewaltigen Flut des wallenden Haares, und seine Stimme rollte donnernd Kaskaden einer festlichen, siegessichern, von sich und der Welt trunkenen Heiterkeit, unter der verhaltenes Drohen schwoll, hochzeitlich jauchzend und gefährlich zugleich, hinaufreißend und niederzwingend, dass sie gleich blitzenden Augen sich in den Blick der Bestie bohrte, gleich unwiderstehlichen Händen in der Bestie Nackenmähne sich versenkte. Und, gebändigt, schmiegte die Bestie sich zu des mühelosen Siegers Füßen. Denn in der atemraubenden Spannung, in der er sie, die Faust gleichsam an ihrer Gurgel, ohne nachzugeben hielt, merkte keiner von denen unten, dass der oben mit einer ins Unendliche erhöhten Anstrengung spielte, wie einer, der fühlte, dass, wenn er auch nur eine Sekunde, nur den Bruchteil einer Sekunde nachließe, die Bestie ihm an den Hals springen und den Verlorenen in Stücke reißen würde. Gelang es ihm, den ersten Aufzug, in dem er nicht von der Bühne kam, auf derselben Höhe zu halten, dann war er seiner sicher, dann wusste er, konnte er Atem schöpfen, in sich Füllbecken neuer Kräfte, den Kampf frisch von Neuem aufzunehmen. Und so wuchs und steigerte sich sein Spiel von Szene zu Szene und erreichte seinen höchsten Punkt in dem stillen Auftritt mit der Braut, der, grade weil er still war, am meisten gehaltene Kraft von ihm erforderte, sodass ihm, nach diesem Höchstmaß des Aufwands, der wilde Streit mit den Philisterfürsten am Ende des Aktes, fast mühelos zu gelingen schien. Als er die Bühne verließ, war es ihm, einen Augenblick, als müsse er zu Boden sinken. Draußen blieb es ganz still, bis sich auf einmal die verhaltene Erregung in einen ungeheuren Beifall auflöste. Beides drang kaum bis an sein Bewusstsein, er spürte es nicht, dass Spielleiter und Prinzipal auf ihn zustürzten, ihn beglückwünschten, ihn vor die Rampe stießen, wo ihn erneuter Beifall empfing, und atmete erst auf, als er, in seinem Ankleideraum allein, in seinen Lehnstuhl fallen konnte.

Der zweite Aufzug begann. Als er einsetzte, schien die Spannung im Zuschauerraum, am Ende des ersten Aktes von der Kunst des Schauspielers zu einer Siedehitze geführt, über die es kein Hinaus gab, wie von selbst nachgelassen zu haben, verebben zu wollen. Eine ruhige, zuwartende, versöhnlich gewordene Stimmung lag über dem Hause, von der anderer Abende kaum mehr zu unterscheiden. Dalila zeigte sich, in ihrem Hause am Bache Sorek, unter den Mägden, sang ihr Lied. Die Kleine, ohne jedes merkliche Zeichen einer Erregung, spielte ihre Rolle ein wenig unbeteiligt, kühl, ließ auch ein wenig kühl. Ihre eckig scheue Anmut und Jugend gefiel, ohne aufzufallen, rührte, ohne aufzurühren. Die Fürsten der Philister traten auf. Und in dieser Szene geschah es, dass einer der Schauspieler, eben jener, der heute in seiner Rolle neu war und um dessentwillen die Probe des Vormittags hatte stattfinden müssen, des genauen Wortlauts noch nicht mächtig, eine Tirade seines Textes übersprang und seiner Partnerin Dalila das richtige Stichwort, auf das sie wartete, zu bringen vergaß. Die Kleine, in dem Ungeschick ihrer Anfängerschaft und der Erregung des Abends, der sie doch wohl stärke unterworfen war, als es bisher den Anschein hatte, einer solchen Lage nicht gewachsen, machte eine Pause, statt dort einzusetzen, wo jener aufgehört hatte, wartete, schaute hilflos auf die Mitspielenden und begann, als ihr keiner zu Hilfe kam, mit dem nächsten Satz ihrer Rolle, ward dessen inne, dass Rede und Gegenrede nicht zueinander passten, unterbrach sich, geriet, sich verbessernd, in einen andern Satz und machte so ihre Zuhörer, die sonst so wenig wie irgendein anderes Publikum des fehlenden Zusammenhangs gewahr geworden wären, stutzig und auf den Fehler aufmerksam. Eine Unruhe entstand, leise erst, dann stärker, ein Kichern wurde hörbar, blieb, verbreitete sich und haftete sich, von diesem Augenblicke, an jede ihrer Reden, der man, statt dem schuldigen Partner, die Ursache des Versehens zuzuschreiben geneigter war. Die Kleine schien den Widerstand zu spüren, wurde immer verlegener, ängstlicher, ratloser, stockte, stotterte, versprach sich, was jedes Mal mit immer lauterer Heiterkeit beglichen wurde. Endlich kam Samson und setzte gleich mit solch äußerstem Ausmaß an Kraft ein, dass er das Publikum, wie man ein wildes Tier durch einen einzigen kühnen Schlag auf den Kopf bändigt, in seine frühere Ruhe zurückwarf. So standen sie lauernd einander gegenüber und sahen einander ins Weiße des Auges, wer der Stärkere sei, der Starke und die gebändigte, nicht beruhigte Menge. Da wollte es das Missgeschick dieses Abends, dass die erste Replik, die Dalila höhnisch dem Samson zuwarf, in ihren Worten blitzartig den ganzen Zusammenhang der Dinge erhellend aufdeckte:

»So geh zu deiner Braut, der Jungfrau keusch und rein!«

Und in diesem Augenblick geschah es. Das ganze Publikum, im Parkett, in den Logen, in den Rängen, erhob sich und schrie: »So geh zu deiner Frau!«, und »Hinaus! Fort! Die Dirne! Die Metze! Hinaus mit ihr! Fort mit ihr!« Und, ihren Ton aufnehmend, im Gleichtakt brüllend: »So geh zu deiner Frau!«

Die Kleine stand kreidebleich unter der Schminke, an allen Gliedern zitternd, zum Zusammenbrechen. Der Schauspieler sah sie an. Ganz zufällig war sein Blick über sie geglitten, und dann ein zweiter verlorener auf die da unten, deren Heulen und Johlen wie aus einer weiten Ferne zu ihm kam, und dann wieder zurück zu ihr. Was war das alles? Ging es ihn an? Was hatte es zu bedeuten? Irgendetwas Seltsames ging in ihm vor. Er fühlte es herankommen, aufsteigen. Wie eine eisige Kälte zuerst. Er war ganz kühl, ruhig, still geworden. Ob das, was jetzt kam, im nächsten Augenblick kommen musste, für den Rinaldo zu brauchen war? Seltsam, diese Kleine da, dieses zitternde, zusammenbrechende Häufchen Unglück wollte die Armida spielen! Lächerlich! Das konnte sie nie. Die Armida! Seine Armida! Aber leid tat sie ihm. Zum Weinen, zum Schreien leid. Und ein Weiches, Dunkles, Rotes, nie Gefühltes wälzte sich über sein Bewusstsein. Mit einem Satze sprang er auf sie zu, riss sie hoch, zog sie an sich, stürzte, die fast Leblose fest in seinen Arm geschmiegt, bis an die Rampe und schrie, mit der äußersten Kraft seiner Lungen, in die tosende Menge hinein: »Philister über dir, Samson!«

Das Publikum, verdutzt, stutzte, fuhr zurück, schwieg. In diesem Augenblick flatterte aus einer der im Proszenium gelegenen Logen, derselben, in der die fürstlichen Persönlichkeiten mit ihrem nächsten Gefolge saßen, ein weißer Zettel auf die Bühne, dem im nächsten Augenblick, aus dem ganzen Hause, ein ganzer Hagel von Geschossen aller Art, faulen Eiern, Obstschalen, Papierknäueln und allem, was den Händen erreichbar war, folgte, begleitet von einem Wutgeheul ohne Gleichen und ohrenzerreißendem Zischen und Pfeifen. Der Schauspieler stand hochaufgerichtet, unsägliche Verachtung im Gesicht, und streckte den freien Arm, als wollte er sprechen. Da sprang der Spielleiter, der noch Ärgeres befürchten mochte, auf die Bühne, riss ihn zurück, gab ein Zeichen und der Vorhang fiel.

Der Schauspieler trug die Kleine, die noch immer leblos in seinem Arme hing, in seinen Ankleideraum, war in einem Nu umgekleidet, schlug einen Mantel um sie und brachte, unabgeschminkt, durch den Haufen der gaffenden und triumphierend nachgrinsenden Kollegen durcheilend, die kaum Erwachte und von allem, was mit ihr vorging, Ahnungslose in ihre Wohnung, die er in wenigen Minuten erreichte, während die wütende Menge noch immer vor dem geschlossenen Vorhang tobte und brüllte.

12.

Am nächsten Tage traf ein in freundlichen Worten gehaltenes Schreiben des Prinzipals ein, in dem, ohne der peinlichen Vorgänge Erwähnung zu tun, dem Schauspieler bis auf Weiteres ein Urlaub erteilt wurde, womit man seinen Wünschen Entgegenkommen zu beweisen wähne, verhoffend, dass ihm, nach der ihm allseits gewünschten und gegönnten gründlichen Ausheilung seines offenbarlich sehr angegriffenen Gesundheitstandes, noch reichlich Zeit verbleiben würde, sich mit der Vorbereitung seiner neuen Rolle, des Rinaldo, von deren Gelingen man sich für ihn und für die Truppe so viel Schönes verspräche, zu beschäftigen. Der Urlaub kam dem Schauspieler sehr gelegen, denn er hätte sich in diesen Tagen außerstande gefühlt, mit Menschen zu sprechen, am wenigsten, da sein Freund, der Sekretär, verreist zu sein schien, mit denen des Theaters. Seine Hausfrau hielt er sich vom Leibe, indem er sich das Essen in sein Arbeitszimmer bringen ließ, das er absperrte und tagsüber nicht verließ.

So blieb er mit sich und seinem Spiegelbild allein, so allein, wie er sich kaum erinnerte, je in seinem Leben allein gewesen zu sein. Er tat nichts. Seine ganze Beschäftigung bestand darin, dass er, ohne Unterbrechung, in seinem Zimmer auf und ab ging, ruhelos, der Quere des Zimmers nach, auf und ab, ohne zu denken, fast ohne zu fühlen, kaum, dass die Erinnerung an die gestrigen Vorgänge flüchtig an sein Bewusstsein streifte, ganz nur dem Chaos in seinem Innern sich überlassend, aus dem sich ihm, langsam, in schattenhaft gespenstischem Umriss, etwas wie eine Gestalt zu formen begann. Und so oft sein Blick an sein Bild im Spiegel traf, war es ihm, als spürte er die leise Andeutung einer sich ankündigenden Verwandlung in seinem Gesichte, und sie, bei jedem Gange durchs Zimmer aufs Neue an sich zu entdecken, ging fast wie eine Verführung vom Spiegel aus, der zu widerstehen ihm nicht leicht wurde. Aber noch wagte sein Wunsch sich an den Rinaldo nicht heran.

Und mit den wachsenden Schatten der Dämmerung wuchs die Leere in ihm, wuchs die Verwirrung. Mit schreckhaft wüsten Fratzen fielen, aus seiner Einsamkeit; die kleinen Hunde der Verzweiflung ihn an und schnappten nach ihm, ruheloser wurde sein Schritt und gehetzter, und aus dem Dunkel stiegen, mit höllischem Atem, unheimliche, unerträglich schwüle Wünsche in ihm auf und jagten ihn aus seinem Alleinsein.

Das Gedächtnis der gestrigen Nacht wurde wach. Wie ein Unheimliches tauchte sie vor ihm in einer nebeligen Ferne auf, wie ein Nachtgesicht, dem die Helle des Tages Wirklichkeit und Möglichkeit bestritt und das erlebt zu haben den sich seines Selbst Schämenden, an seines Wesens Einheit verzweifelt irre Werdenden mit einem Schauder vor sich selbst erfüllte. Er sah das Geheimnis dieser Nacht, ihm unverständlich und unfassbar, ohne deutliche Vorstellung, in einer undurchdringlichen Wolke von Blut und Schmutz, und sich selbst darin wie einen Andern, Fremden, Dinge tuend, Bewegungen vollführend, von denen sein Wille nichts wusste, in fremden, ihm völlig neuen Gefühlen, mit Kräften, von deren Besitz er nichts geahnt hatte, aus Tiefen seines Wesens herauf, in deren Bezirk sich seine Ahnung noch nie gewagt hatte, die er zum ersten Mal, als ein unheimlich, unwiderstehlich Wirkendes in sich spürte. Und sein im scheidenden Lichte des Tages grausam waches Bewusstsein vermochte nicht, sich vorzustellen, dass er derselbe sei wie jener in der Berauschung der Nacht von wüster Gier und verwegenen Wünschen Geschüttelte, zwischen dem überströmenden Hochgefühl erobernder Kraft und der letzten Schwäche wollüstig erbettelter Demütigung willenlos Taumelnde.

Er hatte, in seinen Armen fast, die Kleine aus dem Theater in ihre Wohnung getragen. Ohne zu denken, ohne

zu wissen, was er tat, wohin es ging, war er, von ungeheurer Wut und einer unbestimmten Begierde ge-
peitscht, wie blind, in nachtwandlerischer Sicherheit, die
Treppen hinaufgestürmt, hatte sie auf das Lager gewor-
fen, sich auf sie gestürzt und war, mit rasenden Küssen
sie in ein halbes Bewusstsein weckend, über sie hergefallen, beide in den Kleidern noch, Reste der Schminke um
die Augen und auf den Lippen, Mund in Mund und
Leib in Leib vergraben. Ohne sich zu wehren, ohne Erstaunen hatte es die Kleine wie ein Selbstverständliches
hingenommen, hatte seinen Sturm, in willenloser Hin-
gegebenheit, wie im Traume, über sich ergehen lassen.
Noch war sie kaum erwacht, da hatte er ihr und sich die
Kleider vom Leibe gerissen, um sich zum andern Male
über sie zu werfen, mit einer Gier, die sie nie an ihm, die
er noch nicht an sich gekannt hatte. Aber nachdem sie
dem erneuerten Ansturm seiner Gefühle nachgegeben
hatte, da hatte sich in dem Weibe, das müde und erschöpft, mit verschleiertem Blick der überwimperten
Augen, in seiner Schwäche dazuliegen schien, zum ersten Mal, leise zuerst und dann triumphierenden Stolzes,
das Bewusstsein seiner Macht zu regen begonnen. Aus
dem verlangenden Zittern dieser männlichen Lippen,
aus dem Strecken und Tasten der Hände, aus dem demütig irren Blick dieser hungrigen Augen war es ihr zu-
geflossen, in blitzartiger Erkenntnis, wie sehr dieser
Mann ihr verfallen war. Noch war kein Wort zwischen
ihnen gesprochen worden, aber jeder seiner Küsse bettelte um Verzeihung für eine Schuld, die er auf sich
nahm, ohne von ihr zu wissen, nicht um der Schuld,
aber um der Verzeihung willen. Und nun hatte sie mit

ihm zu spielen begonnen, hatte, um ihn zu reizen, den Schein eines Widerstandes vorgetäuscht, der, ihr nicht ernst, ihn bis zur Raserei gebracht hatte, hatte nicht geruht, ehe nicht der Körper des starken Mannes sich, von Tränen geschüttelt, zu ihren Füßen wand, die er mit demütigen Küssen bedeckte, hatte, hochaufgerichtet wie eine Königin über ihrem Sklaven, ihre kleinen Zehen in das Gewirr seiner Haare gebohrt, ihn mit den Füßen fortgestoßen und immer wieder fortgestoßen, bis er gekrochen kam und, wie ein Hund, seinen Kopf an ihre Knie schmiegte. Und dann hatte sie ihn, mit schmutzigen Worten der Gasse, verhöhnt und beschimpft, und hatte ihn geschlagen, mitten ins Gesicht. Zwischendurch freilich hatte er sich aufgebäumt und, was sie dann alles ruhig und ohne ein Zeichen des Widerstandes mit sich geschehen ließ, in der Wut, die ihn übermannte, wild auf sie losgeschlagen, bis Blut kam, und war über sie hergefallen, um im nächsten Augenblick wieder vor sie hinzuknien und winselnd ihre Vergebung zu erflehen, und sie zu bitten, ihn wieder zu schlagen. Und jeder ihrer Schläge hatte sein Verlangen gesteigert, bis er ihr, in sinnloser Besessenheit, völlig zu eigen ward. Und sie hatte ihn schließlich gezwungen, ihr zu schwören, dass er alles tun werde, was sie ihm befehle, und sie die Armida spielen lassen und seine Hausfrau davonjagen und sie, die Kleine, in sein Haus nehmen und heiraten werde, wenn sie es wolle. Und er hatte alles zugesagt, ohne zu wissen, was er sprach.

Bis in den grauenden Morgen hatte dieses Ringen gewährt und seine Kräfte so völlig erschöpft, dass er, als er sich schließlich fort und nach Hause stehlen musste, von

dem Erlebnis der Nacht so ausgehöhlt und erinnerungs-
los ankam, als trennten ihn Jahre von den Vorgängen
des gestrigen Abends.

In den furchtbar langen Stunden dieses einsamen Tages hatte seine Erinnerung, von Scham gebändigt, sich
nicht an das Bild der Nacht gewagt. Aber nun, da das
Dunkel des Abends hereinbrach und auf das Dunkel
seiner Seele losstürmte und ihre Kräfte der Fesseln ent-
band, stieg alles wieder in ihm hoch, in seinen Sinnen
dieselbe Gier, in seinem Blute dieselbe brennende Sehnsucht nach der Kleinen, nach ihrem jungen, schmalen,
sich bäumenden Leibe, Verlangen, dasselbe noch einmal
zu erleben, dieselbe Wollust, zu überwältigen und die
größere, sich zu demütigen, noch einmal zu erleben,
nein, noch mehr davon, noch Schändlicheres, noch Wol-
lüstigeres zu erleben, in nie gekannten Zeichen und Erschütterungen, die ihm seine Einbildungskraft, aus dem
Dunkel wogender Farben, lockend vorhielt. Und vor
ungeduldiger Erregung zitternd, griff er nach Hut und
Stock, warf den Mantel um und stahl sich aus dem Hause.

Er schlug den wohlbekannten Weg ein, stand in dem
dunkelgewordenen Gässchen, blickte nach den verhäng-
ten Fenstern, sie blieben unbeleuchtet. Er schlich die
Treppe hinauf, stand, horchte an der Türe, klopfte leise,
niemand öffnete. Er beugte sich zum Schlüsselschloss
nieder, horchte wieder. Wie? Täuschte ihn sein Ohr? Äff-
te ihn seine Einbildung? War es ihm nicht, als hörte er
drinnen das Flüstern leiser Stimmen? Er pochte stärker
an die Türe. Niemand kam. Er horchte nieder. Alles war
still. Er musste sich getäuscht haben. Er klopfte noch

einmal, aus Leibeskräften, an die verschlossene, starre, stumme Türe. Aber niemand erschien, ihm aufzutun. Er konnte es sich nicht erklären. Wo konnte sie sein? Mit wem? Sie ging ja nie aus, nirgends hin, als ins Theater, in dem sie heute nichts zu tun hatte, nach den gestrigen Vorfällen nicht sein konnte, pflog keines Verkehres, auch mit den Leuten der Truppe nicht. Quälende Zweifel, neue Fragen stürmten auf ihn ein. Immer wieder horchte er, nichts, pochte er, nichts, horchte er, pochte er. Endlich schlich er sich wieder leise davon und trug seine mit neuer Qual wollüstig-schmerzlich gemischte Gier auf die Gasse.

Er schleppte sich, mit mühselig langsamen, unentschlossenen Schritten, den Mantel hochgezogen, dass er sein Gesicht verdeckte, durch den Abend winkeliger Nebengässchen. Es trieb ihn, ohne dass er sich dessen deutlich bewusst ward, in die Nähe der verrufenen Gegenden der Stadt, in die ihn bisher sein Schritt noch nie getragen hatte. Lange zögerte er, bevor er die finsteren und hässlichen Gässchen betrat. Weiber tauchten vor ihm auf, geputzte und geschminkte, die an ihn anstießen und ihm frech ins Gesicht lachten. Ihn ekelte vor ihnen, aber der Ekel steigerte seltsam seine Gier. Sie bogen um die Straßenecken und er folgte ihnen. Er konnte sich zu keiner entschließen, aber auch dies Folgen, dieses hinter ihnen drein Schleichen steigerte seine Gier. Aus hellbeleuchteten Fenstern lärmte eine grelle Musik und die große, überlichte Nummer über der Haustüre kündete die Art der gastlichen Stätten. Und auf einmal war er in eines der Häuser geraten und in jener Nacht geschah es ihm zum ersten Mal, dass er, in den Armen von Weibern, vor denen ihm graute, mit kaltem Herzen und erhitzten Sinnen, das heiße Spiele das ihn die Kleine im Taumel traumhaften Rausches gelehrt hatte, mit wachem Bewusstsein wiederholte.

Am nächsten Abend suchte er die Kleine auf und fragte sie auf den Kopf zu, warum sie ihre Türe vor ihm verschlossen habe und was das verdächtige Flüstern, das er deutlich hinter der verschlossenen Türe vernommen habe, zu bedeuten gehabt habe. Sie beteuerte, ohne die mindeste Verlegenheit zu verraten, er müsse sich getäuscht haben: Weder sie noch sonst jemand sei in der sorgsam abgeschlossenen und abgeriegelten Wohnung gewesen. Da er es bei seinem Abschiede unterlassen habe, sein Wiederkommen zu verabreden, und sie auch während der folgenden Frühstunden vergeblich auf die zwischen ihnen gepflogene Verständigung habe warten lassen, habe sie den schönen Tag genutzt, um über Land zu gehen und eine befreundete Familie, deren Verkehr ihr lieb und von Nutzen sei, weswegen sie in der nächsten Zeit einen häufigeren Gebrauch davon zu machen gedenke, zu besuchen. Bei den gastfreundlichen Leuten, die ein ansehnliches Gut in der Nähe bewirtschaften, sei sie, ihrem Drängen nachgebend, über Nacht geblieben. Er fühlte, dass sie log, und ließ sie schwören. Sie schwur, ohne sich einen Moment zu besinnen, ohne mit der Wimper zu zucken, ruhig und gleichmütig. Aber dann begann sie dasselbe Spiel wie ehegestern, nur, wie um ihn dafür zu strafen, dass er sie zum Eide gezwungen hatte, noch frecher, schamloser, feindseliger, als wollte sie ihm zeigen, dass er, wüsste er selbst, dass sie ihn betrüge, es hilflos, demütig, zähneknirschend hinunterschlucke müsste, gezwungen, ihr auch dafür wie für eine Gnade zu danken, weil er alles, was von ihr kam, Gutes und Böses, als Gnade hinzunehmen hatte. Und er nahm auch das hin, wie einen neuen Reiz, seine Gier zu steigern, aus deren Übermaß er, wie er aus seiner Erniedrigung und Schwäche neue Kraft sog, sich, in einer noch dunklen, dankbaren Ahnung neue Schwingen seiner Seele wachsen fühlte.

An den nächsten Abenden widerfuhr es ihm öfter, dass er die Kleine nicht zu Hause antraf. Dann hielt er sich nicht erst lange mit vergeblichem Warten auf, sondern nahm gleich den ihm schon vertrauten Weg durch die Winkelgässchen in jenes verrufene Quartier, in dessen Freudenhäusern er wechselnde und willige Gelegenheit fand, das in den Armen der Kleinen mit allen Qualen und Opfern der Seele heiß Erworbene, kalt geworden, innerlich unbeteiligt, als das leichte Handwerkliche einer schweren Kunst, zu üben, wie der Schauspieler die Rolle, die er zum ersten Mal mit Anspannung aller seiner Kräfte, mit aller verzehrender Inbrunst des Erlebnisses und der Empfängnis, sich neu erobert hat, an den andern Abenden in freigewordener Beherrschung seiner Kunstmittel, gewissermaßen aus dem Handgelenk, mühelos bewältigt. Um unerkannt zu bleiben, wählte er mitunter allerhand Verkleidungen, machte sich, mit großer Mühe und Sorgfalt, Masken, Perrücken und Bärte zurecht und es bereitete ihm nicht geringen Spaß, die Besonderheit seiner Maske bis ans Ende und so täuschend durchzuführen, dass die Weiber ihren Gast des vorigen Abends nicht wiedererkannten. Und grade in der Verbindung mit schauspielerischer Verwandlung sein Erlebnis der Ekstase bis an den Rand der letzten Entladung zu führen, erhöhte dem Schauspieler den Reiz dieser kleinen nächtlichen Abenteuer seiner Seele und seines Körpers.

So verbrachte er die Abende seines Urlaubs abwechselnd zwischen der Kleinen und den gemieteten Weibern.

Tagsüber arbeitete er am Rinaldo. Langsam begann es, sich in ihm zu gestalten. Er suchte, aus den Erinnerungen seiner Nächte, alle die künstlichen Steigerungen und Spannungen seiner Ausbrüche hervor und übertrug sie, aus seiner Vorstellung, mit dem gesammelten und geballten Willen eines indischen Derwisches, vor dem Spiegel aus seinem nackten Körper. Schon spürte er dieselbe dunkle Kraft, die er nächtens auf die Weiber, die ihn nächtens unter die Weiber warf, nach Gestaltung ringend, auch im Kampfe mit der Rolle sich regen. Aber noch war zu vieles Chaos in ihm, zu große Verwirrung. Und zerrann, wenn das gegebene Wort Klarheit von ihm forderte. Noch war er nicht frei, nicht sich, nicht der Rolle gegenüber. Und was ihn nachtsüber reicher machte und tiefer, band ihn des Tags, band ihm die Zunge. Mitten in der Sehnsucht nach der Lust nächtlicher Knechtschaft, wartete er auf Erlösung, harrte er des Ereignisses, das kommen musste, ihn zu befreien. Die Gifte der klugen Giftmischerinnen, schon rasten sie in ihm, aber die letzte Weisheit und die letzte Kunst war noch nicht in ihrem Rasen.

Von den namenlosen Schmähbriefen drang in diesen letzten Tagen keine neue Kunde zu ihm. Vielleicht, weil er sich von der äußeren Welt so gut wie völlig abgeschlossen hatte; es konnte aber auch sein, dass die geheimnisvolle Schreiberin mit jenem Lärmvorgange im Theater ihr vorläufiges Ziel erreicht sah und ihre bodenunterwühlende Tätigkeit einzustellen oder für eine Weile zu unterbrechen beschlossen hatte.

13.

Man sprach während dieser Tage im Theater von nichts Anderem als vom Schauspieler. Er hatte selbst den aufregenden Gesprächsgegenstand der Briefe für eine Weile aus den Gesprächen verdrängt.

Der Prinzipal zeigte ein besorgtes Gesicht. Ob der Unersetzliche, äußerte er sich zu seiner Frau und dem alten Spielleiter, sich denn auch wirklich erholen würde; er habe ihn durch sein verstörtes Wesen, das ihm schon lange an jenem aufgefallen sei, in der letzten Zeit richtig erschreckt; ob er den Urlaub auch wirklich zum Studium des Rinaldo ausnützen werde; ob man es denn wagen könne, den unfasslicherweise in Ungnade Gefallenen dem Publico in dieser neuen gefährlichen Rolle vorzusetzen; ob sich dann nicht dessen Wut gegen ihn erneuern würde und was man dazu tun könne, solchem vorzubeugen.

Der vielerfahrene Spielleiter riet, erst Gras über die Geschichte wachsen zu lassen: Es würde nichts so heiß gegessen, wie es gekocht würde, und beim Theater käme immer alles anders.

Aber die Frau des Prinzipals meinte, an allem sei das junge Ding, die Kleine, schuld; das käme davon, wenn alte Männer, denen man doch mehr Verstand zutrauen sollte, hinter jeder Schürze her wären. Und wenn der Schauspieler von ihr nicht lassen wolle, dann solle man sie einfach zum Teufel jagen. Das wäre allen zum Vorteil: Der Schauspieler, an dessen Hausfrau man schließlich auch zu denken habe, würde sich mit der Zeit beruhigen, und das Publikum, auf dessen Gunst der Prinzipal angewiesen sei, hätte seinen Willen.

Aber das wollte der Prinzipal auch nicht recht: Die Kleine sei doch recht begabt und verwendbar, und überdies hätte er Anzeichen, dass sie sich neuestens auch höheren Orts einer gewissen Beliebtheit zu erfreuen beginne.

Die Schauspieler hatten allerlei munkeln gehört.

Ob er denn so bald wieder auftreten werde? Es solle mit seiner Gesundheit nicht zum Besten stehen? Fragte der erste Liebhaber, der einige von des Schauspielers Partien nachspielen durfte, ernstlich besorgt. Und die Salondame bestätigte, auch sie habe gehört, dass er mit seinen Nerven am Ende sei.

Schlimmer, urteilte der Tenor und deutete mit dem Finger auf die Stirne, man spreche von Gemütserkrankung, von einer bedenklichen Störung und Verwirrung der Sinne: mit einem Worte, er sei dem Trübsinn nahe und drauf und dran, den Verstand zu verlieren.

Er habe die hinfallende Sucht, meinte die komische Alte.

Natürlich die hinfallende Sucht, scherzte der père noble; er trinke eben.

Trinke, setzte der Intrigant fort, weil ihm ja sonst nichts übrig bleibe, da er nun einmal eingesehen habe, dass es mit seiner Begabung und seiner Kunst vorbei sei.

Zum Mindesten mit seinem Gedächtnisse, hatte der Bonvivant gehört, das er völlig verloren haben solle. Sei es doch ihm selbst aufgefallen, wie jener bei der denkwürdigen Aufführung des Samson an dem Kasten des Einbläsers geklebt habe.

So? An dem auch? Fragte die Heroine. Sie hätte nur gemerkt, wie er am Busen, wenn man so sagen könne, der Kleinen geklebt habe, sodass man sie nicht voneinander habe bringen können und sie gemeinsam nach Hause habe schaffen müssen.

Mit der Kleinen sei es aus, wusste die Naive. Er habe sie mit dem Erbprinzen erwischt, sie geprügelt und aus ihrer eigenen Wohnung hinausgeworfen.

Da habe er Glück gehabt, tröstete die Heroine, wenn er sie bloß mit dem Erbprinzen erwischt habe.

Und das habe ihn so aus dem Häuschen gebracht, begriff der Tenor, dass er zu trinken begonnen und sein Gedächtnis verloren habe.

Der arme Mann, weinte der erste Liebhaber, da werde er wohl so bald nicht wieder spielen können.

So bald? Neckte der Bonvivant, es sei überhaupt nicht daran zu denken, dass er je wieder die Bühne werde betreten können.

Und der Intrigant bestätigte, damit sei es aus, für alle Zeiten.

Nun, entschuldigte der père noble, sei es da ein Wunder, wenn einer aufs Trinken verfalle?

Ach was, bestritt die Heroine, er trinke nicht, sondern treibe es mit Frauenzimmern.

Und die Salondame wollte gehört haben, er sei sogar einmal in einer berüchtigten Gegend der Stadt gesehen worden.

Da lachte die Naive auf: mit Frauenzimmern, in einer berüchtigten Gegend einmal gesehen worden! Er wohne in Freudenhäusern, und was er Tag und Nacht mit den ausgepichtesten Huren der Stadt triebe, das wisse sie, durch Zufall, ganz genau und schickte sich an, zu erzählen.

Alle blickten auf Rigolo und dieser, mit dem ernsthaftesten Gesicht von der Welt, begann: Sie hätten alle recht und es sei wahr, der Schauspieler trinke und hure mit den Huren, was sogar mitunter bekömmlicher sei als mit den naivsten Gänsen, und beides so ausgiebig, dass ihn die jüngsten Gelbschnäbel und Liebhaber darum beneiden könnten, und er habe sein Gedächtnis und seine Kunst und seinen Verstand verloren, den der Tenor leider nicht gefunden habe, und leide an der fallenden Sucht, an Melancholie und hypochondrischem Gemüt und an der Pest und Cholera obendrein und sei gestorben und begraben und fange bereits an zu verwesen, aber in vierzehn Tagen vermutlich werde er wieder auferstehen und wieder auftreten, mit einem funkelnagelneuen Gedächtnis und einem Rinaldo, dass ihnen allen in ehrlichem kollegialen Mitgefühl vor Entzücken Hören und Sehen vergehen würde. Was er ihnen, ebenso aufrichtigen Herzens, gern vergönnte.

Die Anderen meinten, er sei ein Spaßvogel und ewiger Witzemacher, den man nicht ernst nehmen könne und bei dem man nie recht wisse, was man ihm glauben dürfe und was nicht. Um den Schauspieler aber sei es schade, um den Künstler ebenso wohl wie um den Menschen und Kameraden, wenn anders man auch nicht leugnen könne, dass er seine Schrullen gehabt, sich mitunter recht hoffährtig und hochmütig gezeigt und gerne abseits gestanden habe, und vertieften sich nun liebevoll darein, auch die anderen Fehler des berühmten Mannes aufzuzählen.

Der Sekretär war in diesen Tagen von der geheimnisvollen Reise, die er mit dem Auftrage des Intendanten unternommen hatte, noch immer nicht zurückgekehrt.

Auch unter den Bürgern der Stadt war allerlei seltsames Gerede über die Abenteuer des Schauspielers im Umgange.

Die Freunde im »Einhorn« saßen bekümmert. Hatte sie schon der Bericht über jene seltsame Theateraufführung mit den Wutausbrüchen, die ein in seiner Sittlichkeit empörtes Publikum gegen den bisher so hoch angesehenen Mann richtete, und mit allem, was drum und dran hing und zur Erklärung des überraschenden Vorganges nachträglich bekannt wurde, mit der Geschichte der sträflichen Beziehung zu einer verführerischen und lasterhaften Schauspielerin, mit der Entdeckung des Geheimnisses durch das Auftauchen der rätselhaften Briefe, mit der darauf erfolgten Störung des häuslichen Friedens, hatte das alles die Braven nicht wenig aufgeregt! Und nun vollends, was der in diesen Tagen besonders geschäftige Notar von den schwirrenden Gerüchten aufgefangen und mitgebracht hatte: Der Freund habe seine Hausehre kurzer Hand aus dem Tempel gejagt, um seine Geliebte zu heiraten; darauf habe des Schauspielers Hausfrau sich schutzflehend an höchstselbst die Fürstin gewandt, habe einen Fußfall getan und es durchgesetzt, dass der Schauspieler in Ungnade gefallen sei; darauf habe man es von oben veranlasst, dass der Prinzipal seinem besten Mitgliede und Stern seiner Truppe gekündigt und ihn stehenden Fußes entlassen habe. Zu guter Letzt habe nun auch die Schuld und Ursache des ganzen Unglücks, eben jene unbedeutende und übel beleumundete kleine Schauspielerin, sich treulos und undankbar von dem Geliebten abgewandt und ihm den Laufpass gegeben, worüber der arme Mann nun völlig den Kopf verloren habe und in einen Trübsinn verfallen sei, in dem er die tollsten Torheiten beginge. Was Wunder, dass die drei trefflichen Getreuen darüber selbst aus dem Häuschen gerieten und an der Welt und ihrer Wirklichkeit zu verzweifeln versucht waren! Der Kaufmann schüttelte nur immer wieder den Kopf, wie es möglich sei, es so weit zu treiben, dass sogar die Hausfrau es erfahren musste und der Friede des Hauses, der nun doch einmal das Heiligste sei, gefährdet würde: Dem ängstlichen Apotheker hatte der Freund, als er ihn das letzte Mal sah und sein hastiges Trinken beobachtete, gleich nicht gefallen und er hatte das Schlimmste, freilich nicht so Schlimmes, befürchtet; und nur der Notar, der sich durch das auch ihn streifende Teilchen des Abglanzes der von ihm gemeldeten verwegenen und abenteuerlichen Dinge für diese als mit verpflichtet empfand, meinte, er verstehe den Schauspieler und die Hauptsache sei, gelebt und genossen zu haben, je toller, umso schöner, wenn er auch andererseits zugeben müsse, dass man auch lieben und genießen könne, ohne gerade Hof und Publikum unbillig und unklug vor den Kopf zu stoßen. Aber alle drei jammerte des verlorenen Freundes, der von solcher Höhe bürgerlicher Angesehenheit durch unglückliche, der besonnenen Beschränkung bürgerlicher Denkweise unfassbare Fehltritte und Verstrickungen in den Abgrund der Schande und Verfemung gestürzt sei.

Andere, weniger Wohlwollende, wussten Anderes. In den bürgerlichen Häusern, in den bürgerlichen Köpfen und den Gesprächen der bürgerlichen Familien wuchs der Schauspieler zu einem Lovelace und Verführer, zu einem Weiberschreck, vor dem man die Fantasien der mit hochroten Köpfen lauschenden Töchter und Jungfrauen zu warnen und zu behüten hatte. Man erzählte einander von unzähligen Liebschaften und Verhältnissen des Unersättlichen. Man raunte von furchtbaren geheimen Lastern und Neigungen. Man schilderte Orgien und Bacchanale der Unzucht, die der Schauspieler in der entfesselten Schamlosigkeit des Lupanars feierte. Man munkelte von Misshandlungen, von Blut und Vergewaltigung, ja es fehlte nicht viel, so hätte man ihm auch Verbrechen und Mord zugeschoben. Den einen erschien er ein rettungslos dem Trunke Ergebener, der in der Sinnlosigkeit seiner Berauschtheit jeder Schandtat fähig würde, den Anderen ein Kranker, ein armer Narr, ein dem Irrsinn Naher oder längst schon Verfallener, der ohne zu wissen, was er tat, das Ungeheuerlichste tat; und Allen als Einer, dem man schon um seines Berufes willen zutrauen durfte, das, was man ihn allabends auf der Bühne verüben sah, tagsüber auch im wirklichen Leben zu verüben. Man bemitleidete seine Frau, der er das Schicksal einer Dido oder Ariadne bereitet hatte. Man weissagte der Kleinen, wenn anders sie nicht schon in ihrem jungen Blute schwamm, dass ihr kein besseres Los, als einer der Frauen Blaubarts beschieden sein würde. Man sah ihn gleich dem rasenden Ajax alles vernichten, was in seine unselige Nähe kam. Der gestern noch der Liebling Aller war, wurde zu einem von Allen Gemiedenen, dem man im weitem Bogen scheu und vorsichtig auszuweichen sich vornahm, wenn er um die nächste Straßenecke biegen sollte. Aber man hörte, trotz den ängstlichen Gefühlen, nicht auf, ihn zu beobachten, und wenn man ihn dann des Abends, den Mantel umgeschlagen, den Hut tief in die Stirne gedrückt, mit dem durch einen umgehängten oder angeklebten Bart vergebens unkenntlich gemachten Gesicht scheu durch die winkeligen Gassen schleichen sah, so war dies nicht angetan, die Fülle der schwirrenden Gerüchte zu zerstreuen oder zu besänftigen.

Sie setzten sich, in anderer Gestalt, auch bei Hofe fort. Die Peinlichkeit der Briefe, die vor der skandalösen Chronik der ersten Gesellschaft nicht haltgemacht, im Gegenteil manche verschwiegene Heimlichkeit in grelles Tageslicht gerückt hatten, der verdrießliche Vorfall jener lärmenden Samsonaufführung, umso verdrießlicher, als auch die Gegenwart der höchsten Persönlichkeiten dem

Ausbruche der Wut nicht Zügel anzulegen vermochte, hatte eine gewisse gedrückte und erkältete Stimmung geschaffen, die sich, mochte der Einzelne und, vor allem, die Einzelne, noch so freundlich für ihn eintreten, gegen den Schauspieler als ihren unmittelbaren Anlass und Anstoß, richtete. Die Hofdame freilich, die allzeit Getreue, verteidigte ihn so warm wie zuvor. Sie bestritt, selbst gegen den Augenschein, sogar die über Freundschaftliches hinausgehende Natur der Beziehung zur Kleinen und erklärte sie als ritterliches Eintreten für die Angegriffene. Aber sie stand allein mit ihrer Auffassung. Die Anderen lächelten. Sogar die kleine Baronin, selbst nicht ohne eifersüchtige Anwandlung, warf ihr vor, nicht sehen zu wollen, was sie nicht glauben wolle, nicht, weil sie nicht glaubte, dass es sei, sondern, weil sie es nicht wollte, dass es sei, was aber, so schade es wäre, doch sei. Und der Intendant bestätigte, indem er, wenn auch nur in Andeutungen, Alles berichtete, was über des Schauspielers Besuche in der kleinen Wohnung der Nachbargasse erzählt wurde, manches mit einem wie beiläufigen Streifen von Einzelheiten, das den Anschein weckte, als könne es von Niemanden als der Kleinen selbst herrühren. Die Hofdame blieb standhaft: Sie könne derartiges vom Schauspieler nicht glauben; und wenn sie es von der Kleinen selbst hörte, würde sie eher annehmen, jene lüge, was sie von der Eitelkeit jeder Frau anzunehmen geneigt sei, als dass sie den Freund, den sie besser zu kennen meine, preisgäbe.

Hierin widersprach ihr der Abbé. An die Leidenschaft und Sinnlichkeit des Schauspielers glauben, meinte er, hieße doch nicht, ihn preisgeben: im Gegenteil, hieße nicht daran glauben an seiner Begabung und an seinem Berufe zum Schauspieler zweifeln. Wenn auch nicht allen Gerüchten, die im Umschweife wären, blindlings zu folgen wäre, so sei doch, bei Lichte besehen, nichts darunter, was einer großen und leidenschaftlichen Natur, wie es die des Schauspielers, wie es jede schöpferische sei, nicht zuzutrauen wäre. Menschen dieser Art und dieser Tätigkeit seien mit anderen Maßen zu messen als Andere, seien tieferen und heftigeren Begierden und Erschütterungen unterworfen, als Andere, und wenn nun noch, wie im Falle des Schauspielers, das hinzukäme, dass ein die Leidenschaft gewissermaßen als Beruf Ausübender in jenes Alter einträte, in dem, wie man es aus des Freundes eigenem Munde wisse, Körper und Seele des Mannes wunderlichen Krisen ausgesetzt seien, wie sollte man es nicht glauben, dass er sich zu manchem Tun fortreißen ließe, das man von Anderen nur mit Kopfschütteln, ja nur mit strenger Verurteilung hinnehmen könnte? Wohl jenem, bei dem eines Tages das schlimmste Erlebnis doch wieder in Werk der Kunst umgesetzt, in Schönheit verwandelt, strahlend ans Licht treten werde!

Die Hofdame dankte dem menschlichen Manne für seine milde und duldsame Erklärung, wenn es ihr auch noch immer schwer und schmerzlich wurde, den Namen des Freundes, dem man so viele Feste der Schönheit danke, in Verbindung mit wüsten und gemeinen Dingen zu hören. Die kleine Baronin gestand, errötend und mit ihrem Kinderlächeln, für sie sei diese Vorstellung gar nicht schmerzlich, sondern, im Gegenteil, eher mit einem gewissen angenehmen Gruseln verbunden und, wenn sie aufrichtig sein solle, mit ihrem Bilde echter Männlichkeit sehr wohl vereinbar. Die anwesenden Herren widersprachen, aber wohl nur, um den anständigen Schein zu wahren, und ihr Protest klang mehr geschmeichelt als beleidigt. Man konzedierte, immerhin, die Schauspielerin als äußerste Grenze des in der Liebe gesellschaftlich Zulässigen, bestritt aber die Möglichkeit, in tiefere Schichten niederzusteigen, als wo eben die Sphäre des Wüsten und Gemeinen beginne. Den Herren, unter ihnen der Domänenrat und der Oberst, die ihre rustikalen Erinnerungen zu vergessen vorzogen, schien die Frage nach der Persönlichkeit der liebenden Tätigkeit im Vordergrund, den Inhalt der Tätigkeit übergingen sie mit Stillschweigen.

Der Intendant erzählte, ihm seien derartige Anwandlungen und Neigungen des Schauspielers schon seit Längerem bekannt und kämen ihm nicht überraschend. So habe er den Mann eines Tages in seiner Wohnung besucht, und da habe ihm jener, mit dem Stolz und der Begeisterung des erfahrenen Kenners, eine kleine Sammlung von Tabatièren und Döschen gezeigt, erlesenen Stücken übrigens, wie er, selbst Kenner und Sammler, bezeugen könne, mit amoureusen Malereien, galanten Szenen und Figuren aus der Mythologie, von höchst scabröser Natur. Schon damals sei es ihm aufgefallen, in einem wie seltsamen Glanze die Augen des Mannes bei der Betrachtung der abgeschilderten Nuditäten aufgeleuchtet hätten. Nun hieße es in Geduld abwarten, wie sich der allerdings bedenkliche Gesundheitszustand des Bedauernswerten entwickelte, ferner wie sich die Stimmung bei dem mit Recht gereizten Publico, und vor allem bei den hohen Herrschaften gestaltete. Über alle die zahllosen Gerüchte, die bei den Ununterrichteten im Umlaufe und verbreitet wären, möchte er sich, so genau er, seiner Stellung entsprechend, Bescheid wüsste, zunächst, als über ein Amtsgeheimnis gewissermaßen, noch nicht äußern, zu seinem schmerzlichen Bedauern, den schönen Hörerinnen nicht besser dienen zu können. Ob es zur Scheidung von der Hausfrau, ob es zur Heirat der Kleinen oder zum endgültigen Zerwürfnis kommen werde, ob der Schauspieler wieder auftreten werde oder nicht, das alles hänge von dem Zusammenwirken vieler Faktoren ab, deren Fäden in der Hand zu behalten für ihn eine schwere, verantwortungsvolle und vor allem die strengste Verschwiegenheit erfordernde Aufgabe sei.

Man ehrte seine Verschwiegenheit und die Gerüchte nahmen immer ausschweifendere Formen an.

Als man der Fürstin von den Vorgängen erzählte, zeigte sie besonders für die Angelegenheit der Briefe lebhaften Anteil. Es sei doch immer von Neuem überraschend, sagte sie, wie viel Hässliches es in der Welt gäbe, von dem man keine Ahnung habe. Welche Verworfenheit, welche Kenntnis des Bösen und Gemeinen, welche Bosheit und Gemeinheit der eigenen Seele gehöre dazu, solche Briefe abzufassen, zu schreiben, zu versenden! Aber umso notwendiger sei es auch, unablässig an der eigenen Veredelung und Läuterung zu arbeiten, um alle Keime des Bösen im Herzen zu ersticken, und die härtesten Ansprüche an die eigene Sittenstrenge und Reinheit zu stellen. Nur dem herbsten Ernst, der fleckenlosesten Sittlichkeit sei es gegeben, zum Vorbild zu werden, durch das allein solche entsetzlichen Auswüchse der Schlechtigkeit in der Welt allmählich unmöglich werden könnten.

Auch über den Schauspieler urteilte sie streng, aber nicht hoffnungslos. Es gäbe für ihn nur eine Heilung, ihn seiner Kunst zurückzugewinnen, und sie versprach sich für ihn Alles von der Faustina, für deren Rückkehr Schritte unternommen zu haben, sie geheimnisvoll andeutete.

14.

Aber ehe noch die Faustina mit ihren hundert Köfferchen und Hutschachteln, mit ihren Papageien und Löwenhündchen, mit ihrem Gefolge von zweifelhaften Kavalieren, Zofen und Friseuren in der Stadt eintraf, und diese mit derselben lärmenden und ansteckenden Unruhe und Bewegung erfüllte, die sie an allen Stätten ihrer Wirksamkeit um sich zu verbreiten pflegte, ehe sie noch, gleich einem Wirbelwinde, durch das Leben des Schauspielers fuhr, diesmal freilich nicht wie das erste Mal, um es auf den Kopf zu stellen, das Unterste zuoberst zu kehren und den an Körper und Seele Ausgesaugten und im Tiefsten Unbefriedigten, mit seiner Welt Zerfallenen, seiner Kunst Entfremdeten in heilloser Unordnung und Zerrüttung aller seiner Angelegenheiten ratlos zurückzulassen, sondern, im Gegenteil, das auf dem Kopf Stehende wieder auf feste Beine stellend, das Krummgewordene zurechtrückend, seine Hemmungen beseitigend, seine aufgeregten und verwirrten Sinne beruhigend, ihn aus schiefen Beziehungen, erpressten Eiden erlösend und ihn mit dem Gefühle seiner Freiheit und neuem Glauben an sich erfüllend, ehe noch die tolle

Faustina wieder auftauchte und dem Überraschten, als wären sie im tiefsten Frieden voneinander gegangen und die Jahre nicht ebenso viele Stunden der Trennung, jauchzend um den Hals fiel, gab es eine Nacht, in der sich mit dem Schauspieler jene seltsame Wandlung vollzog, die jene nicht minder kluge als tolle Frau nur zu vollenden brauchte, um den Verlorenen dem Theater, der Stadt und dem Hofe, seinem Hause, seiner Kunst und sich selbst gerettet wiederzugeben.

Die Vorgänge jener Nacht sind nie ganz bekannt geworden, die an ihnen teilgenommen hatten, Männer und Weiber, waren zu betrunken, um mehr als ihre im Nebel des Rausches verschwimmenden Umrisse in der Erinnerung zu behalten, die Beiden, die allein Bewusstsein genug bewahrten, um die Wahrheit bezeugen zu können, der Schauspieler und Rigolo, schwiegen beharrlich, und was an Gerüchten ins Weite drang, hörte sich zu abenteuerlich an, um Glauben zu verdienen.

Nur so Vieles ließ sich, als der Wahrscheinlichkeit des Herganges nahekommend, feststellen:

An einem der warmen Abende jenes Frühsommers, in dem die Stadt erst durch eine Flut zahlloser Schmähbriefe, dann durch die damit in Zusammenhang stehende peinliche Störung einer Theateraufführung in Aufregung versetzt wurde, fuhr vor dem Hause des Schauspielers, dem, vor allen Anderen, die beiden erwähnten Ereignisse galten, ein Wagen vor, eines jener leichten Gefährte, deren sich die Gutsbesitzer in der Umgebung der Stadt zu kleineren Reisen über Land zu bedienen pflegten, und entführte den Schauspieler auf ein in der Nähe gelegenes Anwesen. Wagen und Anwesen waren stattlicher Besitz eines reichen Gutsherrn, der seit dem Tode seiner Gattin ein, wie es hieß, lockeres Leben führte und, unter dem Vorgeben der Jagd, in seinem Hause Freunde zu munteren Festen zu versammeln liebte, bei denen es, nicht bloß an Speise und Trank, hoch herzugehen pflegte. Der gastfreundliche Mann hatte des Öfteren derartige Einladungen an den Schauspieler ergehen lassen, der ihm als ein durch gute Laune und unerschöpfliche Einfälle jede Geselligkeit belebendes Element immer besonders lieb und willkommen gewesen war, so selten sich auch die Gelegenheit einstellen mochte, des Vielbeschäftigten habhaft und froh zu werden. Der unfreiwillige Urlaub des Schauspielers gab nun die erwünschte Möglichkeit, die so oft zwischen den beiden Männern besprochene heitere Zusammenkunft Wirklichkeit werden zu lassen, und als der Gutsherr, und diesmal dringlicher als sonst, seine Einladung wiederholte und nicht nachließ, gab der Schauspieler, froh, den Erregungen der Stadt für einige Stunden entrinnen zu können, nach und sagte zu. Der ungeduldige Gastgeber schickte, in seiner frisch zupackenden Art, dem Freunde, um es ihm bequemer zu machen und die bei Menschen des Theaters immer zu befürchtende Absage des letzten Augenblickes abzuschneiden, einen seiner Wagen gleich vors Haus, in dem der vielleicht immer noch Saumselig verpackt und dem Feste zugeführt werden sollte, für das große Vorbereitungen getroffen worden waren.

Als der Schauspieler in dem stattlichen Landhause des Gutsherrn eintraf, fand er eine zahlreiche und bereits fröhliche Gesellschaft versammelt vor, unter der er das alte, vertraute Gesicht seines lieben Freundes und Gesel-

len Rigolo mit Freuden entdeckte. Des Übrigen war es
eine seltsame und in ihren Bestandteilen seltsam voneinander abstechende Versammlung, die der bei seinen
Festen das Absonderliche liebende Gastgeber zu sich geladen hatte. Neben mehreren Gutsbesitzer und Landwir-
ten der Nachbarschaft, die man, wie ihn, an der gesunden Hautfarbe ihrer festen Wangen und der runden
Stattlichkeit ihrer Bäuche erkannte und unter denen sich
wohl auch, kaum unterscheidbar, einige Offiziere befin-
den mochten, die sich für diesen Anlass ihrer bürgerlichen Kleidung zu bedienen vorgezogen hatten, sah man
in bunter und abenteuerlicher, bei Einigen auch recht
abgerissener Gewandung, allerlei magere Gesellen, mit
dunkel von der Sonne gebrannten Gesichtern und verwegenen, die Meisten auch verhungerten Aussehens,
fahrendes Volk, Akrobaten und Feuerschlucker, Ring-
kämpfer und Seiltänzer, aus Zirkus und Schaubude geholt, vom Planwagen herunter, und Andere, noch ge-
fährlichere, aus dem Kehricht der Landstraße. Die Damen, Kunstreiterinnen und Seiltänzerinnen zumeist, waren desselben Schlages, grell, geschminkt und frech.
Auch Dorfdirnen und Mägde vom Gute waren darunter, mit nackten kräftigen Armen und drallen Waden.
Und Zigeunerinnen fehlten nicht, die kurzen Haarsträh-
nen schwarz, von Fett glänzend, stumm, mit funkelnden
Augen. Einige in dieser mit lustiger Absicht und Aus-
wahl bunt gemischten Gesellschaft hatten wohl schon
des Öfteren an solcher heimlichen Veranstaltung teilge-
habt, denn sie bewegten sich mit der Sicherheit frei sich
zu Hause Fühlender und schienen mit den Gebräuchen
dieser Gelegenheit vertraut. Andere durften das erste

Mal hier sein, sie drängten sich scheu in den Ecken herum und mochten wohl nicht wenig verwundert sein, einmal in ihrem Leben nicht als Ausgestoßene, sondern als ebenbürtige und gleichberechtete Gäste eines vornehmen, reichen Mannes behandelt zu werden. Und je schwerer es ihnen fiel, sich in die Rolle von Herren und Damen der Gesellschaft hineinzufinden, umso eifriger wurde ihr Bemühen darum und umso deutlicher und possierlicher ihre Anstrengung. Daraus ergab sich, zum Ergötzen des Wirts, ein gespreizt gezwungenes und mühsam feierliches Wesen, das anfangs, drollig genug, von dem freien und derben, keine Schranke der Scham ehrenden Ton abstach, den der Gastgeber und seine engeren, die junkerlichen, Freunde sowie alle die anschlugen, die mit dem heimlichen Gesetz der Gelegenheit schon vertraut waren: jede Sache, auch die derbste, bei ihrem derbsten Namen zu nennen und von nichts zu sprechen als eben von dem Derbsten. Aber bald gelang es dem Wein, der in nie gekannter Güte und Menge floss, den Gegensatz zu lösen, und die eben noch Scheuesten konnten sich, wenn das nun die Sprache der vornehmen Welt war, die der eigenen so verteufelt ähnlich klang, nicht genug tun an Frechheit und Unverhülltheit der Zote und Lautheit des Tons. Worin natürlich die Damen hinter den anderen nicht nur nicht zurückblieben, sondern, in solchen Dingen gelehriger, sie fast überboten. Und schon mochte, hie und da, vom kecken Wort zu keckem Tun übergegangen werden, manches überhelle Lachen und Kreischen einen handfesten Übergriff verraten, manches Weiche hart angepackt und

manches Zarte gefühlt, nicht gerade mit Zartgefühl freilich, worden sein.

Solcher Art wurde die Gesellschaft geschildert, die den
Schauspieler bei seiner Ankunft als ihren berühmten,
seit lange erwarteten Ehrengast mit lautem Hallo begrüßte und ihn als Mittelpunkt feierte. Der Gutsherr
führte ihn an den für ihn bereitgehaltenen Ehrensitz an
seiner Seite und das eigentliche Tafeln, zu der das bishe-
rige, freilich schon recht fleißig geübte Zechen nur das
zahme Vorspiel, eine Art Vorkostprobe gebildet hatte,
begann. Der Wirt, der, in seiner vergnügten Art, sich lieber von seinen Gästen unterhalten ließ, als dass er selber
zu ihrer Unterhaltung beigesteuert hätte, überließ es einem von ihnen, den Vorspruch zu halten, und der Auf-
gerufene, ein Menageriebudenbesitzer, der wie ein aus
der Kutte gesprungener, feister Mönch aussah, entledig-
te sich seiner Aufgabe, indem er, in schönstem Küchen-
latein, einen Hymnus auf die Vereinigung von Venus
und Bacchus und auf das aus dieser Vereinigung ent-
sprungene Söhnchen beider, auf den Priapus, sprach.
Die Weiber kreischten, so oft die Wörter Venus und Priapus fielen, umso mehr als der Redner sie jedes Mal mit
unzweideutigen Gebärden begleitete. Zum Schlusse
apostrophierte er seine beiden berühmten Kollegen von
der hohen Kunst und bat sie, in aller Bescheidenheit,
sich in allem ein Exemplum und Vorbild an den Mitgliedern seiner Truppe, dem lieben Vieh, zu nehmen, die
nicht bloß seine, ihres Prinzipals, willigste und eifrigste
Mitarbeiter wären, sondern unerschöpflich in den Wer-
ken der tätigen Liebe und im Dienste des obgenannten
heiligen Priapus. Alle klatschten Beifall und der Schau-

spieler dankte dem verehrten Kollegen der faunischen Künste und versprach, in beider Namen, zu werden wie das liebe Vieh, und zwar, wenn es Bacchus gestattete, Venus sich gnädig und Priapus willig zeigte, noch in selbiger Nacht. Und der alte Rigolo setzte hinzu, er aber wolle werden wie die Kindlein und in des Weibes Schoß zurückkehren, auf die Gefahr hin, dass er irre und den Schoß verfehle, der ihn geboren; ein anderer, jüngerer, täte es ihm eben auch. Und schon boten sich ihm einige willig dar, aber der Amphitryon mahnte, über Venus und Priapus der nicht minder guten Gaben der Ceres und des Bacchus nicht zu vergessen, und man aß, wenn anders man das Vertilgen ungeheurer Berge von Gerichten als Essen bezeichnen konnte. Die Ausgehungerten fielen über die ausgesuchtesten Erfindungen lukullischer Küchenfantasie, deren Möglichkeit sie freilich bisher in ihren verwegensten Wünschen nicht geträumt hatten, her, als wäre diese Mahlzeit die erste Sättigung ihres Lebens und müsste die eine bis zum jüngsten Gericht vorhalten. Sie hieben ein, dass ihnen das Fett über die Backen heruntertroff. Sie schlangen in sich hinein, dass es ihnen sichtbarlich die Leiber auftrieb und die Männer die Wämser über ihren Bäuchen aufknöpfen, die Weiber die Spangen ihrer Mieder lüpfen mussten. Und begossen das Opfer mit ebensolchen Mengen der erlesensten Weine, die sie, in wahllosem Durcheinander, in sich hineinschütteten, als wäre es der gewohnte Branntwein. Der Hausherr aber, seinen satten und darum nicht minder ausgiebig atzenden, behaglich schmatzenden Standesgenossen vergnügt zuzwinkernd, ließ immer von Neuem auftragen, vorlegen und einschenken und wollte halb zerbersten vor Lachen über das neue Schauspiel gargantuesker Gefräßigkeit der verhungerten Augen und Mägen. Wenn er aber des Augenblickes wartete, da es nicht mehr weiter ging, so irrte er: der Augenblick kam nicht; so unbegreiflich es war, sie konnten immer noch weiter.

Indessen nun der Hausherr und seine Freunde vor Lachen über den Anblick der kolossalisch wachsenden Gier, sich auf die feisten Schenkel klatschten, dass es durch den Saal schallte, sprang Rigolo – so wurde erzählt – auf den Tisch, das Antlitz, in dessen Runzeln und Fältchen es von tausend Teufeleien zuckte, zu einer pfäffischen Grimasse verzerrt, und schlug vor: dem hochherzigen und beutelweiten Mäcenas, der in einer gottlosen Zeit knausernder Philisterei Künstler saftig zu ehren wisse, mit einer frommen Kantate zu danken und den bauchseligen Mann als heiligen Pan, den Gott der Böcke, zu feiern, der die Kräfte des Leibes, des Ober- und des Unterleibes, zum Wachsen bringe. So sollten ihm dann auch mit allen ihren Kräften und Künsten die dankbaren Künstler ein Schauopfer und Schauspiel weihen, dass ihm die Augen und anderen Dinge übergingen. Und sang, mit gräulich meckernder Stimme ein näselndes Lied, in dem er Brüderchen und Schwesterchen aufrief, zu schlingen und zu trinken, zu fressen und zu saufen, dass alle Säfte laufen und ihnen eines bliebe: die Liebe. Und alle stimmten in den Kehrreim ein und meckerten, näselten, johlten, grölten und brüllten: die Liebe. Aus den roten, erhitzten Gesichtern, aus den funkelnden Augen brach Gier, Hände streckten sich und tasteten nach den bloßen Stellen der Schultern und Arme, unter

dem Tische stießen die Füße nacheinander, und auf
einmal hing, über dem Tische, ein Weib an Rigolos Hal-
se und schwang sich ein anderes auf des Schauspielers
Schoß und wälzte sich ein drittes über den Mund des
Gutsherrn. Es raschelte vom Springen der Knöpfe, vom
Abstreifen der Röckchen, Mieder flogen in die Winkel
des Saales, Leibchen, Wämse und Jacken folgten ihnen,
Arme, Schultern und Brüste wurden bloß, Haare lösten
sich, Weiber kauerten auf dem Boden nieder und zogen
Schuhwerk und Strümpfe von den Füßen, alle rissen
sich und einander die Kleider vom Leibe, eine, die
Keckste, sprang bloßfüßig, im Hemde, auf den Tisch,
riss es entzwei und hob, in der dunkelbraunen Splitter-
nacktheit ihres schmalen Körpers, einen rasenden Tanz
an. »Raset, ihr Brüderchen! Tanzet, Schwesterchen!«
meckerte Rigolo, »vergiftet eure Seelen, auf dass sie gesunden!« und entblößte seinen alten mageren Leib.
»Hereinspaziert! Zu Ehren Gott Pans und aller seiner
Heiligen!« schrie der Menageriebudenbesitzer und
streifte die Hemdärmel von seinen behaarten Armen.
Und mit Blitzesschnelle türmten sich, von Akrobaten
und Akrobatinnen, Pyramiden nackter Leiber über den
Saal, Tänzerinnen und Zigeunerinnen sprangen darüber
und wanden sich, in rasenden Wirbeln, zwischen den
entblößten Armen und Beinen der Männer, von unzüchtigen Kapriolen der Clowns begleitet, wer Stimme hatte,
sang, und Feuerschlucker und Messerschlucker, Jong-
leure, die auf der großen Zehe ihres Fußes Teller und
Flaschen balancierten, jeder, der eine Kunst besaß, und
war es die bescheidenste, zeigte sie, demütig, inbrünstig,
mit leidenschaftlich verbissener Gier, als übte er ein

Werk der Liebe. Während die anderen, auf den Stühlen, den Bänken, auf dem Boden, in allen Winkeln und Ecken des Raumes, gepaart, zu dritt, zu viert, in jauchzender Lust sich ineinanderknäulten.

Und da soll es auf einmal geschehen sein, wenn es auch freilich niemanden gibt, der sich für die Wahrheit des Berichteten verbürgen könnte, dass der Schauspieler, der, ein wunderschönes, nacktes, junges, braunes Zigeunerding im Arme haltend, in der Mitte des Saales stand, mit einer Stimme, die wie aus einer anderen Welt herüberzuklingen schien, so rein und jung, hell und voll tönte sie über den höllischen Lärm der von Wein und Gier Berauschten, wie aus der Entrückung eines Traumes erwachend, folgende Worte in den Raum rief: »Hört mich an, ihr Gaukler! Denn ihr seid meine Brüder. Gaukler bin ich wie ihr, Gaukler und Feuerfresser. Und will nichts anderes sein, als ihr, als Gaukler, und wehe mir, wenn ich je anderes gewesen bin! Eure Lust ist meine Lust, eure Welt ist meine Welt, und wehe mir, wenn ich je eine andere dafür genommen habe! Dort drüben, bei den Anderen, habe ich mich und meine Kraft und meine Kunst verloren. Hier, bei euch, meine Brüder, beim Anblick eurer Lust, die aus Tiefen und Quellen ohne Grund aufsteigt und über alle Schranken bricht, finde ich mich wieder, den Gaukler in mir wieder und in der Berührung mit eurer Welt, die meine wahre Heimat ist, wächst mir meine alte Kraft neu zu. Und ist euch euere Lust nichts anderes als euere Kunst, und euere Kunst nichts anderes als euere Lust, und wollt ihr die Lust euerer Sinne büßen, so ruft ihr euere Kunst zu Hilfe, nicht weil ihr gaukeln wollt, sondern weil ihr gaukeln müsst, gut, so tue ich wie ihr und gaukle. Hört an, ihr Gaukler, ihr Brüder, wie ich gaukle, und glaubt mir, nie habe ich es vor anderen lieber getan als vor euch, in dieser Stunde der höchsten Lust!«

Von dem Donner dieser Stimme geweckt, waren die anderen aus ihrem Rausche aufgetaumelt und sahen, mit blödem Erstaunen, den Verzückten, Verklärten an. Ohne zu verstehen, was er meinte, aber wie von einer unwiderstehlichen Gewalt zu hören gezwungen, von einem Zauber gebannt, saßen sie, lagen sie da, die nackten Leiber noch heiß und feucht von der Brunst aneinander geschmiegt, in zärtlichen Verschlingungen, lautlos, ergriffen, fast ehrfürchtig, und lauschten einem nie Gehörten, nie Erlebten.

Er begann, den Rinaldo zu sprechen. Nein, nicht zu sprechen, zu singen, zu jubeln, zu jauchzen. Wie eine Kantate der Leidenschaft, wie einen wachsenden Sturmgesang der Sinnenfreude und des aufglühenden Verlangens. Heute hemmten die Worte ihn nicht; was nicht von ihnen war, holte er aus sich, aus den tiefsten Brunnen seiner Seele, aus dem Rausch und Jubel der Stunde, aus dem Glanz der sich seinem Blicke bietenden Nacktheit, aus der aus Augen und Leibern aufschlagenden Flamme, aus der Glut der eigenen Begierde. Mühelos war ihm geschenkt, worum er in langen Kämpfen und Krämpfen des Suchens gerungen hatte. Kaum er ansetzte, hingen, die eben noch sinnlosen Tieren geglichen hatten, in atemloser Entrücktheit an der Musik seiner Lippen. Aus Süße und unendlichem Wolllaut langsam ansteigend, drang es in ihre Sinne, füllte sie mit Seligkeit, hob ihre Körper, wuchs und wuchs zu solchem Brand und Sturm der Leidenschaft, dass es ihr Blut von Neuem aufpeitschte und das eben gestillte Verlangen erneuerte. Und als er die Passion seines Liebe-Erlebens durch alle Feuer der Hölle durch bis zum höchsten Gipfel der Verklärung führend geendet hatte, schlug die Flamme der Fackel, an der sich die Glut seiner Kunst entzündet hatte, in seinen Hörern noch einmal hoch auf und statt des Händeklatschens, an das des Schauspielers Ohr sich gewöhnt hatte, antwortete ihm Stöhnen und Jauchzen sich in Seligkeit wälzender Lust. Und Flamme, von ihm entzündet, glühte in der Weiber Blicken, die brünstig an seinen Lippen hingen, indes sie sich den Umarmungen der anderen boten, als gelte es, seiner Kunst zu danken, ihn zu ehren mit der demütigen Hingabe ihrer Leiber. Eine aber, jene junge, dunkle, zigeunerische, die früher an seinem Arm gehangen und sich scheu erschrocken daraus gelöst hatte, als er zu sprechen begann, ohne den Blick von seinem Munde abzuwenden, sprang mit einem Satze an seinen Hals, umschlang ihn, zog ihn zu sich herunter und gab sich ihm, wortlos, freudig, stolz, selbstverständlich, als handelte sie für alle und im Namen aller. Dann kam eine zweite und dann eine dritte und jede überließ ihn neidlos den Künsten der Nächsten, als gehörte er ihnen allen, und er umarmte alle, ohne zu ermüden. Er wurde jung und stark in dieser Nacht; wie nie zuvor in seinem Leben.

Rigolo aber stand daneben, grinste über sein ganzes, altes, faltiges Gesicht und lachte: »He, he, Brüderchen! Immer zu, immer zu! Lass dir's schmecken, das süße Gift! Habe ich dir's nicht gesagt: In den Giften liegt tiefs-

te Kunst und höchste Weisheit! Lerne von den Giftmischerinnen! Den süßen Giftmischerinnen!«

Das Fest währte, in zahllosen Wiederholungen aller
Freuden des Leibes und der Seele, noch einen Tag und
eine Nacht und alle anderen, den Gastgeber miteinbe-
griffen, lagen in tiefem Schlafe und seliger Berauschtheit,
als der Schauspieler und Rigolo, bei Anbruch des dritten
Tages, das gastliche Haus verließen und in dem für sie
bereitgehaltenen Wagen des Gutsherrn der Stadt zufuh-
ren.

Sie flogen auf der breiten Straße, durch dichten, rauschenden Wald hindurch, an gelben, rauschenden Fel-
dern vorbei. Die Pferde stampften vor morgendlicher
Lust, und Morgenfrische hing an den Blättern der Bäume herunter, stieg aus der feuchten Erde auf, drang den
beiden Männern ins frischer wallende Blut und scheuchte die letzten Nebel des Weines und Rausches aus ihren
Köpfen. Morgendlich hell blickten Augen und Gedanken in den jungen Tag, der vor ihnen lag. Ein langes, ruhiges und erfülltes Männerschweigen schlug Brücken
eines guten Einverständnisses zwischen den Beiden.

Dann sprach der Schauspieler von den Frauen. In heißen Worten einer redlich und stark gefühlten Dankbarkeit rühmte er, was er von ihnen empfangen hatte,
rühmte er die ewig Schenkenden, die großmütige,
selbstvergessen schrankenlose Hingabe der immer Op-
ferwilligen; die bereiten Helferinnen, die in ihren güti-
gen Händen die Kraft und das Schicksal des Mannes
trügen und nichts wollten, als jene steigern und dieses
vollenden; Giftmischerinnen freilich, aber Mischerinnen
heilsamer Gifte, gebraut aus Preisgabe und Schande des

eigenen Leibes und aus den dunkelsten Trieben der eigenen Seele mit verwegener Kunst zubereitet, dem Wunsche und der Kraft des Mannes, seiner Lust und seinem Genusse demütig zu dienen. In welcher Gestalt sie immer sich nahten, als Gattin oder Geliebte, als Buhlerin oder Hure, und was immer sie spendeten, schüchternen Kuss oder zärtliche Liebkosung, wortlose Hingabe, die nicht frage, oder verruchte Kunst der erfahrenen Sünde, alles sei Glück und zum Glücke des Mannes ersonnen und bestimmt und verdiene die grenzenlose Dankbarkeit des Mannes, dessen bestes Wachstum Geschenk der Frau sei. Er selbst wenigstens fühle, dass er das Stärkste seiner Kunst, das Tiefste und Unmittelbarste, den Frauen, und nicht gerade den Reinen und Heiligen, die durch sein Leben gegangen seien, verdanke. Ja, er glaube sogar, dass ihm, so alt er sei, jetzt erst das Eigentliche seiner Kunst aufgegangen sei, ihr Letztes sich ihm erschlossen habe, und zwar, so unglaublich es klinge, mitten in dem ungeheuerlichen und, wenn man es genau ansähe, doch recht schamlosen und unsauberen Treiben dieser seltsamen Nächte. Wem anders aber sei dieses Wunder zuzuschreiben als der selbstlos schenkenden Güte der Weiber?

Der Schauspieler schwieg. In dem alten Faunsgesicht des Komikers zuckte es merkwürdig, als er, nach einer Pause, begann: Ob ihm jener zutraue, dass er sich selber kenne? Seine widerliche alte Fratze kenne? Keine Widerrede! Lieblich wie ein Sommermorgen sei sein Antlitz gerade nicht, das wisse er, und so wie es sei, tauge es auch für sein Geschäft besser. Er sei nun einmal ein borstiges, altes Schwein, von außen und von innen, und der weicheren Regungen nicht fähig, geschweige denn, dass er verstünde, süße Lippen und viele Worte zu machen. Aber ihn, den Freund, den Meister ihrer gemeinsamen Kunst, sein Brüderchen habe er nun einmal, vielleicht um dieser Kunst willen, die er neidlos bewunderte, in sein verhärtetes, verkrustetes, verrunzeltes, einsames, altes Herz geschlossen und neidlos gönnte er ihm, ihm allein jedes Glück. Hätte er ihm sonst, als er ihn verzweifelnd gefunden habe, geraten, sein Heil bei den Giftmischerinnen zu versuchen? Und hätte er es ihm geraten, wenn er nicht selbst daran geglaubt hätte, dass bei ihnen, bei den Giftmischerinnen und Locusten, in dem süßen und geheimnisvollen Gift ihrer Umarmungen der Gesund- und Jungbrunnen, der Quell aller sich gewordenen männlichen Schöpfer- und Zeugerkraft sprudelte? Nur möge er sie brauchen, wie man eine Arznei brauche, und dann weg mit ihnen, wie die leere Arzneiflasche! Fortgeworfen, in den Kehricht und nicht als Göttinnen angebetet! Die selbstlos schenkende Güte der Weiber! Ei, die liebe Güte! Er kenne sie anders! Kenne sie besser! Und dass es jenem nicht gehe wie ihm, dass jenem nicht, wie ihm, Enttäuschung, immer wieder trübende, foppende, äffende Enttäuschung das Herz verkiesele und aus Welt und Menschheit eine Schreckenskammer, ein Missgeburtenkabinett scheußlicher Fratzen mache, müsse er ihn warnen, warnen vor der selbstlosen, schenkenden Güte der Weiber. Güte, Liebe, Hingabe, Opferwilligkeit – Larven und Masken! Masken der einen grenzenlosen, schamlosen, heißhungrigen, nie gesättigten Neugierde! Eine andere Eigenschaft kenne er am Weibe nicht.

Rigolo grinste. Der Schauspieler – rief er – solle dieses Gesicht des Näheren besehen: diesen widerlich hässlichen, viereckigen Riesenschädel mit der kurzen Stirne, der platten Nase, dem breiten, dicklippigen Maul und den tausend Fältchen und Runzeln! Und dann den Leib, diesen plumpen, dicken, fetten, faltigen, untersetzten Zwergenleib! Und doch flögen ihm die Weiber zu wie die Mücken dem Licht, die Falter der Rose. Alle. Von der Hure unten bis hinauf zur – bis ganz oben hinauf. Warum? Seiner Schönheit wegen beileibe nicht. Aus Neugierde. Aus gemeiner Neugierde. Weil sie bei ihm andere Zärtlichkeiten vermuteten als bei anderen, andere Reizungen der Sinne, neue, unerhörte, Geheimnisse der Sünde, weil sie hinter seiner Garstigkeit besondere Laster und Verworfenheiten witterten und die Gabe erfinderischer Überraschungen. Diese Neugierde sei stärker in ihnen als aller Sinn für Schönheit und Abscheu vor Hässlichkeit, als alle Scham und Tugend. Ihr könne keine widerstehen. Die Gemeine so wenig wie die Edelste. Der Schauspieler kenne ihn genau genug, um zu wissen, dass er kein eitler Laffe und windiger Prahlhans sei, der mit billigen Triumphen bramarbasiere. Er habe wohl auch kein besonderes Bedürfnis nach Mitteilung und Beichte und noch mit keiner menschlichen Seele von den Erfahrungen seines Lebens gesprochen. Heute aber, da er den Freund zwischen den Abgründen verzweifelnder Einsamkeit und erdevergessener Frauenverehrung schwanken und taumeln sehe, müsse er, um ihn vor den beiden gleich großen Gefahren zu schützen, vor ihm zum ersten Mal die verschwiegene Geschichte seines heimlichen Clowns- und Faunsglückes bei den Weibern aufdecken.

Und Rigolo erzählte. Und war nicht ein Wörtlein, das gelogen klang oder zur Ausschmückung hinzugefügt, eitel oder ruhmredig, übertreibend oder beschönigend. Nicht um ihn und um die Ausmalung seiner Erfolge und Liebessiege war es ihm zu tun, sondern um die redliche Abschilderung der weiblichen Verworfenheit. Und wurde ein langes, nicht eben sehr erbauliches Capitulum von den Lastern und Verirrungen des anderen Geschlechts, so aus sündiger Neugierde und Verderbtheit des Leibes und der Seele hervorgingen. Viele Abenteuer berichtete er und manche hörten sich derb und drollig an, gleich Schnurren und Schwänken, aber es waren auch richtige Tragödien darunter, von Schönen, die, einmal angebissen habend, gar nicht mehr loslassen wollten, und gebrochenen Herzen, beides, das Heitere und das Ernste, in buntem Wechsel, wie es sich eben im Lebenslaufe eines Mannes zutragen mag, dem Frau Venus in ihrer unberechenbaren Laune, die besondere Gunst ihrer Schutzbefohlenen zugewendet hat. Aber vielen Dank wusste ihr Rigolo nicht dafür, denn eine zweischneidige Sache und ein Danaergeschenk blieb es immer, und der zu leiden hatte, war der beschenkte Mann, gleichviel ob an der Treulosigkeit der Flatterhaften oder an der Treue der allzu Beständigen. Er erzählte von Stunden, in denen er, eine ins Gegenteil verkehrte Helena, seiner Hässlichkeit geflucht hatte, dass sie, wie der Magnet die Eisenstückchen, alles Weiberfleisch, das in seine Nähe kam, unwiderstehlich anzog. Aber er war nicht der Mann, einer Gelegenheit nein zu sagen, und so war er allmählich durch sie alle durchgegangen, durch alle Gattungen, Arten und Abarten des weiblichen Geschlechts, und hatte von allen gekostet. Wie manche Frucht war ihm mühelos in den Schoß gefallen, ohne dass er darnach gelangt hätte, manche ganz reife, die schon den übersüßen Duft der Fäulnis trug, und halb reife, und manche noch ganz unreife, grüne, die mitunter am wurmstichigsten und verdorbensten von Allen war. Und manche, die abgefallen im Staube der Landstraße lag, aber süß und saftig trotz einer schmeckte, und manche, die ganz oben hing und unerreichbar schien, aber Einem in der Hand blieb, die sich nur daran zu rühren traute. Denn im Grunde, grinste Rigolo, sei doch Eine wie die Andre, wenn das Hemde gefallen sei; nur das Hemde sei manchmal verschieden. Und das Hemde fallen zu lassen, triebe sie Alle derselbe alte, eingeborene, ewige Trieb des Weibes: die Neugierde nach der Sünde.

Der Schauspieler dachte an die Fürstin und wehrte sich.

Aber nein, schrie es aus ihm, es gebe noch Andere. So seien nicht Alle, könnten nicht Alle sein. Das fühle er. Es müsste, auch außerhalb der Tragödien noch Frauen geben, in denen über jene Neugierde und den Kitzel unerhörter Begierden Reinheit und Tugend siegten. Es müsse sie geben, in einer Welt, in der eine Frau wie die Fürstin lebte. In deren Nähe das Laster Tugend würde und jeder unreine Gedanke zu atmen aufhörte.

Ein Lachen schlug an sein Ohr, so schrill und anhaltend, wie er es noch nie gehört hatte, so gellend und hässlich, als käme es nicht aus einer menschlichen Brust, sondern aus einer anderen Welt herüber, sodass er erschrocken zurückfuhr und sich unwillkürlich umsah, den Urheber des unheimlichen Geräusches zu suchen. Rigolo saß da, das Antlitz zu einer teuflischen Grimasse verzerrt und schüttelte sich, wie von Krämpfen gepackt. Dicke Tränen der Hilflosigkeit kollerten über seine Backen und er schnappte nach Luft, um reden zu können.

»He, he, Brüderchen«, schrie er, als er endlich zu Atem gekommen war. »Wen nanntest du? Die Fürstin? Sagtest du nicht, die Fürstin, Brüderchen? Und wenn ich dir sage, Brüderchen, dass diese die Ärgste von allen war? Und wenn ich dir sage, dass diese mich das Mark aus meinen Lenden gekostet hat? Und wenn ich dir sage, dass die Heilige, Reine diesen unheiligen, hässlichen Leib zärtlich umschlungen hat und auf das Geheimnis seiner Umarmung, von dem ein lügenhafter Teufel dem Weiblein ins Ohr gewispert haben muss, wilder, gieriger, neugieriger war als irgendeine Andere? Und dass nicht ich, der ich nie gewagt hätte, meine Wünsche zu der als Vorbild aller Tugend unerreichbar über den Himmeln Schwebenden zu erheben, sie verführt habe, sondern sie mich, in einer raschen Stunde, plötzlich, überfallend, jäh, mit Worten und Zeichen, so deutlichen, unmissverständlichen und erfahrenen, dass sie mich alten Bock schamrot machten, die Heilige, Reine mich alten Faun und Sünder?«

Der Schauspieler saß niedergedonnert, entgeistert und starrte in eine zerbrechende, entgötterte Welt. Rigolo fuhr fort: Und was da groß zu wundern wäre? Als ob nicht auch jene von Fleisch und Blut wäre! Als ob nicht auch sie nachts nackt in ihrem Hemde läge! Als ob nicht auch sie Stunden hätte, in denen sie mit dem Tier in sich ringen müsste! Und dunkle Triebe, die ihr Blut peinigten und ihren Willen zwängen, die die steile Mauer aus Hoheit, Ruhe, Tugend, Harmonie und Schönheit zu durchbrechen und irgendwann ein Seltsames, Fremdes und Geheimnisvolles zu tun, das doch auch ein Teil von ihr wäre und ans Licht wollte! Beim Manne würde Schaffen daraus, beim Weibe Sünde. Und bei ihm, in seinem verfluchten Gewerbe, ein zwitterhaft Gemisch von Beidem, ein sündhaftes Schaffen von lächerlichen Fratzen.

Er schwieg und beide Männer versanken in stummes Grübeln. So fuhren sie durch die ganz hell und sonnig gewordene Landschaft, über der sich das milde Blau des Sommervormittags ins Unendliche weitete. Nach einer Weile sagte der Schauspieler, ganz ruhig und still geworden: Er könne nicht, und jetzt erst recht nicht, sich eines tiefen Gefühls der Dankbarkeit gegen die Frauen erwehren und werde nie aufhören, sie so anzuschauen und so zu empfinden, wie er das sanfte Blau des Himmels anschaute und die milde, gute Luft, die sie umgäbe, empfände. Trotz alledem! Und trotzdem er dem Freunde jedes Wort, das er über sein Erleben berichtet habe, glaube und ihm glaube, dass er, nach seinem Erleben, die Frauen nicht anders sehen könne, als er sie sehe, und trotz dem Erlebnis dieser letzten Nächte! Und vielleicht auch gerade deshalb; und trotz den Giftmischerinnen, und vielleicht gerade ihrerhalb; und trotz dem erschütternden Neuen, das er über die Fürstin gehört habe, die ihm nun freilich in einem ganz anderen Lichte, fast wäre er versucht, zu sagen, in einem menschlicheren Lichte als früher erscheine; und trotz Sünde, Laster, Verderbtheit, Neugierde, die doch alle auch so menschlich, so wunderbar menschlich seien. Er sei dagegen gefeit, ein für alle Mal, die Frau anders als menschlich zu sehen, in diesem milden, sanften, versöhnenden Lichte der Menschlichkeit. Denn ihm sei das Wunder geschenkt worden, die menschlichste Frau zu erleben, die Frau, an der kein Zweifel und auch kein Wort Rigolos zu rühren wagen werde. Und wer diese Frau erlebt habe, und so erlebt, wie er sie habe, als Gattin, als Freund, als Helferin, als Genossin, immer gütig, immer milde, immer schenkend, immer verzeihend und schlichtend, klar, rein, durchsichtig wie das Blau des Himmels, dem könne nie mehr ganz Schlimmes von Frauen widerfahren, der könne nie wieder ganz schlecht von den Frauen denken und sprechen.

Und er erzählte dem Freunde zum ersten Mal, mit einfachen Worten, einfacheren, als er sonst sie fand, die Geschichte jener Sängerin, die wie ein Engel in sein Leben herniederstieg, es verklärte und dann still daraus verschwand, und schilderte das ungetrübte Glück, den wolkenlosen Himmel seiner Ehe. Den ihm nichts, was später kam, zu rauben vermochte.

Und er schloss auf einmal ganz heiter und hell geworden: Und sei nicht dann die Faustina gekommen, diese nicht eben rein, klar und durchsichtig und nichts weniger als frei von Sünde, aber auch sie, in ihrer tauigen und herzhaften Frische, im rasenden Wirbel ihrer Lebensfreude, in ihrer unbesiegbaren Heiterkeit gütig, schenkend, unerschöpflich und menschlich, ach so wunderbar menschlich! Und so wunderbar begabt! Er freue sich, wie ein Kind freue er sich, mit dieser Armida den Rinaldo zu spielen, und könne es kaum mehr erwarten, dass die ihm Versprochene zu kommen bewogen würde.

Und dann sprachen sie vom Theater und der Aufführung der »Armida«, die der Schauspieler, da er nun die Zeit seines Urlaubs für abgelaufen zu erklären gesonnen sei, beim Prinzipal mit allem Nachdruck für die nächste Zeit durchzusetzen sich vornahm.

15.

So war denn die Faustina in der Stadt eingetroffen, hatte ihren Tross, den sie auf ihren Reisen mitzuschleppen liebte, im »Einhorn« untergebracht, wobei die abenteuerlich und bunt anzusehende Kavalkade von Kavalieren, Adoranten, Zofen, Lakaien, Friseuren, Schneiderinnen, Papageien und anderem exotischem Getier, nebst ganzen Wagenfuhren von voll mit Kostümen gepfropften Koffern und ungeheuren Hutschachteln, auf dem Marktplatze nicht geringes Aufsehen hervorrief, hatte diesmal selbst die Bimba, ein Kind von etwa vierzehn Jahren, das sie auf einer ihrer letzten Reisen irgendwo aufgegriffen hatte und von dem sie sich seither nie zu trennen pflegte, im Gasthofe zurückgelassen und war in das Haus des Schauspielers geeilt, war diesem, ohne sich um Erstaunen und sichtlichen Verdruss der danebenstehenden Hausfrau zu kümmern, um den Hals gefallen, ihn herzhaft abküssend, um dieses nicht minder herzhaft im nächsten Augenblick bei der aus einem Verdutzen ins andere Fallenden und vergeblich sich Wehrenden zu wiederholen. Und wer sie bei alledem begleitete und nun vergnügt danebenstand, lächelnde Zufriedenheit im Gesicht, dass ihm dies alles so wohl gelungen war, recht nach dem geheimen Auftrage Ihrer Hoheit der Fürstin, die sich den ihr noch Unbekannten hinter dem Rücken des Schauspielers hatte kommen lassen und mit ihm alle Einzelheit der Mission gnädigst und vertrauensvoll besprochen hatte, wie er es am besten fertig bekäme, die in der Welt Vagabundierende ausfindig zu machen, sie zu überreden und die Unzuverlässige gleich mit sich herzubringen, das war zu des Schauspielers nicht geringer Überraschung dessen junger Freund, der Sekretär.

Und neben ihm stand, nein, lief, sprang, tanzte, wirbelte, saß, lag, fuhr auf und tanzte wieder und alles das zugleich die Faustina, wirklich und leibhaftig, in ebendemselben wohnlichen Landhause, an dem sie schon damals, zur Zeit ihres kurzen Beieinanderlebens, nie vorübergehen konnten, ohne es mit begehrlich wünschenden Blicken, wenn auch nur von Ferne, anzuschauen und es mit unzähligen Träumen umzugestalten, weiter zu bauen, einzurichten und auszuschmücken, wenngleich die beiden von ewigen Geldnöten Bedrängten nie zu hoffen wagen durften, es je wirklich in Besitz zu nehmen, und nun gehörte das Haus dem Schauspieler, und die Faustina stand da und tat just so, als wäre sie nie fort und nie anderswo zu Hause gewesen als eben hier. Den Schauspieler dünkte, als wäre alle die Zeit dazwischen der Traum einer Nacht oder als hätte die Ruhelose gestern eine ihrer kleinen Reisen über Land unternommen und wäre heute wieder heimgekehrt. Sie war unverändert, ebenso schön, wie sie je gewesen war, nur voller, üppiger, in den Formen weicher und runder, frauenhafter an

Büste, Hüfte, Gang, und, ein paar kurze Minuten lang, solange sie grade daran dachte, in ihrer Haltung gemessener, weil man ja doch nicht ungestraft Jahre hindurch die vielen Königinnen spielt. Bis dann plötzlich in einer überraschten Wendung, in einer schnellen Grimasse des kecken und flinken Gesichts ungewollt der gassenbübische Schalk voräugte, dem so gar nichts Königliches, ja nicht einmal ein besonderer Respekt vor Königlichem zu eigen war. Sie hatte wohl schon zu viel davon, und aus der nächsten Nähe, gesehen.

Auf den Sturm der ersten Begrüßung folgte eine zweite, mit vielem Fragen, die nicht auf Antwort warteten, nach einem Hündchen zuerst, das längst verreckt war, dann nach dem Theater, dem Prinzipal, den Kollegen von damals, den Kolleginnen von heute, nach dem Hofe, nach verschollenen Freunden. Und dann, in einem Nebenraume, ein unendlich langes, geheimes Zwiegespräch der Faustina mit der schon um einiges weniger verdrießlich dreinschauenden Hausfrau, indes die beiden allein gelassenen Männer von den Vorgängen und Zwischenfällen der geraumen Zeit, in der sie einander nicht gesehen hatten, Bericht erstatteten.

Endlich erschienen die beiden Frauen wieder, Arm in Arm, in zärtlichstem Einvernehmen, die Hausfrau schon beinahe ein Lächeln in den Blicken. Nach kurzer Weile verschwand, auf ein Augenzwinkern der Faustina, die Hausfrau wieder geheimnisvoll, der Sekretär empfahl sich und die Beiden blieben allein, wobei die Faustina, ohne viel Federlesens und längere Einleitung, den Schauspieler über alle Vorkommnisse der letzten Zeit, von denen sie stück- und gerüchtweis einzelnes Unverbürgte bereits, nicht durch den Sekretär, vernommen hatte, kurzerhand ins Verhör nahm.

Er beichtete, wie ein braves Beichtkind dem Beichtvater seines Vertrauens, aufrichtig und gründlich, ohne zu verschweigen noch zu beschönigen, alles: den Stand seiner Ehe, die Liebesbeziehung zur Kleinen, die Hörigkeit, in die er geraten sei und in der sie ihm die beiden Eide erpresst habe, ihr die Armida zu verschaffen und sich von seiner Hausfrau zu lösen, um sie zu heiraten. Er berichtete von der Hetze der rätselhaften Briefe, dem Lärmvorgange im Theater, dem unfreiwilligen Urlaube. Er gestand seine Lasterwege durch die verrufenen Gassen und Häuser der Stadt, und alles, was er dort geschaut, gelernt und verübt hatte. Und verheimlichte auch die wüste Geschichte seines Besuches auf dem Landgute des Gutsherrn nicht. Er erzählte von seinem Kämpfen und Ringen mit der Rolle des Rinaldo, von der Verzweiflung, die ihn bereits überkommen hatte, sein Gedächtnis, seine Kunst, die Kraft der Jugend verloren zu haben, und von der seltsamen Wandlung in jener Nacht, in der er alles Verlorene wiedergefunden zu haben glaubte. Und verschwieg von allem, was er erlebt und was auf ihn gewirkt hatte, nichts als das Gespräch mit Rigolo, das er nicht als sein, sondern als das Geheimnis eines andern ansah. So schloss er, indem er ihr wehmütig lächelnd zugestand, dass die Verwirrung seiner Angelegenheiten, in der sie ihn bei ihrem Fortlaufen zurückgelassen habe, ein Kinderspiel gegen das Chaos sei, in dem sie ihn bei ihrer Rückkehr antreffe, und das zu entwirren, sie sich so mutig und entschlossen anheischig gemacht habe und, vermöchte sie es nicht, keinem anderen Sterblichen gelingen würde. Dann bliebe ihm, da er jene beiden Eide einzulösen außerstande sei und seine Kunst ihm zu hoch stehe, um den Künstler noch einmal dem Rasen einer gegen den des Meineids bezichtigten Menschen leicht zur Wut zu reizenden Menge auszuliefern, nichts anderes übrig als der Verzicht auf seine Kunst in der Fülle ihrer Kraft und ein Versinken ins Unbekannte.

Aber von solchem Kleinmut wollte die Faustina nichts hören. Der tauge zu ihm nicht, so wenig, wie es zu ihr passe, von einem Geschäfte zurückzubleiben, bloß weil es schwierig scheine. Es gebe nichts Unmögliches für den, der an nichts Unmögliches glaube. Sie sehe keinen Anlass für ihn zu Verzweiflung und Verzicht, solange er an seine Kunst glaube, und traue sichs auch gar wohl zu, die so verwirrt scheinende Angelegenheit zu entwirren. Nur müsse er sie gewähren lassen, ihr vertrauen und sie die Sache auf ihre Art betreiben lassen. Ihre Art aber sei, nichts zu verschieben, und alles, was sie unternehmen wolle, sofort, ohne Verzug anzugehen. Sie habe ihm aufmerksam zugehört, sich alles genau gemerkt, wohl überlegt und wisse nun auch schon, wie und in welcher Folge sie es angreifen wolle. Das Beste gebe dann der Augenblick, auf dessen Eingebung sie sich verlasse. Zuerst kämen die Männer dran: Mit denen würde man am leichtesten fertig. Sie wenigstens. Dann das Publikum, das fast so unberechenbar sei wie ein Weib. Aber dann doch auch wieder so verliebt wie ein Mann und so leicht zu fangen wie ein solcher. Und zum Schlusse die Frauen. Die seien am schwersten zu behandeln. Die wüssten nicht, was sie wollten, sondern wollten nur immer das nicht, was der Andere wollte. Und dagegen käme man am schwersten auf. Am schwersten werde das Gespräch mit der Kleinen werden. Das wisse sie schon. Aber wenn man etwas von ganzem Herzen wünsche und den Mut habe, es dem Andern zu sagen, was man wünsche, ungehemmt, unerwartet, ins Gesicht hinein, setze man oft das Unglaubliche durch und erreiche, dass Menschen das Entgegengesetzte ihres Vorsatzes, ja ihres klaren Vorsatzes täten. Denn nichts mache sie so schwach, als sich überrascht einem starken Wunsche gegenüber zu sehen. Alle, selbst die Frauen, würden dann schwach. Sie natürlich nicht, sie sei die Ausnahme. Und auch bei ihr käme es darauf an, welcher Art der starke Wunsch sei und wer ihn habe. Aber darüber könnten sie später verhandeln, jetzt hätte sie keine Zeit, jetzt müsse sie sich an die ihrer harrende Aufgabe machen. Denn bis morgen müsse alles erledigt sein. Morgen müsse die erste Probe der »Armida« stattfinden. Sie brenne darauf, diese Rolle zu spielen, die für sie geschaffen und für die sie geschaffen sei und die natürlich keine Andere, als sie spielen könne und dürfe. Also zuerst ins Theater, denn erstens gehöre sich das so und sehne sie sich danach, das Theater wiederzusehen, und zweitens, um mit dem Prinzipal zu sprechen, ihm den Urlaub und die Furcht vor neuen Ausbrüchen der öffentlichen Sittlichkeit auszureden und die Probe für morgen durchzusetzen. Und dann den Kampf mit dem Publico aufgenommen. Am klügsten wäre es, die Aufführung der »Armida« gleich anzuzeigen, und dass er den Rinaldo, sie die Armida spiele. Ihr Name müsste natürlich sofort genannt werden. Das würde, bei ihrer Beliebtheit und dem Anhange, den sie noch immer in allen Kreisen des Hofes und der Stadt habe, ungeheueres Aufsehen und eine günstige Voreingenommenheit für die Aufführung hervorrufen. Und man würde sehen, ob man mit neuen Briefen oder sonstiger Gegenwirkung, gegen die anzukämpfen sei, zu rechnen habe. Ob man denn den Urheber oder vielmehr, wie selbstverständlich, die Urheberin jener Briefe kenne?

Der Schauspieler verneinte die Frage.

Es sei, erriet die Faustina, wahrscheinlich die Unwahrscheinlichste. Wer denn die tugendhafteste Frau der Stadt sei? Diese würde es sein. Denn auf solche Weise pflegten tugendhafte Frauen sich für das ihnen entgangene Vergnügen zu entschädigen und sich an den anderen Frauen zu rächen, die klüger und vergnügter gewesen seien.

Der Schauspieler dachte, betrübt, an die tugendhafteste Frau der Stadt und schwieg.

Dann zur Fürstin, sagte die Faustina.

Der Schauspieler sah sie erstaunt und fragend an.

Sie würde, setzte sie, erklärend, auseinander, dann gleich vom Theater weg zur Fürstin fahren und bei dieser um eine Unterredung ansuchen. Denn diese sei ihr immer gnädig und gewogen gewesen und würde sie seine Sünden, die der sittenstrengen Frau freilich ein Gräuel sein müssten, nicht entgelten lassen. Ob er sich das je hätte träumen lassen, dass sie, die Vielgescholtene, dereinst mit ihrer Tugend die Folgen seiner Lasterhaftigkeit würde gutzumachen haben? Gleichviel, ihr und keiner anderen würde die Fürstin seine treulose Abkehr von der Seelenfreundschaft verzeihen, umsomehr als sie ihr gleich einen tüchtigen, jungen Vertreter und Adepten der Seelenfreundschaft zu stellen wüsste. Und die Vergebung und günstige Gesinnung der Fürstin sei notwendig, denn stünde diese hinter ihnen, so hätten sie den halben Hof und die ganze Stadt auf ihrer Seite: Wer würde sich's vergessen, zu urteilen, wo die Unantastbare freigesprochen habe? Und die Unantastbare werde freisprechen, das verbürge sie. Dann bliebe nur noch das schwerste Stück ihrer Arbeit, die Kleine. In diesem Kampfe aber stehe ihre Frauenehre auf dem Spiele, und dass sie da nicht nachgeben werde, bis sie gesiegt habe, dafür müsse er sie kennen. Die Kleine müsse dafür büßen, dass sie sich unterfangen habe, ihn Dinge zu lehren, die er von ihr nicht gelernt habe, und ihm eine Liebe beizubringen, von der sie selbst nichts gewusst habe. Damals wenigstens. Man sei eben immer noch viel zu unschuldig und müsse sich von Kindern beschämen lassen. Heute könnte ihr das nicht mehr widerfahren. Aber das sei das Einzige, was eine Frau von Stolz einer andern nie vergeben könnte. Und darum möge er ruhig sein; sie würde mit der Kleinen schon fertig zu werden wissen. Und was die Hauptsache sei: Morgen werde die Armidaprobe sein und als Armida sie auf der Bühne stehen und nicht die Kleine.

Und sie schloss: Wenn alles glücklich vorüber sein werde, dann habe sie für ihn noch eine große Überraschung im Hinterhalte, ein Geschenk, das sie ihm von der Reise mitgebracht habe. Aber, wie gesagt, nicht früher, als bis er den Rinaldo, sie die Armida mit großem, mit ganz großem Erfolge gespielt hätten.

Eben als sich die Faustina anschickte, das Haus zu verlassen und ihre Wege zu beginnen, trat die Hausfrau ins Zimmer. Sie war so verwandelt, dass sie kaum wiederzuerkennen schien. Statt der dunklen und fast nachlässigen Gewandung, die sie sonst zu tragen pflegte und die sie zwiefach älter erscheinen ließ als sie den Jahren nach war, hatte sie ein mit Sorgfalt gewähltes, ihr wohl zu Gesicht stehendes Kleid in zarten, hellen Farben angelegt, in dem sie schlank und fast jugendlich aussah. Desgleichen hatte sie die unförmliche Haube, unter der sie sonst ihr nicht allzu ordentlich gepflegtes Haar verbarg, abgetan und dieses in einem zierlichen Knoten hinaufgesteckt. Ein verschämtes Lächeln, das sie vergebens zu unterdrücken suchte, spielte ihr um Mund und Augen und machte den Ausdruck des Gesichtes weich und liebenswürdig, und als dieses, über das sichtliche Wohlgefallen, das sowohl der Schauspieler wie die Faustina über die überraschende Wandlung in einer besonders herzlichen Begrüßung bezeigten, vollends errötete, war der Anblick ein so lieblicher, dass Beide, der Schauspieler und die Faustina, nicht anders konnten, ihr um den Hals fielen und sie herzlich abküssten.

Darauf ging die Faustina, und der Schauspieler sprach, seit langer Zeit zum ersten Mal wieder, seiner Hausfrau die Rolle des Rinaldo vor.

16.

Als die Faustina in der Wohnung des Schauspielers, in dessen Hause sie auf sein und seiner Hausfrau inständiges Bitten ihr Domizil aufgeschlagen hatte – ihr Gefolge, Gepäck und die Dienerschaft blieben vorläufig im »Einhorn« – wieder erschien, war es bereits spät am Abend und die Ärmste zu erschöpft, um über die Einzelheiten ihrer Unterredungen Bericht erstatten zu können. Aber alles, was sie sich durchzusetzen vorgenommen hatte, war durchgesetzt: Der Prinzipal bestand darauf, dass der Schauspieler seinen Urlaub abbreche und am folgenden Tage mit den Proben zur Armida beginne. Die Fürstin verzieh, nahm den Freund wieder in die frühere Gunst und Gnade auf und wünschte, dass über alles Vorgegangene der Schleier wohlwollenden Vergessens gebreitet werde. Nur machte sie es zu ihrer Bedingung, dass der Sekretär des Theaters zu seinem bisherigen Amte das eines fürstlichen Vorlesers übernehme und mit ihr gemeinsam die Dialoge und Traktate des göttlichen Plato lese. Die Kleine verzichtete auf die Rolle der Armida und versprach, sich nie wieder darum zu bewerben, falls der Schauspieler sich bereit erklärte, allen Heiratsabsichten und Ansprüchen auf ihre Person und Treue zu entsagen und dem Glück ihrer Zukunft in keiner Weise hinderlich in den Weg zu treten. Dieses Glück – so hatte sie der Faustina in schnell gewonnenem Vertrauen und mit der Bitte um tiefste Verschwiegenheit erzählt – hätte braune Locken und Augen und trage die Züge des über alle Maßen verliebten Erbprinzen. Und die kluge Vermittlerin hatte im Namen des Schauspielers sich diese Zusage abringen lassen.

Das war Alles, was die Faustina, ungeachtet ihrer Ermüdung, in aller Eile noch am selben Abend von den Ergebnissen ihrer Unternehmung zu berichten sich nicht enthalten konnte. Die letzte Mitteilung nahm der Schauspieler, bei aller Dankbarkeit für den überraschend großen und glücklichen Erfolg, nicht ohne ein Zeichen der Enttäuschung auf. Um die Kleine wäre es schade, meinte er. Sie sei so begabt gewesen. Nicht allein für die Liebe. Aber was vermöchte ein Erbprinz mit ihrer Begabung anzufangen! Damit sei es nun vorbei.

Die Faustina lachte. Er möge es nur ruhig vorbei sein lassen, sagte sie, als die Hausfrau grade das Zimmer verlassen hatte. Was brauche er die Kleine? Er hätte ja, fürs erste, sie zum Ersatz. Was die Kleine könne, könne sie auch. Und besser. Er ahne gar nicht, wie viel sie in diesen Jahren zugelernt habe. Und sie werde es ihm beweisen, da sie ja doch die verführerische Armida mit ihm zu spielen habe. Aber nun müsse sie zu Bette, wenn sie morgen auf der anstrengenden Probe frisch sein wolle. Und ihm täte dasselbe not.

Und dann gingen sie – die Hausfrau war unterdessen von ihrer Verrichtung im Hause zurückgekehrt – alle drei, friedlich und sittsam, jeder in den für ihn sorgfältig vorbereiteten Schlafraum, zur Ruhe.

Die Stadt schwirrte in den nächsten Tagen von Gerüchten. Die Faustina ist wieder da, hieß es. Unsere Faustina. Heimlicherweise, bei Nacht und Nebel, sei sie überraschend in die Wohnung des Schauspielers eingedrungen, habe ihre alten Rechte geltend gemacht und die Hausfrau noch in derselben Nacht zur Türe hinausgedrängt. Ja, aber die Hausfrau habe es nicht dabei bewenden lassen, sondern sich zur Wehre gesetzt und es sei zu Streit, ja zu Tätlichkeiten und Handgreiflichkeiten gekommen. Zum Mindesten habe man noch spät in der Nacht das Licht im Hause brennen gesehen und laute Stimmen gehört. Das habe man, nur sei es nicht die

Hausfrau, die von der Faustina mit dem Schauspieler überrascht worden sei, sondern die Kleine, und nicht die Hausfrau, sondern die Kleine sei von der Faustina, im Verein mit der Hausfrau, hinausgeworfen worden. Die Kleine? Als ob diese sich nicht längst mit dem Schauspieler entzweit hätte, und die Geliebte eines Andern geworden wäre! Eines Andern? Welches Anderen? Das müsste man doch wissen. Man wisse es auch: des Tenors. Das könne nicht sein, da der Tenor der Geliebte der Heroine sei. Der sei es auch nicht, sondern der erste Liebhaber sei der zweite Liebhaber der Kleinen geworden. Der sei in den festen Händen der Salondame. Dann sei es der Bonvivant. Der halte es, ebenso wie der Tenor, mit der Heroine, die keinen ihrer Liebhaber der gehassten Rivalin, der Kleinen, überlassen würde. Nein, meinte ein Anderer – oder war es eine Andere? – es sei überhaupt niemand vom Theater, der des Schauspielers Nachfolge bei der Kleinen angetreten hätte, sondern jemand ganz Anderer, viel Höherer. Und man ließ den Erbprinzen erraten. Das sei freilich etwas Anderes. Und der Schauspieler war entschuldigt.

Die Faustina ist heimgekehrt. Aber warum eigentlich? Eben darum. Weil die Fürstin wünschte. Das heiße, weil sie nicht wünschte? Doch gerade, weil sie wünschte. Oder eigentlich, weil der Erbprinz wünschte. Der Wunsch ihres Lieblingssohnes, dem sie nichts abschlagen könne, und es komme bei Prinzen doch so sehr darauf an, wer die Erste sei. Schon wegen der Erziehung für den Beruf des Landesvaters. Und da wäre ihr, dieser pädagogischen Erwägung wegen, die Kleine eben recht. Und darum wusste die Faustina. Schon um die Kleine vom Schauspieler zu lösen. Niemand Anderer als die Fürstin sei es gewesen, die Beide, den Schauspieler und die Faustina miteinander versöhnt habe, und es sei auch nicht wahr, dass die Faustina heimlich und bei Nacht und Nebel heimgekehrt sei, sondern man habe sie geholt, mit einem Staatskurier, und sie sei gewissermaßen im Triumphe eingezogen, mit einem großen Gefolge, und wohne im »Einhorn«. Ja, das sei wahr, wie eine Fürstin sei sie gekommen, mit einem Gefolge von Kavalieren und Negern, Zwergen und Elefanten, und man sage, sie sei die Geliebte eines indischen Fürsten, eines Radschahs oder Nabobs, wie man sie nenne. Nein, das sei arg übertrieben und könne wohl auch deshalb nicht die Wahrheit sein, weil sie, wäre sie die Geliebte oder Favoritin eines orientalischen Fürsten, nicht zum Schauspieler zurückgekommen wäre und sich nicht von der Fürstin mit ihm hätte versöhnen lassen. Dieses aber sei geschehen und unbezweifelbar, denn der Zettelausträger des Theaters, der den Schauspielern die Proben anzusagen habe, hätte sie mit dem Schauspieler und dessen Hausfrau zusammen friedlich beim Frühstück sitzen gesehen. Und man munkele sogar von einem Haushalt zu dritt, wie die Sage von jenem berühmten oder berüchtigten Grafen von Gleichen zu berichten wisse. Aber dagegen sträubte sich die bürgerliche Wohlanständigkeit. Nein, das sei pure Verleumdung, und darein hätte unsere sittenstrenge Fürstin nie und nimmer gewilligt, und auch die Faustina hätte in der Fremde und im Laufe der Jahre dem wilden und zuchtlosen Leben ihrer Jugend entsagt und sei reuig und bekehrt heimgekehrt, als Niemandes Geliebte, vielmehr hätte sie ihr märchenhaftes Vermögen sich redlich mit ihrer Kunst erarbeitet und es sei dem vereinten Bemühen der drei tugendhaften und frommen Frauen gelungen, auch den Schauspieler zu bekehren, sodass man künftighin seines gebesserten Lebenswandels, in der Umfriedung einer guten und bürgerlichen Ehe versichert sein könne.

Die Faustina ist heimgekehrt, und es hieß, man werde sie wieder spielen sehen können. Sie habe ein neues oder lange nicht aufgeführtes Stück mitgebracht, dessen beide Hauptrollen so beschaffen seien, als seien sie mit genauer Absicht recht eigentlich für sie und den Schauspieler geschrieben worden. Und es werde bereits eifrig daran gearbeitet und geprobt und mit solcher Lust und Kunst, dass die anderen Mitspielenden mitunter ihre Stichworte überhörten, weil sie mit offenen Augen und Ohren danebenstünden und dem Wettkampfe der Beiden zusähen und zuhörten, wie denn der Neid des Schauspielers mitunter zurücktritt, wo er sich zu ehrlicher Bewunderung gezwungen fühlt, und er sogar seines Selbstgefühls zu vergessen vermag, wenn er glaubt, zum Vorteile seiner Kunst lernen zu können. Auch sei, wurde erzählt, der bedächtige Prinzipal diesmal seiner Sache so sicher und so voll Glaubens an den Beifall und Zulauf, den diese Aufführung finden werde, dass er, seiner sonstigen Sparsamkeit untreu, für die äußere Ausstattung des Werkes große Aufwendungen gemacht habe, um es mit allem erdenklichen Pomp und Prunk der berühmten beiden Protagonisten würdig und dem Auge wohlgefällig in Erscheinung treten zu lassen. Die Faustina ist wieder da; nun könne er, nicht mehr auf den einen Schauspieler allein angewiesen, alles wagen, jubelte er:

Der Meister habe seine Meisterin gefunden, und mit dem sich so glücklich ergänzenden Duo dieser Beiden breche eine neue Ära der Kunst an. So war im Theater alles voll Eifer an der Arbeit, es herrschte eitel Glück und Freude und schon glaubte man wahrzunehmen, wie das Geschäft sich zusehends zu heben beginne. Da der wachsende Flor des Unternehmens allen seinen Mitgliedern zugutekam und solcher Umstand, mehr noch als die Bewunderung, den Neid der Kollegen zum Schweigen brachte, herrschte allgemein eine gute und versöhnliche Laune. Auch die Kleine zeigte sich wieder des Öfteren im Theater, lauschte mit deutlich an den Tag gelegter Andacht und Lernbegierde den Proben, und tat, als ob alles Andere sie nicht mehr anzugehen brauchte.

Die Faustina ist wieder da, sagten die Freunde im »Einhorn« und nahmen es mit Freuden zur Kenntnis, als der von allem unterrichtete Notar ihnen von dem im Hause des Schauspielers wiedereingekehrten ehelichen Frieden berichtete. Da ja das wilde Leben dem Schauspieler auf die Dauer doch Schaden hätte bringen können, besorgte der Apotheker. Und da der Ehestand, er sei, wie er sei, noch immer der beste Stand wäre, meinte der Kaufmann. Und der Schwerenöter von Notar fügte hinzu: zumal wenn für so gute Abwechselung, wie es die Faustina wäre, gesorgt sei. Und es überdies immer noch Abwechselung der Abwechselung gäbe, grinste Rigolo, der bis dahin geschwiegen hatte.

Die Faustina ist wieder da, hieß es bei Hofe, was sagt Seine Hoheit der Fürst, was vor allem Ihre Hoheit dazu? Und da sie es höchstselbst veranlasst hat, was mag sie dazu bewogen haben? Die Gräfin hörte nicht auf zu

grübeln, zu vermuten und Anschläge gegen sich zu wit-
tern und der Minister hatte eine schlimme Zeit. Die anderen Herren freuten sich. Nun werde es wieder lustig
werden. Es sei in den letzten Zeiten ein wenig langweilig geworden, klagte der lustige Domänenrat. Trauer-
klötrig, schnauzte der Oberst. Aber die Faustina solle
anders geworden sein, als sie früher gewesen sei, das
wäre schade, es hätte ihn gereizt, die tolle Faustina von
damals kennenzulernen, schmetterte der Adjutant. Man
werde nicht anders, philosophierte der Abbé, und wie
der Mensch einmal beschaffen sei, so bleibe er, und der
Justiziar bestätigte dies, mit seinem feinen Lächeln, aus
seinen Erfahrungen mehr kriminalistischer Natur. Seine
Exzellenz der Intendant deutete an, Geheimnisse zu wissen, die er verschweigen müsse. Die Hofdame versprach
sich gutes für ihren Günstling, den Schauspieler. Die
kleine Baronin blieb nicht frei von eifersüchtigen Regungen und verriet dies auch. Der Erbprinz war, wie öf-
ters in der letzten Zeit, bei diesen Gesprächen nicht an-
wesend.

Die Fürstin hatte mit ihrem neuen Vorleser, dem jungen Sekretär, im Plato gelesen. Sie schien in ihren Gedanken ein wenig zerstreut. Also die Faustina ist wieder
da, sagte sie, nachdenklich, statt wie sonst in die liebe-
volle Erörterung des Gelesenen einzutreten, und fragte
den Sekretär, ob er sich, da er doch den Schauspieler so
genau kenne, von der liebenswürdigen, aber doch immer noch recht wilden und ungeregelten Frau, einen
günstigen Einfluss auf die Angelegenheiten des chao-
tisch gewordenen Mannes verspräche oder nicht; hätte
sie auch selbst den Kopf, er den Arm zu diesem Unter-

nehmen geboten, beide dem Schauspieler befreundet und sich ihrer Verantwortung bewusst, so seien ihr doch nachtrags Bedenken aufgestiegen, ob sie nicht in ihrem Wunsche, Verwirrtes aufs Schnellste zu entwirren, voreilend gehandelt hätten und es unklug gewesen sei, dieses allzu gleiche Gespann wieder zusammenzubringen. Worauf der junge Mann, nach einer kleinen Pause, in seiner stillen und überlegten Art erwiderte:

Um den Schauspieler sei ihm nicht bange und brauche ihr auch, brauche Niemandem, dem an des Mannes Glück, Schicksal und Zukunft gelegen wäre, bange zu sein. Nicht der Faustina wegen, seiner selbst wegen. Gewiss, die Faustina sei wieder da, sei heimgekehrt, und er, für sein Teil, halte dafür, dass es gut wäre, dass sie wieder heimgekehrt sei. Der treffliche Mann werde in ihr, was für ihn vielleicht das Wichtigste sei, seines Spieles beste und würdigste Partnerin, und überdies den treuen und immer heiteren Kameraden, die stets bereite, kluge und willensstarke Helferin wiederfinden. So habe er sie während der gemeinsamen Reise kennen und wertschätzen gelernt. Und es stehe zu hoffen, dass es ihr gelingen werde, den Schauspieler von der äußeren Verwirrung seiner Angelegenheiten zu lösen. Aber selbst wenn es ihr nicht gelänge, selbst wenn sie diese Verwirrung nur zu vermehren heimgekehrt wäre, selbst wenn sie nicht heimgekehrt wäre, dieser Mann wäre nicht verloren. Denn er habe eine andere Faustina in sich, die ihm helfe, seiner innern Verwirrung Herr zu werden: seine Kunst. Furchtbar, oder wie die Alten es genannt hätten, tragisch sei das Schicksal derer, denen es verhängt sei, jene innere Verwirrung, einen Dämon, ein Geheimnis in sich zu tragen, ohne es durch dieses Mittel der Kunst reinigen, in Form und Schönheit lösen zu können: Ihr Los sei ein trauriges Ende im Wahnsinn. In den Griechen sehe man ein ganzes Volk, von seinem Dämon gepeinigt, sich seiner durch die bacchische Raserei seiner Mysterien erwehren, bis es ihnen gelungen sei, ihn durch Schönheit und Form, durch Bildgestaltung und Tragödie zu bändigen. Die Künstler aber seien die Erben jener Griechen und so sei auch der Schauspieler einer, der beides in sich hätte, sein Geheimnis, seinen Dämon und zugleich auch die Kunst, diesen unschädlich zu machen, indem er ihn in Form und Schönheit, in Kunst verwandle.

Und Sie? Fragte die Fürstin.

Er glaube, antwortete der Sekretär, er habe vielleicht die Form und Schönheit in sich, vielleicht auch nur das Wissen um Form und Schönheit, zum Mindesten die Sehnsucht darnach, aber was ihm fehle, sei eben das Geheimnis. Und darum werde er es nie über die bloße Form hinausbringen, höchstens zu einer Art beschaulicher und sehnsüchtiger Lyrik. Aber die Gipfel der tragischen Kunst seien seiner undämonischen Natur versagt.

Und ich? Grübelte die Fürstin. Sie sagte es nicht. Aber in der dämmernden Ferne einer grauen Zukunft sah sie ein trauriges Ende in Verwirrung und Wahnsinn.

17.

Es war am – späteren – Morgen nach dem großen Tage.

Dieser war also verlaufen: der Schauspieler erwachte, erklärte, er fühle sich nicht wohl und werde dem Prinzipal absagen. Die Faustina lachte ihn zuerst aus, wurde dann böse, sie warf ihm vor, nur deshalb abzusagen, weil er fühle, dass sie besser spiele, sie zankten, die Faustina fragte, warum er sie habe vom Weltende her holen lassen, wenn er nur mit Minderwertigen zu spielen imstande sei, er antwortete, eben deshalb, und überdies habe er sie nicht holen lassen, sondern sie sei ihm aufgedrängt worden, die Faustina brach in Weinen aus, erklärte, nun könne sie nicht mehr spielen, habe selbst Kopfschmerzen und müsse dem Prinzipal absagen, er bat um Verzeihung, widerrief, tröstete, die Hausfrau lief von Einem zum Andern, war aufgeregter als Beide; schließlich versöhnten sie sich miteinander, von der Absage war nicht mehr die Rede. Das gemeinsame Mittagessen verlief unter allgemeinem Schweigen. Der Nachmittag kam, und der Schauspieler erklärte neuerdings, dass er abends nicht spielen werde, er werde nie wieder spielen. Nun wisse er es ganz genau, dass er keinen Funken einer Begabung in sich habe, er sei eben kein Schauspieler, sei nie einer gewesen, und das bisschen, was er gekonnt habe, sei verflogen: Er sei leer. Zuspruch der Faustina half so wenig wie ihr Weinen und Fluchen, er schickte seine Absage ins Theater. Der Sekretär erschien und diesem gelang es nach langem Zureden, ihn dahinzubringen, dass er es noch dies eine letzte Mal versuchen wolle. Im Theater schrie er, er sei ein Narr, sich immer wieder beschwatzen zu lassen, aber nie wieder. Auch die Faustina war übler Laune, schimpfte die sie bedienende Ankleidefrau eine alte Mähre, um ihr im nächsten Augenblick um den Hals zu fallen und ihr schönstes Spitzenmieder zu schenken. Und gab dem

Prinzipal die Schuld und dann hintereinander dem Sekretär, dem Schauspieler, der Fürstin und vor allem ihrer verwünschten Gutmütigkeit, die verfluchte Schmiere wieder betreten zu haben, statt Gott zu danken, sie losgeworden zu sein. Das Zeichen zum Auftritte des Schauspiele kam: er räusperte sich noch einmal, behauptete, seine Stimme krächze so rau und heiser, dass man kein Wort von ihm werde verstehen können, und er habe alles vergessen, was er von dieser Rolle je gehabt habe. Er trat auf und hell klang es wie eine Glocke durch den Raum und füllte ihn mit schmetternden Fanfaren der Jugend. Auf einmal war das Erlebnis jener Nacht mit den Gauklern wieder da, jene Stunde des Glücks und des Rausches stieg aus dunklen Tiefen des Bewusstseins in ihm auf, füllte seine Seele, seinen Leib, seine Stimme und er erlebte sie noch einmal, wiederholte sie spielend, aber diesmal in Bewusstheit, in schwerloser Freiheit und Leichtigkeit, mit mühloser Beherrschung seiner Mittel. Kein Atemzug wagte sich hervor. Und als vollends die Faustina erschien, schön wie eine Göttin, leuchtend in der Pracht ihres Leibes, alle Sinne der untensitzenden Männer berückend wie Armida den Rinaldo, ihn selbst berückend als sähe er sie zum ersten Mal, und die dunkle Orgel ihrer königlichen Sprache erbrausen und dann wieder allen weichen Liebreiz weiblicher Anmut hell aufklingen ließ, und ihre Sinne sich aneinander entzündeten, Kraft an Kraft, Leidenschaft an Leidenschaft, und des Einen Rede in die des andern stieß, fuhr, sich bohrte, wie die Harpune in den Leib des Walfisches, bis sie sich in einem selig jauchzenden Unisono der Erfüllung fanden, ward es allen, die dieser Stunde teilhaftig wurden, als hätte sich ihnen das Schicksal ihres eigenen Geheimnisses offenbart. Im Zwischenakt war der Schauspieler verzweifelt und sagte, er spiele heute wie ein Hund und hätte nicht einen Bruchteil von dem gebracht, was er bringen wollte; aber der Teufel spiele Komödie vor diesem Publico, das bei den schönsten Stellen zu schlafen scheine! Der Prinzipal erwiderte, er irre, das Publikum verhalte sich aus Andacht und Ergriffenheit still und dies sei der schönste Abend seines Lebens. Aber der Schauspieler glaubte es nicht und blieb dabei, wenn es nach ihm ginge, würde man jetzt noch den Vorhang fallen lassen und die Stockfische nach Hause schicken. Und erst als ihm der Sekretär alle Einzelheiten aufzählte, die er heute besser gebracht habe als auf den Proben, wurde er besserer Laune, und bester, als Rigolo ihm auf die Schulter klopfte und versicherte, er spiele diesen Abend wirklich gar nicht übel. Die Faustina aber war ihres Triumphes bereits sicher, und stolz und vergnügt wie eine Brautjungfer.

Zum Schlusse gab es Huldigungen, Blumen und brausendes Beifallsgeklatsche, zu dem die Fürstin, in ihrer Loge aufgerichtet stehend, immer wieder das Zeichen erneuerte, und selbst der Fürst war da und winkte der Faustina huldvoll zu und Seine Exzellenz der Intendant bemühten sich auf die Bühne und klopften allen, die in seine Nähe kamen, und es kamen alle in seine Nähe, herablassend und anerkennend auf die Schulter, und es war ein großer Tag gewesen.

Es war nun in den späteren Vormittagsstunden des nächsten Tages – die Feier des Sieges hatte bis zum grauenden Morgen gedauert –, als die Faustina, ein schmales, vierzehnjähriges Mädchen, das sie Bimba nannte, an der Hand, ins Arbeitszimmer des Schauspielers trat.

Also dieses sei die Bimba und sie schenke sie ihm, sagte die Faustina.

Der Schauspieler sah auf und erblickte ein zartes, junges Ding, mit dünnen Gliedern und einem schmalen, blassen Gesichtchen, aus dem zwei übergroße, dunkle Augen funkelten. Scheu wie eine Gämse, sprungbereit, als wolle es im nächsten Augenblicke davoneilen und könne nicht, weil es, gebannt, den Blick nicht vom Schauspieler losreißen konnte, drückte es sich in der Türe, von Angst und Erwartung geschüttelt, dass sich die Augen des erregten Kindes mit Tränen zu füllen begannen.

Dem Schauspieler gefiel die Scheue über alle Maßen. Auch er vermochte es nicht, den Blick von ihr zu wenden, und erwiderte den ihren, in dem ein seltsames frühes Wissen und frühes Leid lag.

Die Faustina beobachtete die Beiden mit sichtlichem Wohlbehagen.

Wer die Bimba sei, fragte der Schauspieler.

Das werde er später erfahren. Zunächst möge er sie anhören. Sie habe ihr den Ganymed aus den »Verwandlungen des Jupiter« einstudiert und das von Ehrgeiz verzehrte Kind brenne darauf, das Urteil des Meisters zu erfahren.

Nein, nein, nicht jetzt! Nicht heute! Ein andermal! Das nächste Mal! Schrie die Bimba angsterfüllt. Aber dann setzte sie doch an. Die Stimme brach vor Aufregung. Zu dumm! Sie wolle nicht aufgeregt sein, sprach sie, trotzig, sich Mut zu und warf den Kopf in den Nacken. Fing noch einmal an und nun ging es.

Der Schauspieler verschlang sie mit den Blicken. Was sie sprach, hörte er kaum. Ganz wie von Ferne kam es. Ein dünnes Kinderstimmchen, kaum vernehmlich manchmal, fast eintönig, vor jedem lauten Wort erschreckt. Körper, Glieder, der vorgestreckte Kopf, als lausche er irgendeiner Stimme von oben, blieben fast bewegungslos, kaum dass ein Schritt nach vorne, ein leises Heben des Armes, ungewollt und unbewusst die wachsende Erregung verriet. Aber aus dieser Stille, Ruhe und hilflosen Kindlichkeit schlug so viel verhaltene Glut, brach ein so unwiderstehlicher Ausdruck gehemmter Leidenschaft, dass die Beiden auf der Höhe reifer Meisterschaft Stehenden ein gerührtes, ja ehrfürchtiges Staunen vor der Hoheit und Einfalt entblößter Menschlichkeit, wie vor etwas Neuem, die Kunst Beschämendem, überkam. Und dabei war es ihm, als käme dieses von ihm her und wäre nicht da, wenn nicht seine Kunst vorher gewesen wäre, und brächte, kaum wagte er sich's zu gestehen, Erfüllung von Wünschen, von Ahnungen, die in Keinem geschlummert hatten als in ihm.

In diesem Kinde wollte er seine Zukunft, die Zukunft seiner Kunst, seine Vollendung lieben. Es musste seine Schülerin werden. Nicht um des Handwerklichen willen, das hatte der offenbar spielend leicht Begreifenden die Faustina meisterlich beigebracht. Er aber wollte die Knospe zur Entfaltung bringen, nicht jetzt, später, langsam, mit vorsichtigen, liebevoll und zärtlich hegenden Händen, die Flamme schüren, die bereits zu glosen begann, das Feuer bewachen, das Weib, das zur Liebe geweihte Geschöpf, das Geheimnis, die Liebe wecken. Und wenn sie heute noch ein Kind wäre, in wenigen Jahren würde sie Jungfrau sein und er für sie immer noch jung genug, das habe er sich und der Welt mit seinem Rinaldo bewiesen.

Aus diesen Träumen weckte ihn die Faustina. Ob sie Unrecht habe, wenn sie dem Kinde eine ganz ungewöhnliche Begabung und eine große Zukunft zuspreche?

Er schien die Frage zu überhören und wiederholte seine: wer denn die Bimba sei?

Wer die Bimba sei? Ob er denn gar nichts merke, weder an der Begabung, noch am Schnitt des Gesichtes? Ob er denn gar nichts spüre?

Er sah das Kind noch einmal an und schüttelte seinen Kopf.

Die Faustina lächelte. Dann müsse sie es ihm sagen, aber er möge nicht erschrecken: Die Bimba sei – die Faustina machte eine Pause – sein eigenes Enkelkind.

Der Schauspieler muss wohl in diesem Augenblick die Selbstbeherrschung verloren und ein Gesicht gemacht haben, das zur Rolle des Rinaldo in einem grellen Widerspruch gestanden hätte. Die Faustina lachte hell auf. Die Bimba verstand sofort und flog mit einem Aufschrei in die Arme ihres neuen Großvaters, dem nicht viel Anderes übrig blieb, als den unerwarteten Kuss nebst Umarmung verlegen zu erwidern.

Die Faustina erzählte nun, wie sie auf einer ihrer Reisen an einer Wanderschmiere der untersten Ordnung

jene erste Frau des Schauspielers, die ihn mit irgendei-
nem Landstreicher gröblich betrogen und verlassen hatte, im tiefsten Elend, alt geworden und verkommen,
wiedergefunden und an der kaum noch merklichen
Ähnlichkeit mit dem Bilde, das sie des Öfteren bei ihm
gesehen hätte, erkannt habe, wie sie die Frau, die ihr Leben notdürftig als Einbläserin fristete, angesprochen und
von ihr erfahren habe, dass ihre und des Schauspielers
gemeinsame Tochter, von einem Kerl in jungen Jahren
verführt und verlassen; im Wochenbett gestorben sei
und ein Kind hinterlassen habe, wie sie, beim Anblicke
dieses Kindes, von dessen Schönheit und Ähnlichkeit
mit ihm betroffen, zugleich aber von seinem schlechten
und verwahrlosten Aussehen erschreckt, sich seiner angenommen und sich mit ihm beschäftigt habe, wobei die
ungewöhnliche Begabung des eigengearteten Wesens
zutage getreten sei. Es sei ihr ein Leichtes geworden, es
dem verkommenen Weibe, dem das Kind eine unwill-
kommene Last und Störung seines Wanderlebens gewesen sei, um einen geringen Betrag abzuschwätzen, und
so hätte sie die Bimba mit sich genommen und sich die
kleine Mühe nicht verdrießen lassen, durch Säuberung,
Pflege, bessere Kleidung und ein wenig Erziehung in
kurzer Zeit aus ihr ein nicht bloß menschenähnliches,
sondern reizvolles und vielversprechendes Geschöpf zu
machen, dem die ersten Anweisungen des künftigen Berufes zu geben, ihr große Freude bereitet habe. Aber so
gerne sie die Bimba bei sich behalten hätte, beugte sie
sich billig seinem Anspruche auf das Kind, und dies
umso mehr, als sie ja, trotz dem großen Erfolge der Armida, über kurz oder lang ihr altes Wanderleben, dem

sie verfallen wäre, wie der Trinker der Flasche, wieder aufnehmen werde müssen.

Der Schauspieler sagte nichts als »Großvater!« leise vor sich hin. Und wiederholte: »Rinaldo als Großvater!«

Und dann nach einer Weile: Er werde zunächst den Enkel des Belisar mit der Bimba vornehmen. Und es morgen beim Prinzipal durchsetzen, dass der »Belisar« neu einstudiert werde und das Kind darin auftreten dürfe. Er glaube, es werde einen guten und überraschenden Eindruck machen, wenn es verlautete, dass er als nächste Rolle nach dem jungen Rinaldo den greisen Belisar spiele.

Denn wie sei, sagte er, der sichtbarliche Wink und Wille der Vorsehung, deren unerschöpfliche Gnade in Einem ihm das große, das erhabene Erlebnis der Vater- und der Großvaterschaft geschenkt habe, anders zu deuten, als dass der Belisar seine nächste Rolle sein müsse? Dem göttlichen Ratschluss aber beuge er sich, willfähriges Instrument des Himmels, in Demut und Bescheidenheit.

Ende